国家哲学社会科学基金重大招标项目
中山大学人文学科中长期重大研究与出版计划

丛书主编
吴承学 彭玉平

朱迎平 著

中国古代文体学研究丛书

# 古代文体与文体学史论

## 图书在版编目(CIP)数据

古代文体与文体学史论/朱迎平著. —北京:北京大学出版社,2020.6
(中国古代文体学研究丛书)
ISBN 978-7-301-31191-2

Ⅰ.①古⋯ Ⅱ.①朱⋯ Ⅲ.①中国文学—古典文学研究 Ⅳ.①I206.2

中国版本图书馆 CIP 数据核字(2020)第 022693 号

| | |
|---|---|
| 书　　　名 | 古代文体与文体学史论<br>GUDAI WENTI YU WENTIXUE SHILUN |
| 著作责任者 | 朱迎平　著 |
| 责 任 编 辑 | 徐丹丽 |
| 标 准 书 号 | ISBN 978-7-301-31191-2 |
| 出 版 发 行 | 北京大学出版社 |
| 地　　　址 | 北京市海淀区成府路 205 号　100871 |
| 网　　　址 | http://www.pup.cn　新浪微博:@北京大学出版社 |
| 电 子 信 箱 | pkuwsz@126.com |
| 电　　　话 | 邮购部 010-62752015　发行部 010-62750672<br>编辑部 010-62765126 |
| 印 刷 者 | 三河市北燕印装有限公司 |
| 经 销 者 | 新华书店 |
| | 965 毫米×1300 毫米　16 开本　14.5 印张　209 千字<br>2020 年 6 月第 1 版　2020 年 6 月第 1 次印刷 |
| 定　　　价 | 42.00 元 |

未经许可,不得以任何方式复制或抄袭本书之部分或全部内容。
**版权所有,侵权必究**
举报电话:010-62752024　电子信箱:fd@pup.pku.edu.cn
图书如有印装质量问题,请与出版部联系,电话:010-62756370

# 目 录

导　论　中国古代文体论论略　　　　　　　　　　1

唐代古文家开拓散文体裁的贡献　　　　　　　　17

唐代科举试论小考　　　　　　　　　　　　　　29

《灵怪集》不是六朝志怪　　　　　　　　　　　36

唐传奇的体制特征及其渊源　　　　　　　　　　38

唐宋传体文流变论略　　　　　　　　　　　　　45

唐宋文演进中的骈散消长　　　　　　　　　　　58

宋文文体演变论略　　　　　　　　　　　　　　70

宋代题跋文的勃兴及其文化意蕴　　　　　　　　85

科举文体的演变和宋代散文的议论化　　　　　　100

宋代科举试论考述　　　　　　　　　　　　　　122

《文心雕龙》文体论体系及其影响　　　　　　　142

《文章缘起》考辨　　　　　　　　　　　　　　151

单体总集编纂的文体学意义
　　——以唐宋元时期为例　　　　　　　　　　160

宋代文体类聚及相应文体学的兴起　　　　　　　176

《文筌》：构建科举背景下的文体学体系　　　　194

唐宋元文体学的背景、特点和演进线索　　　　　213

后　记　　　　　　　　　　　　　　　　　　　229

导 论
# 中国古代文体论论略

在中国古代文论的宝库中,文体论有着悠久的历史传统。① 中国文学的一个重要特征是体类繁富,而对这些纷繁的文学体裁及其发展规律的探讨,就成为古代文论的重要组成部分。古代文体论随着文体的萌芽、形成应运而生,也随着文体的发展、成熟以至完备而不断演进,从而形成古代文论中相对独立、自成体系的一个分支。

对于古代文体论这份丰富的文论遗产,前辈学者曾经给予极大的关注。早在二十世纪四十年代初,朱自清先生在题为《诗文评的发展》的书评中,高度评价了罗根泽先生在《魏晋六朝文学批评史》中立专章对文体论进行的探讨,指出:"我们能以看出那种种文体论正是作品的批评,不是个别的,而是综合的。这些理论指示人们如何创作、如何鉴赏各体文字。这不但见出人们如何开始了文学的自觉,并见出六朝时那新的'净化'的文学概念如何形成。这是失掉的一环,现在才算找着了,连上了。"② 至八十年代初,郭绍虞先生在晚年又特为撰写《提倡一些文体分类学》一文,明确指出"文体分类学不仅与修辞学有密切关系,即对中国文学批评史的

---

① "文体"一词,在古代有多种含义,但基本是两种:一指文学的体裁类别(体类),一指作品的体貌风格(体性)。通常所谓"文体论",多特指对文学体类的论述,本文亦取此义。由于古代视诗文为正统文体,故文体论以诗文体裁为主,小说、戏剧的文体论兴起较晚,数量也相对较少,因此,本文所论,仅及诗文,而略小说、戏剧的文体论。
② 朱自清《诗文评的发展》,《朱自清古典文学论文集》下册,上海古籍出版社2009年版,第549页。

研究,也同样是个主要环节"①,并对建立独立的文体分类学阐述了自己的意见。

遗憾的是,古代文论的这一重要环节,未能引起学术界的充分重视。不少文学理论批评史专著中,都没有文体论的一席之地;有的则仅在魏晋南北朝部分有所涉及,以后朝代均付阙如;古代文体论的专题论著更是几乎不见;甚至在古代文论的经典《文心雕龙》的研究中,最遭冷落的也恰是几乎占其一半篇幅的文体论。最近问世的《中国古典文学研究史》注意到历代对文体的研讨,搜辑了不少资料,但仍缺少整体的考察。② 本文拟对古代文体论的历史演进、丰富内容和总体特点作一初步探讨,作为引玉之砖,以期引起古代文论界对这一领域的进一步重视。

一

与中国古代文学体类的发展相对应,古代文体论的演进大致可分为六个阶段。

(一) 滥觞期

中国古代文体萌芽、形成于先秦两汉时期。先秦经、史、子各类著述中已包含了不少初步定型的文体和尚未定型的文体雏形,故章学诚有"后世之文,其体皆备于战国"③之说。两汉文学逐步取得独立地位,文章体裁日趋纷繁,东汉文人使用的文体已有四十余种,体类基本齐备。在这样的背景下,古代文体论滥觞于两汉时期。《诗大序》《诗谱序》等对诗体均有所论述;随着辞赋的勃兴,刘安、司马迁、司马相如、扬雄、班固、王逸、刘歆等都有辞赋论;王充《论衡》对论说文体多有论列;蔡邕的《独断》则对诏令、奏议诸体有系统论述,并撰有文体专论《铭论》。到东汉后期,有关文体的议论已相当普遍,但所论文体的范围还不够广泛,论述角度也较为单一,文体专论则刚刚问世,这些都是滥觞期文体论的主要特点。

---

① 郭绍虞《提倡一些文体分类学》,《照隅室古典文学论集》下册,上海古籍出版社1983年版,第547页。
② 参见郭英德、谢思炜、尚学锋、于翠玲《中国古典文学研究史》,中华书局1995年版。
③ 章学诚著,叶瑛校注《文史通义校注》,中华书局1985年版,第60页。

（二）形成期

魏晋以降，作家作品大量产生，各类文集大量结撰，各种体裁更趋成熟，文体规格逐渐定型，并产生了各体的典范作品。与这一形势相适应，古代文体论在魏晋时期正式形成。这一时期中，文体专论的范围不断扩大，如桓范有铭诔论、赞象论，傅玄有七体论、连珠论，郭象有碑论等；文体论的内容不断丰富，已涉及文体的分类、释名、渊源流变、体制风格、代表作品评析等；文体论的格局也由分论各体趋向综论众体，如曹丕《典论·论文》列举"四科"，陆机《文赋》排比"十体"，都是在比较中对文体展开评论。在此基础上，标志着古代文体论正式形成的文体论专著挚虞《文章流别论》和李充《翰林论》先后问世，二书都配合分体编成的总集评论文体，从今存佚文看，内容已包括文体分类、文体起源发展、相近文体辨析、文体代表作评析、文体风格及写作要求等项，所涉及的体类也很广。这样，对各类文体进行全面探讨的文体论在古代文论中开始取得独立的地位。

（三）成熟期

齐梁时代，在文学创作不断新变的同时，也出现了文体研究的热潮。其时文坛上的著名文人如沈约、江淹、钟嵘、萧纲、萧绎、萧子显等都有讨论文体的文字；萧统继承挚虞编纂总集的传统，编成《文选》一书，选录三十八种文体的典范作品；任昉撰成专门探讨文体起始之作的专著《文章始》，载录文体八十四种，随后姚察亦有《文章始》之作。在这样的时代潮流中，诞生了古代文体论的经典著作《文心雕龙》。刘勰的《文心雕龙》中专门论述各种文体的部分，几乎占到全书一半的篇幅，它全面继承了前代文体论的研究成果，并在三方面作出了创造性的开拓。一是扩展了文体论的范围，全书以专论、附论、简述、列目等不同方式论及文体共达一百二十种之多；二是确立了文体论的体系，全书以"原始以表末，释名以章义，选文以定篇，敷理以举统"四项构筑起文体论的完整体系，分别从命名立意、渊源流变、典型范本、创作纲要诸方面对文体展开全面深入的探讨；三是形成了文体论的方法，全书以归类研究求文体之同，以比较研究求文体之异,以沿革研究求文体之变,开创了一套较为完备的文体研究方法。《文心雕龙》标志着古代文体论的完全成熟,并使文体论在整个文论中占据了一席重要的地位,它创立的宏大体系,对后世文体论的发展产生了深远的影响。

（四）发展期

唐、宋、元三朝,古代文体论经历了漫长的发展期。这一时期中,由于近体诗的确立、词曲的兴起以及古文家对散文体裁的大力开拓,使古代诗文体裁达到完备。《文苑英华》《唐文粹》《宋文鉴》等总集的编纂对这些新文体进行了初步的整理,而唐代王叡《炙毂子诗格》,宋代张表臣《珊瑚钩诗话》、严羽《沧浪诗话》、陈骙《文则》,元代陈绎曾《文说》《文筌》等文论著述对诗文体裁也多有论及,但所论毕竟支离破碎,也少有文体论的专著。① 从总体看,这一时期对文体的探讨显得较为消歇,这一方面是由于《文心雕龙》奠定的文体论体系一时难以超越,另一方面则是人们对大量新文体还来不及从理论上进行总结。

（五）繁盛期

古代文体研讨的又一次高潮产生于明清时期。此时,传统诗文体裁已很少有发展余地,唐宋以来产生的新文体急需条理总结,而明清文坛盛行的拟古之风刺激着各类总集的大量结撰。这一切,都促使古代文体论进入了繁盛期。明代前期的吴讷编成总集《文章辨体》,并继承《文章流别集》附"论"的传统,对所录五十九种文体分别附"序说"。万历初,徐师曾在此书基础上进行修订补充,编为《文体明辨》,收录文体增至一百二十七种,并同样依体序说。约在同时,黄佐撰有《六艺流别》二十卷,自序称"欲补挚虞《文章流别》而作"②,它将各文体分配于六经之下,共列文体流别一百三十八种。至明末,贺复徵再补吴讷之作,成《文章辨体汇选》七百八十卷,亦间有序说;陈懋仁则广搜文体论著注释《文章缘起》,并补

---

① 元代郝经撰有《原古录》,书佚,序存《陵川集》卷二九。该书分文体为四部七十二类,皆统于经,"部为统论,类为序论,目为断论",可知是一部文体论专著。
② 黄佐《六艺流别序》,《六艺流别》卷首,文渊阁《四库全书》本。

撰《续文章缘起》六十五体;朱荃宰撰成《文通》三十一卷,"取古今文章流别及诗文格律,一一为之条析,盖欲仿刘勰《雕龙》而作","搣拾百家,矜示奥博"①,为又一部文体论专著。其他如王世贞《艺苑卮言》、胡应麟《诗薮》、胡震亨《唐音癸签》等著述,对文体也多有论述。可见,研讨文体确已成为明代文坛的风气,这一传统并进而延续到清代。姚鼐《古文辞类纂》将众多文体归为十三类,并依类撰有"序目";孙梅《四六丛话》中仿《文心雕龙》撰有十八篇文体专论;刘青芝文章学著述《续锦机》中亦专论文体分类、特点、作法;王之绩《铁立文起》通论文体作法,前、后编共论文体一百四十多种;方熊在陈懋仁的基础上,再为《文章缘起》作补注;赵翼《陔馀丛考》、吴乔《围炉诗话》、赵执信《声调谱》等著述也都论及诗文体裁,至于各类分体总集的编纂更是无可计数。以大量的总集附论、专论、专著为标志,繁盛期的文体论全面总结了唐宋以来形成的新文体,并从各个角度将文体论推向深入。

(六) 总结期

清末民初,随着传统国学的衰落和新学的兴起,中国古代各种学术都进入总结时期,古代文体论也不例外。总结期的文体论鲜明地体现出集大成的性质,且涌现出许多专著。王兆芳的《文章释》(后改题《文体通释》)旨在自立体系,分文章为修学、措事二科,溯源析体,共列源出经学、史学、诸子学、杂学和君上、臣下之事的文体一百三十四种。各体又先释名义,明立体之原义;中释体之所主,明布体之要法;终释源流,明观体之来路。全书简练明晰,论述精审,确能自成一家。吴曾祺以《古文辞类纂》十三类为纲,每类又析为子目,编成总集《涵芬楼古今文钞》共二百十三目,卷首撰有《文体刍言》十三篇,逐类逐目附论文体,对源流、同异辨析尤精。林纾《春觉斋论文·流别论》秉承《文心雕龙》和《古文辞类纂》综论文体,分十五类撰成文体专论。姚华《论文后编》着重于文体源流的探讨,主张有韵之文,皆出于《诗》,无韵之文,皆出于《书》,全书征引颇

---

① 永瑢等《四库全书总目》卷一九七《文通》提要,中华书局1965年版,第1803—1804页。

富,亦欲建立体系。此外,张相所编总集《古今文综》析体至四百余种,而综合性的文学论著如刘师培《论文偶记》、章炳麟《文学总略》、吴曾祺《涵芬楼文谈》、姚永朴《文学研究法》等,也都将文体论作为重要组成部分。流传两千余年的古代文体论的成就终于在这些论著中得到了全面的总结。

纵观古代文体论的演进,由滥觞期,历形成期,至成熟期,再经发展期,达繁盛期乃至总结期。它前后历经两千年,并在齐梁和明清形成两次高潮,其发展起伏有序,自成体系,在古代文论中形成独立的一科而跻身学林。

## 二

自成体系的中国古代文体论,包含了丰富的内容,举起要者,约有十端。

### (一) 文体作用论

自刘勰在"三准"中提出"履端于始,则设情以位体"①,历代文人都十分重视文体的作用,论述文体重要性的议论层出不穷。如宋代倪思称:"文章以体制为先,精工次之。失其体制,虽浮声切响,抽黄对白,极其精工,不可谓之文矣。"②明代陈洪谟曰:"文莫先于辩体,体正而后意以经之,气以贯之,辞以饰之。体者,文之干也;意者,文之帅也;气者,文之翼也;辞者,文之华也。"③二者都在比较中突出文体在整个创作中的重要地位。古代文论家又特别重视文体的规范作用。明代徐师曾云:"夫文章之有体裁,犹宫室之有制度,器皿之有法式也。为堂必敞,为室必奥,为台必四方而高,为楼必陕而修曲;为笸必圆,为筐必方,为簠必外方而内圆,为簋必外圆而内方,夫固各有当也。苟舍制度法式而率意为之,其不见笑于

---

① 刘勰《文心雕龙·镕裁》,范文澜注《文心雕龙注》,人民文学出版社 1978 年版,第 543 页。
② 徐师曾《文体明辨序说》引,王水照编《历代文话》第二册,复旦大学出版社 2007 年版,第 2048 页。
③ 同上。

识者鲜矣,况文章乎?"①顾尔行则称:"尝谓陶者尚型,冶者尚范,方者尚矩,圆者尚规;文章之有体也,此陶冶之型范,而方圆之规矩也。"②二者都用比喻强调文体的规范意义。举此四言,可概其余。

(二) 文体分类论

文体分类是古代文体论的基本论题,由于古代文学体类极为纷繁,因此文体分类也特为发达。分类的前提是依据一定的标准,古代文体分类采用的标准呈现多元系列,基本的有语言体式、功能体裁、表达方式三种不同。语言体式的分类如文、笔之分,今文、古文之分,骈、散之分等;功能体制的分类如诏令、奏议、序跋、传状等;表达方式的分类如议论、叙事、辞命等。不少文体论著的分类有交叉、混合的现象,而功能体制的分类在古代文体论中始终占着主导地位。

文体分类按不同的方向又可分为析类和归类两种。析类是按文体功用的差异条分缕析,以求体类的丰富。《典论·论文》析文体为四科,《文章始》列文体名目八十四体,《文心雕龙》论及的文体达一百二十余种,明代文体论著包括的体类一般也都在百余种,至清末更增为二百余体,整个析类的发展方向是愈趋细密。归类是按文体或表达方式的相同点分门别类,以求体类的精简。《文心雕龙》中依铭箴、章表之类形式分篇已启其端;宋代真德秀《文章正宗》区分辞命、议论、叙事、诗赋四类;清代储欣辑《唐宋十大家类选》归为奏疏、论著、书状、序记、传志、词章六门,姚鼐《古文辞类纂》则分为论辨、序跋、奏议、书说、赠序、诏令、传状、碑志、杂记、箴铭、颂赞、辞赋、哀祭十三类,尤为简括。而吴曾祺《文体刍言》则将归类、析类相结合,以姚氏十三类统领二百十三体,可称集古代文体分类之大成。文体分类的特点是重分类实践而少理论阐述,故缺乏规范,随意性较强;析类过细,有烦琐化倾向。但文体分类与范文的选择、文集的编纂、写作的仿效等有密切的关系,它在文体论中的地位值得充分重视。③

---

① 徐师曾《文体明辨序》,《文体明辨序说》,《历代文话》第二册,第 2045 页。
② 顾尔行《刻文体明辨序》,同上书,第 2043 页。
③ 参见《照隅室古典文学论集》下册,第 547 页。

### (三) 文体渊源论

"原道""宗经"是古代文论的重要思想基础,它在文体论中的表现,即是将各体文学的源头,都追溯到儒家经典。《文章流别论》已开其端,认为多种文体都导源于六经。《文章始序》称:"六经素有歌、诗、书、诔、箴、铭之类。"①《文心雕龙·宗经》则谓:"论说辞序,则《易》统其首;诏策章奏,则《书》发其源;赋颂歌赞,则《诗》立其本;铭诔箴祝,则《礼》总其端;纪传铭檄,则《春秋》为根。"②稍后颜之推的《颜氏家训·文章》也有类似说法。由此可见,"文源六经"之说,早已成为古代文体论的一种传统观念。后世文体论多承其说。如元代郝经《原古录》将七十二种文体归为四部,分别系于《易》《书》《诗》《春秋》四经;明代黄佐《六艺流别》则以六经分别统辖一百三十余种文体流别;民初姚华《论文后编》将一切文体都溯源至《诗》《书》二经,可见这种观念影响之深远。虽然其中也有合理成分,但它一味推尊六经,并强为剖析名目,难免牵合附会。此外,章学诚"体备战国"之说实际已将文体渊源扩大到经史百家,而王兆芳《文章释》则认为文体除源出经学外,还出自史学、诸子学、杂学和君上、臣下之事,这就将文体渊源大为扩展,所论也显得更为通达,更为接近实际。

### (四) 文体缘起论

《易·系辞传》"原始要终"的思想,也是古代文论的基本思想之一,《文心雕龙》曾予以反复征引和阐发,而该书建立的文体论体系的第一项就是"原始以表末",可见它将探寻文体起始之作作为文体论的一个起点。③ 任昉《文章始》则是推原文体之始的一部专著,此书流传到宋代,改题《文章缘起》。林古度《文章缘起序》解释说:"夫缘者,循也,因也;起者,立也,作也。循其所因,立其所作,阐明古人之初心,引导今人之别识,灿然明世,启迪后学。"④其实,以佛家语"缘起"替换"始"字,或许更符合

---

① 任昉《文章始序》,《文章缘起》卷首,文渊阁《四库全书》本。
② 刘勰《文心雕龙·宗经》,《文心雕龙注》,第22页。
③ 日本学者兴膳宏称之为"回归理论",参见其所著《〈文心雕龙〉与〈出三藏记集〉》第十以后诸节,载彭恩华编译《兴膳宏〈文心雕龙〉论文集》,齐鲁书社1984年版。
④ 林古度《文章缘起序》,陈懋仁《文章缘起注》卷首,《丛书集成》本。

汉语四字成组的习惯,而二者内涵并无不同。此书认为大部分文体的起始之作都产生于两汉,反映了文体发展的实际情况。后人对此书的注、续、补不断,说明这一论题在文体论中一直受到重视。尽管对某些文体的缘起之作尚有不同看法,但探寻这"第一个"确是古代文体论中不可或缺的部分。

（五）文体释名论

强调"正名"以求名实相符,是儒家文化的传统,故先秦时期就有解释名物的专著《尔雅》问世,至东汉又诞生了以声训释名的专书《释名》。继承这一传统,《文心雕龙》的文体论体系将"释名以章义"列为第二项,即通过对文体之名进行文字训释,对文体的本质特征进行概括,从而显示该体命名的意义所在。《文心雕龙》的释名,仍多采用声训之法,而后世《文章辨体序说》《文体明辨序说》等著作则多采用字书的训释,《文章释》则强调"释名义,必宗本字本义,其取引申义者,必使与本义相顾,明立体之元意也"①。可见,释名的方法可以改变,但其"章义"的宗旨是一致的。这些方法虽各有局限,但其阐释的内容对正确把握文体多有参考价值,因而释名也成为不少文体论著的一项必备内容。

（六）文体体制论

古代文论家研讨文体的主要目的是指导写作,因此文体论的重要任务就是揭示各类文体的体制规格,《文心雕龙》文体论体系以"敷理以举统"作为其归宿,正说明了这一点。文体的体制规格或称体统,在《文心雕龙》中又分别被称为大要、枢要、纲领之要、大体、大略等,它具体包括内容、结构、风格、表达方式、修辞等方面的规格要求。②如《铭箴》篇云:"夫箴诵于官,铭题于器,名目虽异,而警戒实同。箴全御过,故文资确切;铭兼褒赞,故体贵弘润。其取事也必核以辨,其摛文也必简而深,此其大要也。"③这里通过比较阐明了二体的体制。这种体制在《文章释》中称为

---

① 王兆芳《文章释》,《历代文话》第七册,第6320页。
② 参见王运熙《文心雕龙探索》(增补本),上海古籍出版社2005年版,第142—151页。
③ 刘勰《文心雕龙·铭箴》,《文心雕龙注》,第195页。

"体之所主",其任务要"明布体之要法"。如论"铭":"主于励德扬功,名正词实。"论"箴":"主于攻疾补阙。其箴人,终于'敢告某',而箴已不拘。"①所论虽简,但点明了关键之处。这类体制论不仅在有关文体专著、专论中阐释较详,在其他体式的论著中也大多涉及,因此,它成为古代文体论的中心和归宿。古代还有一类搜集金石墓志、条理其体制规格的专书,如元代潘昂霄的《金石例》、明代王行的《墓铭举例》、清代黄宗羲的《金石要例》等都是,这些可视为特殊文体的体制论。

(七) 文体风格论

不同的文体具有不同的风格特点,用精练的语言概括这些特点,早期文体论就十分重视。《典论·论文》主要用雅、理、实、丽来区分四科的不同。《文赋》论及十体,也重在揭橥其绮靡、浏亮、凄怆、清壮等不同的风格特色。《文心雕龙》除分论各体风格之外,又提出"因情立体,即体成势""宫商朱紫,随势各配"的观点,并阐述说:"章表奏议,则准的乎典雅;赋颂歌诗,则羽仪乎清丽;符檄书移,则楷式于明断;史论序注,则师范于核要;箴铭碑诔,则体制于弘深;连珠七辞,则从事于巧艳:此循体而成势,随变而立功者也。"②其后的文体论著,也多涉及文体风格,并有专门辨析文体风格之作,如陈绎曾《文说·明体法》就罗列了二十多种文体,如说"颂:宜典雅和粹""赞:宜温润典实""铭:宜深长切实""碑:宜雄浑典雅"③等等。文体风格论实际是体制论的一部分,但文论家情有独钟,好作辨析比较,因此它在文体论中占有特殊的地位。

(八) 文体辨析论

徐师曾曰:"自秦、汉而下,文愈盛;文愈盛,故类愈增;类愈增,故体愈众;体愈众,故辩当愈严。"④在相互比较中辨析文体的异同,是古代文体论的核心内容之一。这种文体辨析主要分为两类。一类侧重于文体风格

---

① 王兆芳《文章释》,《历代文话》第七册,第6285、6284页。
② 刘勰《文心雕龙·定势》,《文心雕龙注》,第529—530页。
③ 陈绎曾《文说》,《历代文话》第二册,第1340页。
④ 徐师曾《文体明辨序》,《文体明辨序说》,《历代文话》第二册,第2046页。

特点的辨析,如文笔之辨、诗文之辨、今文古文之辨、骈散之辨、诗词曲之辨等,有的还发展成为优劣之争。如明代李开先论诗与词(这里指曲)之别:"词与诗,意同而体异,诗宜悠远而有余味,词宜明白而不难知。以词为诗,诗斯劣矣;以诗为词,词斯乖矣。"①又如清代吴乔用比喻区分诗文的不同特点:"意喻之米,文喻之炊而为饭,诗喻之酿而为酒;饭不变米形,酒形质尽变;啖饭则饱,可以养生,可以尽年,为人事之正道;饮酒则醉,忧者以乐,喜者以悲,有不知其所以然者。"②再如清中期文坛以桐城派的"文统说"、阮元的"文言说"和李兆洛的"骈散合一说"为代表的骈散之争,也是一次影响颇大的文体辨析。另一类则侧重于功能体制的辨析,如诗体中的古体、近体之辨,散文中的相近文体之辨等,前引《文心雕龙》中关于箴、铭二体同异的辨析即是一例,其他此类辨析在文体论中所在多有。由于通过比较辨析能更准确地把握文体的个性特征,因而文体辨析受到古代文论家的高度重视,也产生了许多精彩的论述,从而在古代文体论中占有重要地位。

(九)文体流变论

文体的体制规格一旦形成,就具有相对的稳定性,但这并不意味着一成不变,文体在发展过程中也会发生变异。《文心雕龙》就叙述了不少文体的衍生、变体现象,可惜没有作理论上的概括。其后文体论则有"正变论"和"破体说"的提出。吴讷《文章辨体》以真德秀《文章正宗》为蓝本,将古文诸体编入正集,将四六对偶及律诗、歌曲等"变体文辞"编入外集,彭时序称"使数千载文体之正变高下,一览可以具见"③,可见吴氏区分正体、变体基本是以古体、今体划分的,着眼点主要不在文体流变,而是道学家的正统观念。至徐师曾《文体明辨序》论区分正变称:"至如以叙事为议论者,乃议论之变;以议论为叙事者,乃叙事之变。谓无正变不可也。"④则其正变之别着眼于文体体制(主要是表达方式)的变异。结合其

---

① 李开先《西野春游词序》,《李开先全集》,文化艺术出版社2004年版,第494页。
② 吴乔《答万季埜诗问》,王夫之等《清诗话》,上海古籍出版社1963年版,第27页。
③ 彭时《文章辨体序》,吴讷《文章辨体序说》,《历代文话》第二册,第1585页。
④ 徐师曾《文体明辨序》,《文体明辨序说》,《历代文话》第二册,第2046页。

各体序说,则其观点更为清楚。如论"颂"以告神为正,以颂君为变,这是就源流立论;论"记"以叙事为正,以杂以议论为变,"又有托物以寓意者,有首之以序而以韵语为记者,有篇末系以诗歌者,皆为别体"①,这是就表达方式和体式立论。故徐氏的"正变论"实质是从多角度探讨文体的流变。与"正变论"有联系的是"破体说"。古人注意到一些名家名篇常有突破文体规范的现象,如苏轼《醉白堂记》乃是"韩白优劣论"②、欧阳修《醉翁亭记》"亦用赋法"③、范仲淹《岳阳楼记》为"传奇体尔"④等等。此外如苏轼"以诗为词"、辛弃疾"以文为词"等,则是更大范围的突破文体规范。李商隐《韩碑》诗有"文成破体书在纸"之说,上述诸条都是"破体"之例。虽不见文论家对"破体"的理论阐述,但对这种现象的注意,实际上已涉及文体流变的探讨。钱锺书先生说:"名家名篇,往往破体,而文体亦因以恢弘焉。"⑤

(十) 文体演进论

对于单种文体的演进过程,《文心雕龙》文体论体系中"原始以表末""选文以定篇"两部分结合文体代表作的评析都有详尽的叙述,后世文体专论、专著也多有论列。但在早期文体论中,却很少有对文体发展、演进总体规律的论述。明清以降的文论家,开始注意文体演进规律的探索。明代胡应麟提出"体以代变"论:"四言变而《离骚》,《离骚》变而五言,五言变而七言,七言变而律诗,律诗变而绝句,诗之体以代变也",并说明"四言不能不变而五言,古风不能不变而近体,势也,亦时也"。⑥ 指出了文体演进受到内因(势)、外因(时)两方面的影响。说明文体演进规律的另一重要观点是"一代之胜"论,此论肇始于元代虞集所谓"一代之兴,必有一代之绝艺,足称于后世者"的看法⑦,明清文论家对此论多有发挥,至

---

① 徐师曾《文体明辨序说》,《历代文话》第二册,第 2116—2117 页。
② 李之亮笺注《苏轼文集编年笺注》,巴蜀书社 2011 年版,第 98 页。
③ 陈师道《后山诗话》,何文焕辑《历代诗话》,中华书局 1980 年版,第 309 页。
④ 同上书,第 310 页。
⑤ 钱锺书《管锥编》第三册《全汉文》卷一六节,中华书局 1979 年版,第 890 页。
⑥ 胡应麟《诗薮》内编卷一、卷二,上海古籍出版社 1958 年版,第 1、23 页。
⑦ 孔齐《至正直记》卷三引,上海古籍出版社 1987 年版,第 96 页。

清末王国维更明确地表述为"凡一代有一代之文学:楚之骚,汉之赋,六代之骈语,唐之诗,宋之词,元之曲,皆所谓一代之文学,而后世莫能继焉者也"①,遂成为定论。对于造成文体代变、代胜的原因,古代文论家也进行了多方面的探讨,有认为"格由代降,体骛日新"②,有认为盛极而衰,自然之势,到王国维则主张:"盖文体通行既久,染指遂多,自成习套,豪杰之士亦难于其中自出新意,故遁而作他体,以自解脱,一切文体始盛终衰者,皆由于此。"③此说着重从文体演进的内因立论,颇为切合中国文体发展的实际,而王国维对文体演进较深入的探讨,已开启了近代文体研究的先声。

## 三

综观中国古代文体论的发展历程和丰富内容,其总体特点可归纳为如下四项。

### (一) 体系完备而凝固

古代文体论形成了十分完备的体系,对文体从渊源缘起、释名分类、体制风格、流变演进等多方面展开研讨,可谓严密周详,这在古代文论诸多领域中是极为罕见的。而且,这一完备的体系又有早熟的特点,它在齐梁时代的《文心雕龙》中已达到了完全的成熟。此后,历代文体论虽在某些方面也有新的发展,但从整个体系来看,则趋于因袭凝固,而少有重大的突破,较之古代文论的其他领域显得缺乏创造力。古代文体论的这一特点,与整个传统文化封闭而自足的特征是一致的,而且表现得格外典型。

### (二) 体式繁多而琐碎

古代文体论的体式多样化,主要有下述几类:(1) 总集附论,这是分

---

① 王国维《宋元戏曲史》"自序",叶长海导读,上海古籍出版社1998年版,第1页。
② 毛先舒《诗辩坻》卷四"词曲",郭绍虞编选《清诗话续编》,富寿荪校点,上海古籍出版社1983年版,第92页。
③ 王国维《人间词话》卷上,黄霖等导读,上海古籍出版社1998年版,第13页。

体总集在选文的同时,对文体的特征进行论述,后来这些附论往往脱离总集而集结单行;(2)文体专论,这是以单篇论文的形式对某一文体进行较深入的探讨;(3)文体专著,这是独立构思、自成体系的研讨文体的专著;(4)诗词文话,在诸多的诗、词、文话及其他文论著述中都有论及文体的内容。这些体式不同的文体论,出发点不同,价值也不同。除《文心雕龙》等少数论著外,大都零星琐碎,所论难以深入,但吉光片羽,不乏精到之说。

### (三)重诗文而轻俗体

诗文是古代正统文学的主要类别,因而古代文体论的对象主要即是各体诗文,有的甚至在诗文中还区分尊卑等级,而对历代通俗文体一般均持轻视、排斥的态度。《文心雕龙》对谚、谣、讴、吟等俗体仅列其目,《文章辨体》将词曲列于末位,《文体明辨》则将"闾巷家人之事,俳优方外之语"别为附录,而绝大多数文体论著都一致忽视小说、戏剧体裁,这些无疑都是封建正统观念的明显反映。这一方面使古代诗文体裁的探讨深入细致,不厌其详,而另一方面排斥历代通俗文体,使古代文体论产生了严重缺陷。

### (四)重辨体而轻总论

古代文体论的形成和各类文集的编纂有着密切的联系。总集、别集分体编排的目的是提供范本,便于模仿,而文体论的主要宗旨也是阐明体制,指导写作。因此古代文体论的核心就是辨体,所谓"体愈众,辨当愈严"。而辨体往往着眼于文体的个别考察或相关文体的比较区分,缺乏对文体总体发展趋势的论述。因而,古代文体论对众多文体的辨析可称日益精细,却缺少深入探究文体产生、发展和演进的规律,从而使其愈益趋向条分缕析、支离破碎,缺乏思辨性和理论价值。

综上所述,古代文体论有体系周详、辨体细密、体式丰富的优长,也有因袭凝固、论述琐碎、缺少理论深度的局限。而在整个古代文论中,这种相对独立、自成体系的文体论仍有着不可忽视的价值。它与古代文学作品的阅读赏析,与古代文集体式的研究,与古代文学形式以及古代文学发展规律的探讨,都密切相关。它又是文体学、文章学、写作学、文学史、文学批评史等学科的组成部分,更对建设中国新的文体学有着重要的借鉴意义。因此,对这一份丰富遗产,有必要进行深入的整理和研究。

笔者认为,这一领域的工作至少有如下三项:(1)搜辑资料。古代文体论的文献资料琐碎而分散,尤其是散见于大量诗话、文话、序跋等著述中的材料,尚待仔细辑集;对古代各类总集和文体论专著也要继续深入寻访。这些都是文体论研究的基础材料工作,需要花力气力求完备。(2)整理论著。古代文体论有代表性的重要论著,除《文心雕龙》《文章辨体序说》《文体明辨序说》《春觉斋论文·流别论》等数种外,大多未经整理,且传布不广,难以寻检,应着手对其进行系统整理。其形式可分两类:一为论著汇编,将文体论的重要论著汇为一帙,点校整理;一为文体集释,依文体将有关论著的内容分列其下,撰为集释,便于比较,并可用作工具书。这项工作也是文体论研究的基础工程,需要认真搜辑整理。(3)撰写专著。古代文体论的研究尚缺乏有分量的专著,有必要在深入研究的基础上,撰写出对古代文体论进行全面评述的研究专著,以填补古代文体论研究中的这一空白,并进而挖掘它对建设新文体学的借鉴作用,并可与西方文体学进行深入的比较研究,探索中西文体理论的异同。

**1997年11月中国古代文论学会第十届桂林年会论文**

# 唐代古文家开拓散文体裁的贡献

唐代"古文运动"是古代散文史上的一次重大变革。这场运动的根本目的是革新文体、端正文风，使古代散文的创作沿着健康的道路继续发展。其中，尤以革新文体为整个运动的直接目标。

中国古代所谓"文体"，包含着多重含义，除了指文学的体貌风格，即《文心雕龙》"体性"之"体"外，基本的尚有两层：一是指文章使用的语言体式，如骈体、散体；一是指作品区分的体裁类别，如辞赋体、序跋体等。唐代古文运动革新文体的内容，包括了革新语言体式和文章体裁两个方面，而且二者相辅相成。所谓革新语言体式，即以散代骈，以散行单句替代双行偶句的行文体式。对于古文运动这方面的成就，研究者们已作了充分的阐述，本文不拟详论。所谓革新文章体裁，即改造汉魏以来逐渐定型的传统体裁，开拓适用于古文表达的新体裁。对于古文运动这方面的成就，尤其是古文家开拓散文新体裁的贡献，历来注意甚少，本文准备就这一论题进行初步探讨。

古代文学体裁的形成和发展，经历了相当长的历史过程。先秦时代是古代文体的萌芽期。经、史、子各类著述中包含着不少初步定型的文体和尚未定型的文体雏形。如《诗经》以四言为主，杂以三言、五言、六言、七言等句式，开启了古体诗各种体类的先河；《尚书》区分典、谟、训、诰、誓、命六体，则是后世诏令类文体的渊源；《左传》中出现的文体，陈骙《文则》曾列举命、誓、盟、祷、谏、让、书、对八类，其余如论、告、箴、铭、诔等，书中也屡见；诸子百家主议论，故论辨之文在诸子著作中都已略备体制。可以说，后代文章的主要体裁，大都可以在先秦著述中找到源头。因此，章学诚有云:"后世之文,其体皆备于战国。"①当然,由于先秦文章和学术仍是一体,文学在形体上尚未独立,因此,这一时期只能视为古代文体的滥觞。两汉时期,文章与学术逐渐分离,文学包括其形体逐步取得了独立的地位,文学体裁也随着文学的繁荣而逐渐丰富。根据《后汉书》传主著述目录的统计,东汉时代文人使用的文体已有四十余种,举凡诗赋、论说、奏议、诏令、书笺、哀祝、箴铭、颂赞、碑志等古代文章的基本体类都已大致齐备。因此,两汉可称为古代文体的形成期。魏晋以降,中国文学进入了自觉发展的新时代,作家作品的大量产生,各类文集的大量结撰,文体论著的大量涌现,都使古代文体更趋成熟,它们的体制规格逐渐定型,并产生了各自的典范作品。《文心雕龙》的文体论和《昭明文选》正是从理论和作品两方面对达到成熟阶段的古代文体进行了总结。《文心雕龙》设专篇进行详细论述的文体有诗、乐府、赋、颂等三十余种,《文选》入选有范文的文体有赋、诗、骚、七等三十七种,二者类目大致相同。可见到齐梁时,古代文学特别是散文的主要体裁已臻成熟。直至唐初,散文创作仍沿袭这些体裁。试看《全唐文》中唐初代表作家如"四杰"(王勃、杨炯、卢照邻、骆宾王)、陈子昂、"燕许大手笔"(张说、苏颋)的作品,其体裁基本上仍不出齐梁时业已定型的传统文体的范围。

值得注意的是,古代文学体裁从形成到成熟的过程,与文学语言骈偶体式从形成到成熟的过程大体上是同步的;或者说,文学体裁的定型化和行文体式的骈偶化是几乎同时完成的。至南北朝后期,几乎所有的文体都使用骈辞俪句来写作,连实用性很强的书启、碑志类文章也不例外。可以说,骈体诗文占据了当时的整个文坛。这可以看作中国文学从自觉到成熟的一个显著特点。这种文学形式的成熟和积淀固然为文学高潮的到来奠定了基础,但与此同时,它的定型和凝固也给文学的进一步发展从行文体式和文章体裁两方面提出了变革的要求。于是,这个任务便历史地落到了唐代文学家尤其是古文家的肩上。

唐代古文家革新文体的努力一开始就是从变革行文体式和开拓散文

---

① 《文史通义校注》,第60页。

体裁两方面展开的。被称为"古文运动先驱"的以萧颖士、李华、元结、独孤及为代表的一批古文家,一方面较为全面地批判了骈体文的流弊,提出了建设"古文"文体的要求,从而为古文运动打下了理论基础;另一方面,又在创作实践上开始了可贵的探索和尝试,尤其在散文体裁的开拓上迈出了重要的一步。兹将李、元、独孤三家散文作品依体裁分类统计如表1(存文依《全唐文》统计,萧颖士存文仅二十七首,代表性不强,未列入):

表1 三家散文作品体裁分类统计表

| 作者 | 各体裁数量/首 | | | | | | | | | | | | 小计/首 |
|---|---|---|---|---|---|---|---|---|---|---|---|---|---|
| | 赋 | 颂赞 | 箴铭 | 表奏 | 碑志 | 祭吊 | 传状 | 论 | 书 | 序 | 记 | 杂文 | |
| 李华 | 4 | 26 | 2 | 0 | 21 | 6 | 2 | 4 | 3 | 13 | 16 | 5 | 102 |
| 元结 | 1 | 2 | 30 | 36 | 0 | 0 | 0 | 6 | 6 | 8 | 8 | 33 | 130 |
| 独孤及 | 2 | 8 | 4 | 47 | 37 | 21 | 1 | 1 | 1 | 55 | 8 | 2 | 187 |

由表1可以看出,这三位古文家除了沿用传统文体外,一是大力从事"序""记"体的创作,二是开始了写作"杂文"的尝试,这三项作品的数量之和占了各自存文总数的三分之一强。这说明,这些先驱者们已意识到,变革行文体式与革新文章体裁必须同步进行,开拓适于运用古文的新体裁尤为当务之急。此后,无论是中唐古文创作的全盛时期,还是晚唐古文运动的延续时期;无论是韩愈、柳宗元等古文运动的主将,还是皮日休、陆龟蒙、罗隐等后起之秀,都注意将体裁的革新与"古文"体式的建设紧密结合在一起,有意识地将散文体裁的开拓作为古文创作的一个重要的目标来追求,并在这方面取得了令人瞩目的成就。

从总体看,唐代古文家革新文章体裁是从三方面入手的:一是改造汉魏以来逐步形成发展、到齐梁基本定型的传统文体,二是拓展某些前代虽已形成但尚未充分发展的体裁,三是开创一批完全以"古文"表达的新体裁。对传统文体的改造又包括两方面:一方面是变"骈四俪六"而以"古文"行文,另一方面是对传统的体制格局、表现手法、风格特征等进行革新。这种改造其实从唐初陈子昂的奏议文写作中就已开始。其后韩愈的碑志文、哀祭文,元稹、白居易的制诏文以及许多古文家的书、笺、铭、赞、箴、诫文等,都取得了对传统体裁实行改造的巨大实绩。经过古文家的努力,骈体几乎占据一切文章领域的局面大为改观,许多传统文体获得了新的生命力,继续作为古代散文的基本体裁而被广泛使用。然而,唐代古文家革新文章体裁的贡献更主要的是体现在拓展某些旧文体和开创一批新文体上,具体地说,前者主要是序文类、杂记类、传记类,后者则主要指杂文类。以下分类进行探讨。

(一) 序文类

序(或作叙)是一种阐述作者著书旨意的文体,即伪孔安国《尚书序》所谓"序所以为作者之意"。序文之作,起源甚早,自先秦始,经、史、子各类著述,多有序文传世。六朝文集繁盛,文集之序,渐成大国。唐代序文更有长足的发展:一是写作蔚然成风,数量骤增,仅《文苑英华》所载各类序文,就达四十卷近六百首之多;二是序文的种类也有发展,除传统的著述序、文集序、诗序外,又衍生出宴游序、饯送序等。序文已成为唐代散文的主要体裁之一。唐代序文的迅速发展,与古文家的大力开拓是直接相关的,而文集序和饯送序两类,尤为古文家所重视。

六朝至唐初的文集序,由于文尚骈偶,因此堆积辞藻和事典、讲究矫饰和溢美,成为其通病。古文家撰写的文集序文,除了变革其行文体式,使之更切实用之外,还有两个显著特点。

首先,是普遍利用序文阐发文学思想、宣传古文理论。如李华《赠礼部尚书孝公崔沔集序》、独孤及《检校尚书吏部员外郎赵郡李公中集序》、梁肃《秘书监包府君集序》等,都是宣扬古文理论的重要篇章。有的古文家则在为自编文集所撰序文中,集中发挥自己的文学主张,如元结《文编序》提出的"救时劝俗"①,皮日休《文薮序》提出的"上剥远非,下补近失"②,陆龟蒙《笠泽丛书序》提出的"内壹郁则外扬为声音"③等。所有这些,都说明文集序已成为古文家们宣扬其理论主张的重要工具。

---

① 元结《文编序》,《次山集》卷一二,文渊阁《四库全书》本。
② 皮日休《文薮序》,《皮子文薮》卷首,上海古籍出版社1981年版。
③ 陆龟蒙《笠泽丛书序》,《笠泽丛书》卷首,文渊阁《四库全书》本。

其次,是大力利用作序相互鼓吹呼应,扩大古文影响。这从古文运动的先驱者们就已开始:李华为萧颖士文集作序,独孤及为李华文集作序,李舟和梁肃分别有《独孤常州集序》和《常州刺史独孤及集后序》。这样的递相鼓吹,使古文运动的声势鼓荡回响,波澜起伏。后代古文家也多承之,如刘禹锡为柳宗元集作序,李汉为韩愈集作序等等。古文家文集序的这些特点,使其内容由传统的叙生平、述旨要、作评价发展为评骘文坛风会,阐发文论奥义,揭示承传体系,序文的体制也由以铺陈叙述为主转向议论风发、探幽索微。

饯送序实际是饯送诗序,古人亲友饯别,相与作为诗歌,积而成帙,因之成序。后来也有并无赋诗而径直作序文送别的,因此清代姚鼐认为此体源于古人"君子赠人以言"之意,总称之为"赠序"。此体始于唐初,唐代科举制度的盛行为这种体裁的迅速发展提供了特殊条件[①],经古文家的大力创作,序文别支,蔚成大国,《文苑英华》所载序文中,饯别序占了十七卷三百余首,超过半数。唐初四杰、陈子昂以及李白多有饯送序之作,但古文家出,此体创作更盛,李华、独孤及、梁肃、权德舆、韩愈、柳宗元、欧阳詹、沈亚之等,都有大量饯送序文。他们的作品不但以散行为主,而且在题材和体制上多有开拓,其中,尤以韩愈所作"得古人之意,其文冠绝前后作者"[②]。韩愈的饯送序三十四首,其内容大大突破了述交游、惜别离的局限,或议吏治,或抒怀抱,或论艺文,或垂训诫,极大地扩展了这种文体的题材。与此相适应,其体制也往往变开头部分的缘由叙述而为劈头发论,直入主题,气势充沛,议论横生,直至篇末才轻轻点明送别之意。经过古文家的广泛实践和精心创作,饯送序一体很快成熟起来,并后来居上,在数量上占据了序文类的首位。它实际上形成了一种新的能灵活地论理抒情的独立文体。姚鼐将"赠序"别立一类,是颇具见识的。

(二) 杂记类

徐师曾云:"《禹贡》、《顾命》,乃记之祖;而记之名,则昉于《戴记》、

---

① 参见傅璇琮《唐代科举与文学》,陕西人民出版社 1986 年版。
② 姚鼐《古文辞类纂序目》赠序类序,姚鼐纂集《古文辞类纂》卷首,胡士明、李祚唐标校,上海古籍出版社 1998 年版。

《学记》诸篇。厥后扬雄作《蜀记》,而《文选》不列其类,刘勰不著其说,则知汉、魏以前,作者尚少。其盛自唐始也。"①六朝时有"奏记""书记"之称,《隋志》史部著录有大量"地理之记"和"旧事之记",但径称为记的单篇文章实不多见。可见,记为文之一体,六朝时尚未成熟。唐初续有所作,但数量既少,又无特色。自古文家开始,记体文的创作才趋大盛,题材包罗万象,体制亦纷繁多姿,逐步形成为后代文体论著称之为"杂记"的一类文体。《文苑英华》选录记体文凡三十八卷三百余首,主要包括公署厅壁记、楼堂亭阁记、山水宴游记等题材。

唐代"朝廷百司诸厅皆有壁记,叙官秩创置及迁授始末。原其作意,盖欲著前政履历,而发将来健羡焉"②。这类厅壁记之作,李华可视为主要创始人,今传其作品尚有《御史大夫壁记》等十一首。其后作者渐多,如元结的《道州刺史厅记》、韩愈的《蓝田县丞厅壁记》等,均是佳作。《文苑英华》载公署厅壁记十二卷九十余首,可见一时之盛。

唐人于楼阁亭台等建筑落成之时,也往往撰写记文,记其历史沿革,志其修造经过,状其四周景物,抒写作者怀抱。古文家此类名作甚多,如韩愈《新修滕王阁记》、柳宗元《零陵三亭记》、元结《茅阁记》、皇甫湜《朝阳楼记》、白居易《庐山草堂记》、皮日休《郢州孟亭记》等,都各有特色。这些借楼阁亭台以抒怀言志的佳作,对宋代之后的大量同类作品,起着直接的示范作用。

六朝盛行山水诗,但模山范水的散文,当时除一些短书小笺外,则不多见。山水游记的正式创始,也是唐代古文家的功绩。元结的《右溪记》得风气之先,故清代吴汝纶曰:"次山放恣山水,实开子厚先声。"③柳宗元的《永州八记》则成为古代山水游记的奠基之作。这些作品描画景物,形神毕现,传写心态,精细入微,文辞峻洁,意境幽深,奇情异彩,成为历代游记文的典范。

---

① 徐师曾《文体明辨序说》,《历代文话》第二册,第2116页。
② 封演《封氏闻见记》卷五,赵贞信校,中华书局2005年版,第41页。
③ 高步瀛选注《唐宋文举要》甲编卷一引,上海古籍出版社1982年版,第87页。

除此之外,举凡书画、器物的形制,城、门、桥、井的营造,河渠、水利的开凿,灾情、祥瑞的出现,等等,唐人都有记述之文流传。可见,由古文家大力开拓的杂记之文,成为记录社会生活的一种重要文体。虽然它的内容庞杂,体制不一,但由于它以叙事为主,间以描写、抒情、议论等多种表达方式,且多以散行,少涉骈偶,能反映广阔的生活画面,展现作者丰富的精神世界,因而获得了强大的生命力。唐宋以降,杂记文迅速发展成为古代散文的大宗。

(三) 传记类

中国古代记载人物事迹,史家有"列传""杂传",文家则有碑志、行状,而"不当作史之职,无为人立传者"①,可见古代文人向无作传的传统。汉魏以来,偶有以传名文者,或是虚拟的赋体之法,如阮籍《大人先生传》;或是文人戏谑以自传,如陶渊明《五柳先生传》。至唐代古文家手中,传记文才有了较大的开拓,无论是数量、题材和形式很快发展起来。其中尤其值得注意的有三类:

一是寓言传,如韩愈《毛颖传》,柳宗元《李赤传》《蝜蝂传》,陆龟蒙《管城侯传》,等等。这类作品多虚构寓言故事以讽世刺时,都写得辛辣犀利,鞭辟入里;在艺术上则以形象描摹的细腻逼真见长。它们不仅使人看到形象的人情世态,也为人物传记的创作提供了借鉴。

二是文人自传,这种模拟《五柳先生传》的作品唐代尚有王绩《五斗先生传》、白居易《醉吟先生传》、陆龟蒙《甫里先生传》以及陆羽《陆文学自传》、刘禹锡《子刘子自传》等。这类作品大都以简练传神的笔触、幽默诙谐的语言,抒写胸怀抱负,表现情趣个性。它们不但给后人留下了珍贵的传记资料,而且主人公的风神品貌,尤具强大的艺术魅力。

三是下层人物传记。韩愈的《圬者王承福传》,柳宗元的《梓人传》《种树郭橐驼传》《宋清传》,等等,都刻画了下层劳动人民的高超技能和优良品德,并借以对吏治、世风发表了令人深省的针砭。这就为后代各种人物传记的大量涌现开启了良好的风气。

---

① 顾炎武《日知录》卷一九《论文》"古人不为人立传"条,《历代文话》第四册,第3241页。

此外，李华、李翱、沈亚之、杜牧等唐代古文家普遍以文人的身份为人立传，这就突破了只有史官才能作传的惯例。另外，从传记文的种类看，已有寓言传、自传、别传（卢藏用有《陈子昂别传》）、小传（李商隐有《李贺小传》）等多种。因此，宋代以后传记文的普遍发展，实奠基于唐代古文家的开拓。

（四）杂文类

杂文是最能体现唐代古文家在散文体裁上创造精神的一类文体。杂文之名，始见于《文心雕龙》，其《杂文》篇包括对问、七、连珠三体，实际均属辞赋类。唐代进士科考试，有"杂文"的科目，初指箴、铭、记、表之类，天宝年间始定为诗、赋各一首（见徐松《登科记考》），均与古文无涉。唐李汉《昌黎先生集序》中列举韩愈作品有"杂著六十五"之说①，皮日休自编《文薮》中亦有"杂著"二卷，这里的"杂著"，才是指韩、皮二家在传统文体外创作的文章。宋代编纂《文苑英华》时，立"杂文"类，凡二十九卷，其中绝大部分为无法归入传统文体的唐代古文家的创作。"杂文"之名，遂沿用至后代。至姚铉辑《唐文粹》，更将古文家的杂文作品径直辑为"古文"八卷。可以说，杂文是唐代古文家在传统文体之外独创的以古文行文的文体类别。

据《全唐文》粗略统计，今存唐代古文家的杂文作品共约四百篇。其中，盛唐时期四十余篇，中唐时期约百五十篇，晚唐时期约二百篇，可见其创作随时代推移而呈现愈益繁盛的趋势。在古文运动的先驱者中，李华是较早创作杂文的作家，今存《言医》《贤之用舍》《君之牧人》《国之兴亡》《材之大小》五篇，可视为最早的一批杂文作品。元结则是第一个大力从事杂文创作的古文家，有"五规""二恶"等杂文三十余篇传世，为唐代杂文的繁荣开辟了道路。其余如独孤及、权德舆、李观、杜甫等也都有创作。韩、柳是古文运动的领袖，也是杂文创作的大家，分别有二三十篇作品留传。他们的作品体裁广泛，立意深刻，语言精粹，成为杂文创作的典范，从而奠定了这类新创文体的基础。此外，中唐时期杂文创作较多的

---

① 李汉《昌黎先生集序》，韩愈撰，马其昶校注，马茂元整理《韩昌黎文集校注》，上海古籍出版社 1986 年版，第 2 页。

尚有刘禹锡、李翱、牛僧孺、皇甫湜、舒元舆、李甘、沈亚之等人，可见杂文已成为当时古文家普遍采用的文体。至晚唐，写作杂文更成为普遍的文坛风尚，今有较多作品传世的就有杜牧、陈黯、李商隐、刘蜕、孙樵、皮日休、陆龟蒙、司空图、来鹄、程晏、黄滔、杨夔、沈颜、罗隐等十余家。其中皮、陆、罗三家更是以杂文著称于世，他们的作品充满对社会的揭露和抗争，艺术上也更趋成熟，被鲁迅誉为"一榻胡涂的泥塘里的光彩和锋铓"①。晚唐的杂文体裁也有新的发展，并出现了杂文专集，如皮日休《鹿门隐书》、罗隐《谗书》等。这些都标志着由唐代古文家开创的杂文体裁已完全成熟。由于晚唐骈文体的回潮，因此，这时期的杂文就作为唐代古文创作的殿军而在晚唐文坛上独放异彩。

　　从体制上着眼，杂文实际上是范围较为宽泛的一类作品的总称。杂文之"杂"，主要是指这些作品体制上的杂驳不一，亦即徐师曾所谓的"随事命名，不落体格"②。这种体制上的特点，是相对于体制业已成熟定型的传统文体而言。但唯其如此，杂文才更多地体现出文章体制上的灵活性、多变性、创造性，也才能成为孕育出一批新的散文体裁的摇篮。从唐代杂文创作的全过程看，从一开始，一些不同于传统文体的全新的文章体裁就在古文家的笔下自觉或不自觉地被创造出来，并随着创作实践的丰富而逐步发展和定型。最初注意到这批新体裁的是《唐文粹》的编选者姚铉，他在"古文"的类目下又分列"言""语""对""答""读""辩""解""说""评"等子目，并依类选录了代表作品。到明清的文体学家手中，才进一步对唐代杂文中的这批新体裁从理论上进行总结和阐述，并正式在文体论著中将它们与传统文体相并列。现将唐代杂文中孕育出来的新文体择要列举如下，并举其代表作品略加说明。

　　**辩**　又写作"辨"。两字在辨别、区分、差异的字义上通用，但实际上有辩驳、辨析二体。主辩驳者如韩愈《讳辩》、柳宗元《桐叶封弟辩》、杜牧《三子言性辩》、独孤郁《辩文》等；主辨析者如柳宗元《辨列子》等七首、牛僧孺《辨私论》等。

---

　　①　鲁迅《小品文的危机》，《南腔北调集》，《鲁迅全集》第五卷，人民文学出版社1973年版，第171页。
　　②　徐师曾《文体明辨序说》，《历代文话》第二册，第2108页。

**解** 主于说释,"以辩释疑惑、解剥纷难为主"①。如韩愈《获麟解》、李翱《命解》《解惑》、李甘《叛解》等。

**释** 解之别名,如韩愈有《释言》,司空图有《释怨》。

**说** 亦称"杂说"。这种"说"文与《文心雕龙·论说》所论游说之辞不同,乃带有解说性的杂感之文,唐代古文家所作甚多。如韩愈、李翱、陆龟蒙、罗隐都有《杂说》之作,韩愈另有名篇《师说》,柳宗元有《天说》《捕蛇者说》等说文十余首。

**原** 原者,"原其所自始也"②,亦即推原事理的根本。韩愈首先有"五原"之作,继而牛僧孺有《原仁》,皮日休更作有"十原"。

**评** 主于评判议论,如陆龟蒙《大儒评》、程晏《祀黄熊评》。

上列六种都是议论类文体,唐人所作,今存共一百余首。特点是发论各有所侧重,自成一格;体制短小精悍,灵活多变。

**对问** 又称"答问",假设问答以发议论。如韩愈有《对禹问》,柳宗元有《答问》《愚溪对》等,孙樵有《寓居对》《乞巧对》等。

**言** 李翱有《拜禹言》,杜牧有《罪言》,陆龟蒙有《冶家子言》等。

**语** 牛僧孺有《齐诛阿大夫语》,皮日休有《补泓战语》,罗隐有《二工人语》等。

**喻** 设喻以言,如元结《喻友》、罗隐《槎客喻》等。

上列四种都是借言语对话发议论的体裁,或直接,或间接(假设问答、假借典故、设喻),体制似更为灵活,不拘一格。

**读** 韩愈有《读荀》《读鹖冠子》等四首,皮日休有《读司马法》等。

**题后** 柳宗元有《读韩愈所著毛颖传后题》,李翱有《题燕太子丹传后》,杜牧有《题荀文若传后》等。

**书后** 陆龟蒙有《书李贺小传后》等。

上列三种都是于读书之后,就书写志,记录心得之文,大多由原书引申发挥,集中一点,深入阐述,故也都是议论文体。但由于它们与著述关系密切,故古代将它们列于序跋类。

---

① 徐师曾《文体明辨序说》,《历代文话》第二册,第 2104 页。
② 皮日休《十原系述》,《皮子文薮》卷三,第 21 页。

述　　记人述事之文,如元结有《自述》,李翱有《陆歙州述》,欧阳詹有《甘露述》,舒元舆有《养狸述》等。

录　　与"述"略同,如李翱《何首乌录》、杜牧《燕将录》、孙樵《孙氏西斋录》等。

志　　记述事物之文,如柳宗元《铁炉步志》、刘禹锡《救沉志》、陆龟蒙《蟹志》。

书　　记人事之文,如孙樵《书何易于》《书田将军边事》,周墀《国学官事书》等。

表　　表识人物之文,沈亚之有《表医者郭常》《表刘薰兰》。

上列五种,都为记叙之文,或记人,或叙事,与传记文和杂记文略同,唯使用更为灵便,行文更无定格。

随感　　唐代杂文中,有一类文体篇制尤为短小,往往三言二语,不成文章,抒写一时一事之感受,但深邃精辟,颇近格言,且多集以为束,现总以"随感"称之。此体始创于元结,今存《七不如七篇》《订古五篇》等。晚唐刘蜕《山书一十八篇》,皮日休《鹿门隐书六十篇》,都是此体。

以上五大类近二十种杂文体裁,部分源出于前代著述,但作为散文之一体,大多为唐代古文家所独创。从表达方式看,这些文体或主议论,或主记叙,但尤以议论占绝大多数。传统的议论文除奏议类外,只有"论"一种体裁,但它的写作强调"弥纶群言,而研精一理"①,体制较为固定,篇幅也较大。古文家创造的这批主议论的文体,发论角度各有特色,行文体制灵活多变,篇幅短小,纯以散行,尤适于表达作者个人的情志和对社会人生的看法,从而大大丰富了议论文的体类。至于主记叙的杂文体裁,可视为传记文和杂记文的补充。其他不明确标明体裁的唐代杂文作品,大部分也都可归入议论和记叙两大范畴,且亦以议论为多数。由此可见,杂文又可看作是以议论为主体的一类文体的总称。唐代古文家的杂文创作,对后代产生着深远的影响,宋、元、明、清的文人文集中,各体杂文都占有相当的比重;现代文学中杂文创作的繁盛,也直接渊源于唐代,鲁迅杂

---

① 刘勰《文心雕龙·论说》,《文心雕龙注》,第327页。

文创作的成就即是一个明证。

　　从以上概述的序文、杂记、传记和杂文四大类文体来看,唐代古文家在散文体裁的开拓上是自觉的,是富于创造性的。其中,既有对旧有文体在题材、体制方面的开拓发展,更有创造新文体的巨大热情和自觉实践。而且,这种文章体裁上的开拓和新的语言体式——"古文"的建设又是紧密结合、互为依存的,它们共同显示了唐代古文运动文体革新的实绩。古文家的领袖韩愈提倡散文创作要"能自树立,不因循"①,古文运动对文体的革新正是实践这一主张的重要方面,而这种努力开拓、创新的精神也正是中国古代散文在唐代能顺利实现重大变革、继续健康发展的根本原因。文学体裁、行文体式都属于文学的形式范畴,在文学研究中向来不受重视,但文体革新在唐代古文运动中所起的举足轻重的作用显然值得文学史家深入探究。

　　唐代古文家所开拓的这批散文体裁,既补充了传统文体中议论类、记叙类文体的不足,又开启了能融汇多种表达方式、短小精悍、灵活多变的散文新体制,从而大大丰富和充实了散文体裁的阵营。从古代文体发展的进程看,萌芽于先秦、形成于两汉、成熟于齐梁的古代诗文体裁,经唐代而达于完备,其中,散文体裁的完备主要是唐代古文家的贡献。宋代之后,除极个别体类外,古代散文在体裁上基本已无新的发展。从这个意义上说,唐代古文家革新文体的努力为后来的散文发展铺平了道路,在中国古代散文史上建立了特殊的功勋。

《文学遗产》1990 年第 1 期

---

① 韩愈《答刘正夫书》,《韩昌黎文集校注》卷三,第 207 页。

# 唐代科举试论小考

唐代科举以"诗赋取士",已成为文学史上的"老生常谈"。近来,陈飞博士著《唐代试策考述》(中华书局2002年4月版),广征文献,对人们一向忽视的唐代科举中试策的情况作了全面梳理,大大丰富了我们对唐代科举的认识。其实,除了诗赋和对策之外,曾用作唐代科举的文体还有箴、铭、颂、表、论等多种(帖经和墨义不能算作正式文体),此类相关资料极少,一般更少人注意,但其中试"论"同试诗赋、试策一样,对宋代科举产生着直接影响,不容忽视,故掇拾有关文献,撰为小考。

唐初沿袭隋制,进士科考试仅试策。牛希济《贡士论》称:"国家武德初,令天下冬季集贡士于京师,天子制策,考其功业辞艺,谓之进士。"[1]这里所试之策,都指考询政务的"时务策"。太宗贞观八年(634),诏加进士试读经史一部,但这只是扩充了试策的内容,而并非所谓的"帖经"。高宗调露二年(680),主持科举的考功员外郎刘思立因进士科仅试策,"以其庸浅,奏请帖经及试杂文,自后因以为常式"[2]。次年,即永隆二年(681),高宗《条流明经进士诏》曰:

> 自今已后,考功试人,明经每经帖试,录十帖得六已上者,进士试杂文两首,识文律者,然后并令试策日仍严加捉搦。[3]

---

[1] 李昉等编《文苑英华》卷七六〇,中华书局1966年版。
[2] 王溥《唐会要》卷七六,中华书局1955年版,第1379页。
[3] 唐高宗《条流明经进士诏》,宋敏求编《唐大诏令集》卷一〇六,中华书局2008年版,第549页。

清代徐松的《登科记考》在"进士试杂文两首"下加注谓："按杂文两首,谓箴铭论表之类。开元间,始以赋居其一,或以诗居其一,亦有全用诗赋者,非定制也。杂文之专用诗赋,当在天宝之季。"①根据《登科记考》的考订,永隆至天宝末(680—756)几十年间所试的杂文可考的有:

《九河铭》《高松赋》(垂拱元年[685])
《耤田赋》(先天二年[713])
《旗赋》(开元二年[714])
《丹甑赋》(开元四年)
《止水赋》(开元五年)
《北斗城赋》(开元七年)
《黄龙颂》(开元十一年)
《终南山望余雪诗》(开元十二年)
《考功箴》(开元十四年)
《积翠宫甘露颂》(开元十五年)
《冰壶赋》(开元十八年)
《梓材赋》《武库诗》(开元二十二年)
《花萼楼赋》(开元二十五年)
《拟孔融荐祢衡表》《明堂火珠诗》(开元二十六年)
《玄元皇帝应见贺圣祚无疆诗》(天宝四载[745])
《罔两赋》(天宝六载)
《豹舄赋》《湘灵鼓瑟诗》(天宝十载)
《东郊迎春诗》(天宝十五载)②

从能考得的杂文体裁看,有铭、赋、颂、诗、箴、表六种,而以赋、诗为多。它们印证了徐松的注文是归纳各年试题而作,其中虽恰好缺少"论"体,

---

① 徐松《登科记考》卷二,赵守俨点校,中华书局1984年版,第70页。
② 参见《登科记考》卷三至卷九,第80、167、172、184、187、201、238、239、243、250、255、266、282、290、309、312、322、339页。

但其必有所据。因此,可以认为,论体在这期间首次被列入了科举文体。

天宝之后,进士科考试稳定为帖经、诗赋、时务策三场形式,这种情况到德宗初又有变化。《新唐书·选举志》云:

> 建中二年,中书舍人赵赞权知贡举,乃以箴、论、表、赞代诗、赋,而皆试策三道。①

其后,赵赞的主张付诸实施。根据《登科记考》的考证,随后几年中,建中三年(782)试《学官箴》,又该年别头试试《敧器铭》,建中四年试《易简知险阻论》,兴元元年(784)试《朱干铭》。建中四年有熊执易及第,《登科记考》引《国史补》云:"熊执易通于《易》义,建中四年,侍郎李纾试《易简知险阻论》,执易端坐剖析,倾动场中,一举而捷。"又引《记纂渊海》转引《该闻录》云:"唐熊执易通九经,当时设科取士,题目甚多,执易俱中等中。章武皇帝诏就殿,试以二论,一《简易而知险阻》,一《五运相承是非》。执易前论书三千字……朝廷赏其才,授西川节推。"徐松注曰:"按是时罢诗赋,故试进士有论。《该闻录》以为殿试,非也。"②这是唐代进士科试论可考知的唯一一次试题,可惜无该题论文流传。到贞元初年,试杂文又恢复用诗赋了。

大和七年(833),礼部根据文宗诏令,再次提出了科举改制的方案:

> 进士举人先试帖经,并略问大义,取经义精通者,次试议、论各一首,文理高者,便与及第……其所试议、论,请各限五百字以上为式。敕旨:依奏。③

至八年正月,礼部侍郎李汉奏:"准大和七年八月敕,贡举人不要试诗赋策,且先帖大经、小经共二十帖,次对正义十道,次试议论各一首讫,考覆,

---

① 《新唐书》卷四四《选举志上》,中华书局 1975 年版,第 1168 页。
② 《登科记考》卷一一,第 420—421 页。
③ 《唐会要》卷七六,第 1381 页。

放及第。"①这样,试论再次替代诗赋被列入了科举文体。诗人雍陶参加了大和八年的省试并登第,贾岛作有《送雍陶及第归成都宁亲》诗云:"不唯诗著籍,兼又赋知名。议论于题称,《春秋》对问精。半应阴骘与,全赖有司平……"②其三、四句正可证该年省试考核了议论和问义。但这次废诗赋的科举改制是李德裕入相后改革的一部分,随着李氏大和八年九月的下台,试议、论仅实行了一年,大和九年又恢复了试诗赋。③

在礼部省试偶尔以论替代诗赋的同时,吏部的"科目选"中,却一直使用试论。唐代吏部在常规铨选制度的基础上,为选拔杰出官员,又推行通过科目考试的"科目选",如"书判拔萃科""博学宏词科"等,"选未满而试文三篇,谓之'宏辞';试判三条,谓之'拔萃'。中者即授官"④。"博学宏词科"的"试文三篇",即试诗、赋、论各一首。⑤ 此科开科于开元十九年,王昌龄、李华、裴度、柳宗元、吕温等著名文人都曾考中此科。韩愈于贞元八年(792)进士及第后,曾三次参加博学宏词科考试,都未得中,其中一次曾为礼部录取,却被中书省驳下。但是,他却为后人完整地留下了一篇应试论文,即贞元九年的《颜子不贰过论》:

> 论曰:登孔氏(一作子)之门者众矣,三千之徒,四科之目,孰非由圣人之道,为君子之儒者乎?其于过行过言,亦云鲜矣,而夫子举不贰过唯颜氏之子,其故何哉?请试论之:
> 
> 夫圣人抱诚明之正性,根中庸之至德,苟发诸中形诸外者,不由思虑,莫匪规矩;不善之心,无自入焉;可择之行,无自加焉:故惟圣人无过。(集有故字)所谓过者,非谓发于行、形于言,人皆谓之过而后为过,生于其心则为过也。颜子之过,此类也。不贰者,盖能止之于始萌,绝之于未形,不贰之于言行也。《中庸》曰:"自诚明谓之性,自

---

① 《登科记考》卷二一,第761页。
② 彭定求等编《全唐诗》卷五七三,中华书局1999年增订本,第6708页。
③ 参见傅璇琮《唐代科举与文学》第十三章"唐人论进士试的弊病及改革",陕西人民出版社1986年版。
④ 《新唐书》卷四五《选举志下》,第1172页。
⑤ 参见王勋初《唐代铨选与文学》第八章"科目选",中华书局2001年版。

明诚谓之教。"自诚明者,不勉而中,不思而得,从容中道,圣人(集有者字)也,无过者也。自明诚者,择善而固执之者也,不勉则不中,不思则不得,不贰过者也。故夫子之言曰:"回之为人也,择乎中庸,得一善,则拳拳伏(集作服)膺而不失之矣。"又曰:"颜氏之子,其庶几乎!"言犹未至也。而孟子亦云:"颜子具圣人之体而微者。"皆谓不能无生于其心,而亦不暴之于外。考之于圣人之道,差为过耳。

颜子自惟其若是也,于是居陋巷以致其诚,饮一瓢以求其志,不以富贵妨其道,不以隐约易其心,确乎不拔,浩然自守,知高坚之可尚,忘钻仰之为劳,任重道远,竟莫之致。是以夫子叹其"不幸短命"、"今也则亡",谓其不能与己并立于至圣之域,观教化之大行也。不然,(集有夫字)行发于身加于人,言发乎迩见乎远,苟不慎也,败辱随之,而后思欲不贰过,其于圣人之道不亦远乎?而夫子尚肯谓之"其殆庶几"、孟子尚复谓之"具体而微"者哉?则颜子之不贰过者,在是矣。①

韩愈此论,论点鲜明,紧紧围绕孔子对颜渊"不贰过"的评价,阐发其内涵;文章结构注重起、承、转、合,层层推进,引述经典,说理有力,可看作唐代试论的一个范本。它的体制,与《昭明文选》中洋洋洒洒的长篇论体范文不同(唐代也有柳宗元《封建论》之类的宏论),应是为适应考试要求而形成的一种变体。其篇幅正合于前引礼部关于"所试议、论各限五百字以上为式"的规定,可见唐代选举中对试论已形成了相应的体制规范。此外,韩愈又有《省试学生代斋郎议》②,是贞元十年应宏词试而作(议、论相通);欧阳詹则有《片言折狱论》③,为其怀州应宏词试之作,体制也都与《颜子不贰过论》略同,可以参看。由于博学宏词科自开元至唐末几乎年年举行,故唐文中估计还有此类试论之作存在。虽然博学宏词科并非严格意义上的科举,但选、举之间毕竟相互关联,这些选举程文及其规范,对

---

① 《文苑英华》卷七五六。亦见《昌黎先生集》。
② 载《文苑英华》卷七六五。
③ 载《文苑英华》卷七四九。

科举试论无疑有直接的影响。

晚唐乃至五代的科场,仍基本沿袭诗赋、帖经、试策三场试的形式,再未见试论的记载。后周太祖广顺三年(953)正月,礼部侍郎赵上交奏:

> 进士元试诗赋各一首,帖经二十帖,对义五通,今欲罢帖经、对义,别试杂文二首,试策一道。①

可见此时似已停止试策,故赵上交提出恢复"试策一道",而更值得注意的是要求于诗赋外"别试杂文二首",即试诗赋与试杂文(当然不再包括诗赋)并列。该年八月,刑部侍郎、权知贡举徐台符又提出:"请别试杂文外,其帖经、墨义,仍依元格。"②但这里"别试杂文二首"的文体不得而知。此后,《旧五代史》于世宗显德二年(955)三月又有"尚书礼部贡院进新及第进士李覃等一十六人所试诗赋、文论、策文等"③的记载,该年五月礼部侍郎、知贡举窦仪的奏文中则称:

> 其进士请今后省卷限纳五卷以上,于中须有诗、赋、论各一卷,余外杂文、歌篇,并许同纳,只不得有神道碑、志文之类。④

新及第进士试有"文论",贡生所纳省卷中必须有"论一卷",可见后周"别试杂文二首"中,必已包括试论。至此,论成为与诗赋等并列的省试文体。也由此,宋初进士科"试诗、赋、论各一首,策五道,帖《论语》十帖,对《春秋》或《礼记》墨义十条"⑤的规定,就十分顺理成章地诞生了。

由以上考述可知,唐代进士科试论,最早约在高宗永隆二年后即已试行,以后在德宗建中四年、文宗大和九年又两次短期启用,但终唐一代,试论始终与试诗赋处于对立状态,而试诗赋居于绝对的主导地位,直至五代后周时,试论才与试诗赋同时列入科举。与此同时,从开元十九年始设立

---

① 《旧五代史》卷一四八《选举志》,中华书局1976年版,第1981页。
② 同上书,第1982页。
③ 《旧五代史》卷一一五《世宗本纪二》,第1527页。
④ 马端临《文献通考》卷三〇《选举考三》,上海师范大学古籍研究所、华东师范大学古籍研究所点校,中华书局2011年版,第870页。
⑤ 《宋史》卷一五五《选举志一》,中华书局1977年版,第3604页。

的博学宏词科考试中,论与诗、赋并列于"试文三篇"之中,此科开设延续至唐末乃至五代,因而,它在唐代选举试论中延续的时间最长,积累的经验也最多。北宋前期的进士科考试中,省试沿用了后周诗、赋、论、策、帖经、墨义并试之制,殿试诗、赋、论三首,则似继承了唐代博学宏词科"试文三篇"的传统,而宋代科举中试诗赋与试策论的长期论争,则可看作唐代此类论争的继续和发展。

2005 年作

# 《灵怪集》不是六朝志怪

《文学遗产》1984年第1期刊载了路工先生《〈南柯〉与〈南柯太守传〉》一文，文中说："不久前，黄永年同志给我寄来一部《祖庭事苑》，作者是北宋元丰年(约一○八○)间浙江人陈善卿。此书在我国早就失传，是日本早期(约一五二五)活字本。在书中引用了六朝志怪小说《灵怪集》中一篇《南柯》，却恰是唐代著名传奇作家李公佐的《南柯太守传》的一个底本。正好能够说明鲁迅所指的'传奇者流，源出于志怪'的一个实例。"

《南柯》一文的发现，无疑对《南柯太守传》以至唐传奇的研究有重要意义，值得引起小说史家的注意。但作者在这里有一个重要疏误，即《灵怪集》不是六朝志怪小说，而是唐人小说。

六朝志怪小说大多著录于《隋书·经籍志》，但其中并无《灵怪集》一书；而其他目录著作中亦均无记载唐前有此书，作者将《灵怪集》说成是"六朝志怪小说"，不知何据。然而，《新唐书·艺文志》小说家类则著录有唐代张荐所撰《灵怪集》二卷，《太平广记》引用书目中亦有此书。张荐，字孝举，深州陆泽人，是著名唐传奇《游仙窟》作者张鷟(文成)之孙，《旧唐书》卷一四九和《新唐书》卷一六一均有传。根据两唐书的材料，张荐生于天宝二年，大历中始授左司御率府兵曹参军，历任阳翟尉、左拾遗、太常博士、工部员外郎、谏议大夫、工部侍郎兼御史大夫等职。他"博洽多能，敏于占对"，故兼任史馆修撰二十年，并两次出使回纥。贞元二十年，吐蕃赞普死，张荐任吊祭使入吐蕃，病死途中，年六十一。顺宗即位，诏赠礼部尚书。《旧唐书》并载："有文集三十卷及所撰《五服图》、《宰辅略》、

《灵怪集》《江左寓居录》等,并传于时。"①又唐人顾况(725?—815?)《戴氏广异记序》中提及唐人小说云:"至如李庚成、张孝举之徒,互相传说。"②应亦即指此书。因此,《灵怪集》为唐代张荐所撰,史有确载。

再从《南柯》一文本身看。全文篇幅近八百字,已具相当规模;故事情节曲折,波澜迭起;多用对话代替叙述,推动情节;注意人物形象的刻画和细节的描写。这些体制和艺术上的特色,与唐代小说专集中大量的短篇传奇作品完全相同。因此,从作品本身推断,《南柯》及《灵怪集》也应是唐人作品,而非六朝志怪。

《灵怪集》撰于何时,已难确考;而李公佐(770?—850?)《南柯太守传》则自谓作于贞元十八年。这样,《南柯太守传》根据《灵怪集》中的《南柯》一文敷衍铺展而成,仍然是十分可能的。因此,说《南柯》是"《南柯太守传》的一个底本",尚大致不错,但要以此来证明这一题材如何"推六朝志怪之陈,出唐代传奇之新",则显然不妥当了。

《文学遗产》1987 年第 1 期

---

① 《旧唐书》卷一四九《张荐传》,中华书局 1975 年版,第 4025 页。
② 顾况《戴氏广异记序》,《文苑英华》卷七三七。

# 唐传奇的体制特征及其渊源

唐传奇是中国小说史上继六朝志怪后的又一个里程碑,它的兴起标志着中国古代短篇小说的成熟;同时,唐传奇又是继志怪体后的又一种新体裁,它的形成标志着文言小说体制的定型。

历来的唐传奇研究,多着眼于题材内容的分类、思想意义的阐发、艺术特色的分析和对后世影响的探寻等方面,而对于作为一种小说体裁的传奇,其本身的体制特征似尚未引起重视。鲁迅在《中国小说史略》中采用了"传奇文"和"传奇集"的说法①,但这显然只是从篇制上着眼,而不是体制上的分类;后来的研究者,也很少论及这个问题。其实,一种文学体裁的形成和确立,固然与其题材、内容和艺术表现等方面的特点不可分离,但更重要也是更基本的,还是这种体裁本身的体制特征。一些新的体制特征的形成,标志着一种新的体裁的诞生;而新体裁的确立,则又使它的体制特征相对固定下来。这是文学史上新文体产生的一般规律。本文即试图从这个角度对历来公认的唐传奇作品(如鲁迅《唐宋传奇集》中的唐人作品、汪辟疆《唐人小说》中的作品以及《传奇》《玄怪录》《续玄怪录》《博异志》《集异记》《宣室志》等已经整理的传奇集中的作品)作一些初步的探索。

唐传奇的体制大致可分为两大类,宋人对此已进行了区分。《太平广记》卷四八四至四九二将《李娃传》《东城老父传》《周秦行记》等十余篇

---

① 参见鲁迅《中国小说史略》第八、九篇"唐之传奇文"(上、下)和第十篇"唐之传奇集及杂俎",《鲁迅全集》第九卷,第211—237页。

传奇文归入"杂传记"类;又晁公武《郡斋读书志》于最早的唐传奇总集《异闻集》下云:"唐陈翰编,以传记所载唐朝奇怪事,类为一书。"①这里的"杂传记""传记"都是指"传"和"记"两种体类。为了避免与散文中的"传"与"记"混淆,我们采用《太平广记》的类目,从体制上将唐传奇区分为杂传体和杂记体两大类。

杂传体传奇,以描述人物生平为中心,在体制上有下列主要特征:

从篇幅看,杂传体传奇的规模都较大。其中一部分单篇作品,如《东城老父传》《长恨歌传》《无双传》《虬髯客传》等,都在两千字以上;《莺莺传》《任氏传》《霍小玉传》《南柯太守传》,则在三千字以上;甚至有四千字以上的长篇,如《李娃传》《柳毅传》《灵应传》。此外,《玄怪录》中《张老》《崔绍》《齐饶州》诸篇,《传奇》中的《崔炜》,《三水小牍》中的《王知古》,《集异记》中的《叶法善》等,也都在两三千字之间。另一部分以传奇集中的作品为主,规模均在一千字左右,如《传奇》中的作品几乎都在千字上下,甚为齐整;而《玄怪录》中的作品则由六七百至千五六百不等;单篇传奇《补江总白猿传》《柳氏传》《谢小娥传》《杨娼传》《上清传》亦可归于此类。篇幅的大小,决定了作品的容量。杂传体传奇这种一千至三千字左右的篇幅,改变了六朝小说"残丛小语"的面貌,为作品情节内容的展开和艺术表现的丰富提供了条件,从而奠定了文言短篇小说的基本规模。

从文体看,杂传体传奇都是人物传记。其中,单篇传奇文都在标题中标明"传"体;传奇集中的作品一般不标文体,但其中一部分显然是传记作品。此类传奇的末尾,往往还特意说明为主人公作传,如《任氏传》:"众君子闻任氏之事,共深叹骇,因请既济传之,以志异云。"②《南柯太守传》:"公佐……询访遗迹,翻覆再三,事皆摭实,辄编录成传,以资好

---

① 晁公武《郡斋读书志》卷一三,晁公武撰,孙猛校证《郡斋读书志校证》,上海古籍出版社1990年版,第548页。
② 鲁迅校录《唐宋传奇集》卷一,《鲁迅全集》第十卷,第220页。

事。"①《李娃传》:"公佐抚掌竦听,命予为传。乃握管濡翰,疏而存之。"②等等,皆是其例。此外,不少作品还在文中详细说明故事的来源,举凡时间、地点、人物都交代得清清楚楚,如《庐江冯媪传》:"元和六年夏五月,江淮从事李公佐使至京,回次汉南,与渤海高钺、天水赵儹、河南宇文鼎会于传舍。宵话征异,各尽见闻。钺具道其事,公佐为之传。"③《玄怪录》中《张老》:"贞元进士李公者,知盐铁院,闻从事韩准太和初与甥侄语怪,命余纂而录之。"④如此具备本源,言之凿凿,无非是强调其真实性,而这也正是传记这种文体必须具备的条件。文体的性质,规定了作品的基本属性,杂传体传奇以传记为其文体,以记叙人物为其中心,这就使古代小说从记录异闻为主转向了以塑造人物为主的轨道。

从格局看,杂传体传奇的开头一般都要介绍主人公的姓名、籍贯、出身或身份,并多用"××者,××也"的句式,如:"任氏,女妖也。"⑤"汧国夫人李娃,长安之倡女也。"⑥"贞元中,有崔炜者,故监察向之子也。"⑦接着,作品总是以主人公的命运为线索展开故事情节,如长篇传奇《南柯太守传》历叙淳于棼梦中的经历(入城、进宫、会友、朝王、娶妻、思亲、受职、治郡、丧妻、还国、遣返),虽一波三折,但叙述始终不离主人公,线索清晰,绝无枝节横生。至于短篇作品,更是紧紧围绕主人公数事来叙写,结构更为简单。最后,作品的结尾,往往都交代清楚主人公的结局,或善终,或暴卒,或飘飘仙去,不知所终,使人物的经历显得有始有终。此外,不少作品的末了,还附有作者的议论,或点明主题,或表明态度,或抒发感慨。如《李娃传》:"嗟乎,倡荡之姬,节行如是,虽古先烈女,不能逾也。焉得不为之叹息哉!"⑧《谢小娥传》:"余备详前事,发明隐文,暗与冥会,符于人

---

① 《唐宋传奇集》卷三,《鲁迅全集》第十卷,第264页。
② 同上书,第279页。
③ 同上书,第266页。
④ 牛僧孺编《玄怪录》,程毅中点校,与《续玄怪录》合刊本,中华书局1982年版,第10页。
⑤ 《任氏传》,《唐宋传奇集》卷一,《鲁迅全集》第十卷,第213页。
⑥ 《李娃传》,《唐宋传奇集》卷三,同上书,第271页。
⑦ 李昉等编《太平广记》卷三四,人民文学出版社1961年版,第216页。
⑧ 《唐宋传奇集》卷三,《鲁迅全集》第十卷,第279页。

心。知善不录,非《春秋》之义也。故作传以旌美之。"①格局的布置,决定了作品的结构特点,杂传记传奇这样一种交代分明、首尾完整、以人物为中心、单线进展、附以议论的结构形式,成为文言小说的基本程式。

从语体看,杂传体传奇主要使用散体,但一部分作品尤其是长篇,则往往在散行中间以骈体,用以状物写人,杂以韵语,用以言怀抒情,亦即后人所谓的"文备众体"。如《柳毅传》中对龙宫灵虚殿的描绘:"柱以白璧,砌以青玉,床以珊瑚,帘似水精,雕琉璃于翠楣,饰琥珀于虹栋。奇秀深杳,不可殚言。"②《甘泽谣·红线》中对红线装束的摹写:"梳乌蛮髻,攒金凤钗,衣紫绣短袍,系青丝轻履,胸前佩龙文匕首,额上书大乙神名。"③都是用骈句之例。至《莺莺传》中张生和莺莺诗笺往来,以尺素传情,《柳毅传》中洞庭君、钱塘君和柳毅击席高歌,以骚体抒怀,则都是用韵语之例。多种语体的综合运用,说明了作品艺术表现力的增强,杂传体传奇这种"文备众体"的特点,为唐传奇塑造人物形象提供了丰富的手段,也对后世中国小说(包括白话小说)集多种文体、语体于一身的特点产生了深远的影响。

诚然,杂传体传奇在篇幅、文体、格局、语体方面的这些特征,并不一定在每篇作品中都同时体现得十分明显,但在大多数作品中,这些体制特征还是普遍的。

杂记体传奇则以叙述事件为中心。

在篇幅上,杂记体传奇一般较短,通常在四五百字。如张读《宣室志》中的作品大多为此类,字数少则三四百,多则五六百,也偶有长篇,但仅是特例。

在文体上,单篇杂记体传奇均标为"记"或"录",录亦记也,于文末也多标作"记"。如《离魂记》:"大历末,遇莱芜县令张仲规,因备述其本末,镒则仲规堂叔,而说极备悉,故记之。"④《异梦录》:"是日,监军使与宾府

---

① 《唐宋传奇集》卷三,《鲁迅全集》第十卷,第270页。
② 《唐宋传奇集》卷二,同上书,第232页。
③ 袁郊《甘泽谣》,中华书局1985年版,第10页。
④ 《唐宋传奇集》卷一,《鲁迅全集》第十卷,第209页。

郡佐……皆叹息曰：'可记。'故亚之退而著录。"①传奇集中的作品虽不标记文体，但其集名多作"××记""××录""××志"。

在格局上，杂记体传奇一般都在开头将时间、地点、人物交代清楚，如《离魂记》："天授三年，清河张镒，因官家于衡州。"②《宣室志》"陈袁生"条："贞元初，陈郡袁生者，尝任参军于唐安，罢秩，游巴川，舍于逆旅氏。"③接着便记叙事件的来龙去脉，叙事完了，作品亦告结束，末尾也少有借题发挥的。比之杂传体，此类传奇在结构布局方面要简单得多。

在语体上，杂记体传奇多以单一的散体叙事，少有间杂骈体、韵语等"文备众体"的现象。

《四库全书总目》史部传记类杂录之属按语谓："传记者，总名也，类而别之，则叙一人之始末者为传之属，叙一事之始末者为记之属。"④杂传体和杂记体传奇的根本区别，也即在前者"叙一人之始末"，后者叙"一事之始末"。当然，个别作品究竟归入哪类，有时颇难确定，但大多数唐传奇作品是可以依此标准归于杂传、杂记二体的。

从两类传奇的体制特征看，杂传体显然又是唐传奇中体制发展得最为成熟、完备，也最适于表现人物的一个类别。因此，与六朝志怪以杂记体为代表不同，唐传奇是以杂传体为其代表的。今存唐传奇中的优秀作品，也几乎都集中在这一类别中。鲁迅说传奇"在文体上也算是一大进步"⑤，也正是指此。可以说，正是杂传体唐传奇标志着中国文言短篇小说的成熟。

唐传奇体制特征的形成，明显受到史籍中的杂史杂传类以及由它衍生出来的志怪小说的影响，它的渊源首先应该追溯到汉魏六朝的志怪小说。中国古代小说从其产生之时就与史籍结下了不解之缘，《新唐书·艺

---

① 《唐宋传奇集》卷四，《鲁迅全集》第十卷，第314页。
② 《唐宋传奇集》卷一，同上书，第208页。
③ 《宣室志》卷二，中华书局1983年版，第20页。
④ 《四库全书总目》卷五八，第531页。
⑤ 鲁迅《中国小说的历史的变迁》第三讲"唐之传奇文"，鲁迅文集全编编委会编《鲁迅文集全编》第2册，国际文化出版公司1995年版，第1550页。

文志》序所谓"传记、小说,外暨方言、地理、职官、氏族,皆出于史官之流"①,清楚地说明了传记、小说是史官文化的一部分。战国以后,史乘逐渐分流,其中的杂史、杂传多采传闻,"又有委巷之说,迂怪妄诞,真虚莫测"②。这种"虚化"的杂史、杂传即是通称的汉魏六朝志怪小说(《隋志》小说类主要著录志人小说,与志怪区界甚为分明)。这些志怪小说在体制上主要也可分为杂传体和杂记体二类,前者以《列仙传》《汉武内传》等为代表,后者以《搜神记》《幽明录》等为代表。唐传奇的杂传体和杂记体继承了汉魏六朝小说的传统,在前人的基础上"施之藻绘,扩其波澜"而发展起来。这也从体制上进一步证明了鲁迅"传奇者流,源盖出于志怪"的论断。③

其次,唐传奇体制的形成还与一般史书体制尤其是纪传体有着深广的关系。如不少唐传奇作品在叙事后往往附以作者的议论,表明作者的褒贬,阐发故事的教化作用,这种体例显然是承袭了纪传体论赞(篇末论辞和论后韵语)的体制。最典型的例子是《南柯太守传》,其篇末既有论曰:"虽稽神语怪,事涉非经,而窃位著生,冀将为戒。后之君子,幸以南柯为偶然,无以名位骄于天壤间云。"论后又有李肇赞曰:"贵极禄位,权倾国都,达人视此,蚁聚何殊。"④论赞俱全,纯拟史传之体。其余虽多有论无赞,但受此影响是不言而喻的。他如传记的文体和格局、漫长的篇幅、委曲的记叙等等,也无一不可见到史传体的影响。其实,唐传奇的一些重要作家如沈既济、张荐(撰有传奇集《灵怪集》,两《唐书》有传)、陈鸿、李公佐等,都曾担任过史馆修撰,或参加过修撰史书,他们以撰史的余力作成的传奇作品,其体制与史传自然就有许多相通之处。李肇《唐国史补》评沈既济《枕中记》、韩愈《毛颖传》"二篇真良史才也"⑤,宋人赵彦卫《云

---

① 《新唐书》卷五七《艺文志》序,第1421页。
② 《隋书》卷三三《经籍志》杂史类序,中华书局1973年版,第962页。
③ 参见鲁迅《中国小说史略》第八篇"唐之传奇文"(上),《鲁迅全集》第九卷,第212页。
④ 《南柯太守传》,《唐宋传奇集》卷一,《鲁迅全集》第十卷,第264页。
⑤ 李肇《唐国史补》卷下,与《因话录》合刊,上海古籍出版社1979年版,第55页。

麓漫钞》评唐传奇"文备众体,可以见史才、诗笔、议论"①,就更具体地指出了传奇体制与史才及史传的关系。

此外,唐传奇在体制上还对六朝传体和记体散文有所借鉴。鲁迅在《六朝小说和唐代传奇文有怎样的区别?》一文中提出:"阮籍的《大人先生传》、陶潜的《桃花源记》,其实倒和后来的唐代传奇文相近……陈鸿《长恨传》置白居易的长歌之前,元稹的《莺莺传》既录《会真诗》,又举李公垂《莺莺歌》之名作结,也令人不能不想到《桃花源记》。"②这些散文的共同特点是"幻设为文",这样,内容的虚幻和文体的类似便使它们与唐传奇有了根本的相通之处,唐传奇在体制上对它们有所借鉴,也就完全是顺理成章的事了。

总之,唐代传奇的体制是在史传体的影响下形成和确立的,而由史部衍生出来的汉魏六朝志怪小说,则是它的直接源头。另外,六朝传、记体散文也对它有所影响。

唐人文言小说并不都是传奇作品。从唐传奇的体制特征着眼,唐人小说中有一些显然不能归入传奇的范围。承六朝志人小说而来的一批笔记小说,如《杜阳杂编》《北里志》等,都与传奇体制不同,应将它们与传奇区分开来。因此,笼统地将唐人文言小说总称为唐传奇是不妥当的。实际上,唐代小说大致可分为三个大类:(一)笔记类。此类上承六朝志人小说,多为杂记,而近实录。(二)纯仿六朝的志怪类。此类沿袭六朝杂记体志怪而来,搜神语怪,多是残丛小语。(三)有所创新的传奇类。此类主要在六朝志怪的基础上,扩其波澜,蔚成大国。弄清唐人小说的体制,可以为整个古代文言小说的研究理清思路。

《文史知识》1988 年第 3 期

---

① 赵彦卫《云麓漫钞》卷八,傅根清点校,中华书局 1996 年版,第 135 页。
② 鲁迅《六朝小说和唐代传奇文有怎样的区别?》,《且介亭杂文二集》,《鲁迅全集》第六卷,人民文学出版社 2005 年版,第 321—322 页。

# 唐宋传体文流变论略

中国古代文章中的传体文源于史部的传记文,经唐宋文人的大力开拓创新,才逐步成为文章之体。本文从唐前传记文的源流入手,着重探讨唐宋传体文的流变创新,以勾画这一文体的演进轨迹。

## 唐前传记文源流和唐宋传记文演进

中国有悠久的史官文化的传统,所谓"左史记言,右史记事",并分别形成《尚书》和《春秋》两部早期经典。"言"和"事"的主体都是"人",司马迁开创的纪传体,创造性地将人物放到历史活动的中心,以各类人物的传记构成史书的主体,成为中国传记文的主要源头。《史记》之后,传记文的流变主要分为两途,一为史部之传记文,一为集部之传记文。

### 一、史部之传记文

吴讷称:"太史公创《史记》'列传',盖以载一人之事,而为体亦多不同。迨前后两《汉书》、《三国》、《晋》、《唐》诸史,则第相祖袭而已。厥后世之学士大夫,或值忠孝才德之事,慮其湮没弗白;或事迹虽微而卓然可为法戒者,因为立传,以垂于世,此小传、家传、外传之例也。"[①]

这里明确将传记文分为两大类。自太史公开创纪传体以后,历代正史均袭用此体,"史传文"成为正史的主体。史传体制,有单人成篇的单

---

① 吴讷《文章辨体序说》,《历代文话》第二册,第1629页。按:"慮"当作"虑"。

传,有多人合篇的合传,还有以类相从的类传。但无论何种类型,都是传主独立成传,"以纪一人之始终"①。史家尤其是史官,修史要遵循一定程序,态度较为严谨,行文讲求规范,注重存史价值,不重文学色彩。创体的太史公,以其如椽巨笔,在《史记》中塑造了众多栩栩如生的人物形象,情采飞扬,成为历代传记文的典范,但其后尤其是官修正史中的史传文,大多篇幅冗长,质实少文,很少能有与《史记》媲美的篇章。

史传文之外的小传、家传、外传等,《隋书·经籍志》史部将其归入"杂传"。《隋志》小序指出,史传主要记录"股肱辅弼之臣,扶义俶傥之士","其余皆略而不说";刘向《列仙》《列士》《列女》之类,"皆因其志尚,率尔而作,不在正史",其后耆旧节士、名德先贤、鬼怪、圣贤之属,"因其事类,相继而作者甚众,名目转广,而又杂以虚诞怪妄之说,推其本源,盖亦史官之末事也"②。"杂传"类共著录有著作二百一十七部一千二百八十六卷,数量十分可观。这类杂传文涉及人物的范围十分广泛,大体包括地方贤士、高士、逸民、孝子、忠臣、良吏、名士、文士、童子、列女、僧道、神仙、鬼怪等。在体例上,有个人的"专传",少则一卷,多至八卷;更多的如同正史的"类传",分类编集。这些杂传许多未署著者,而署名的作者中,既有裴松之、谢承、习凿齿、皇甫谧等史家,也有嵇康、孙绰、任昉等文人,可见撰写者身份不一。作为传记,这类杂传选材不严,内容驳杂,部分作品则叙写颇为细致,注重人物刻画,也有不少夹杂神灵鬼怪甚至荒诞不经的内容。王运熙认为汉魏六朝的这类杂传对唐传奇的兴起影响很大。③

**二、集部之传记文**

史家撰写人物列传的依据之一,是文人撰写的行状。《文体明辨序说》称:"盖具死者世系、名字、爵里、行治、寿年之详,或牒考功太常使议谥,或牒史馆请编录,或上作者乞墓志碑表之类皆用之。而其文多出于门

---

① 徐师曾《文体明辨序说》,《历代文话》第二册,第2124页。
② 《隋书》卷三三《经籍志》杂传类序,第982页。
③ 参见王运熙《简论唐传奇和汉魏六朝杂传的关系》,《汉魏六朝唐代文学论丛》(增补本),上海古籍出版社2002年版,第477页。

生故吏亲旧之手,以谓非此辈不能知也。"①因此,行状是亲属好友为死者所撰记叙人物生平材料的文章,"体取比事,不取属辞"②,偏重于原始材料的排比,不追求文辞的修饰。汉代胡幹撰有《杨元伯行状》,《昭明文选》载有任昉《齐竟陵文宣王行状》,《文心雕龙·书记》篇提及"先贤表谥,并有行状"③,可见六朝时行状之体已十分流行。

记叙人物生平更常见的是所谓"碑志"类文体。碑文原本用于刻石记事,用途十分广泛,后来墓碑树立于墓前,墓志埋于地下,专用于记载死者生平,以求传之永远。此类文体名目繁多,如称碑、碑文、墓碑、神道碑、墓志、墓志铭、墓砖记、墓版文、墓表文等等,体制也十分复杂,其中记叙人物部分,都可视为传记文。这类碑志文产生于汉代,到六朝已十分普遍,《昭明文选》选文列有碑文、墓志两类,《文心雕龙·诔碑》篇称"属碑之体,资乎史才,其序则传,其文则铭"④,强调作者要具有史家撰写史传的才能。

从以上简述可见,唐前的传记文已十分发达,无论是史部的史传、杂传,还是集部的行状、碑志,体例多样,用途不一,但传记人物生平则是一致的。其中以史传为正体,史家撰写的态度最为严谨,杂传则相对随意一些;传体主要是史籍之体,而非文章之体。文人只写行状、碑志,一般不参与为人立传,史家和文人区界分明。清初学者顾炎武的名著《日知录》中,对此早就有一段经典论述:

> 列传之名,始于太史公,盖史体也。不当作史之职,无为人立传者,故有碑,有志,有状,而无传。梁任昉《文章缘起》言传始于东方朔作《非有先生传》,是以寓言而谓之传。韩文公集中传三篇:《太学生何蕃》、《圬者王承福》、《毛颖》。(原注:又有《下邳侯革华传》,是伪作。)柳子厚集中传六篇:《宋清》、《郭橐驼》、《童区寄》、《梓人》、《李赤》、《蝜蝂》。《何蕃》仅采其一事而谓之传,王承福之辈皆微者

---

① 徐师曾《文体明辨序说》,《历代文话》第二册,第2119页。
② 来裕恂《汉文典·文章典》,《历代文话》第九册,第8623页。
③ 刘勰《文心雕龙·书记》,《文心雕龙注》,第459页。
④ 刘勰《文心雕龙·诔碑》,《文心雕龙注》,第214页。

而谓之传,《毛颖》《李赤》《蝂蝂》则戏耳而谓之传,盖比于稗官之属耳。若段太尉,则不曰传,曰逸事状。子厚之不敢传段太尉,以不当史任也。自宋以后,乃有为人立传者,侵史官之职矣。①

顾氏从"作史之职"出发,指明文人不为人立传,是避免"侵史官之职",顾氏这里所谓"立传",乃指正史列传,所论还是大体符合实际的。其实,封建社会中,史官的地位高于一般文人,文人都以能担任修史之职而引为荣耀,不任史职就不能随意为人立传。此外,六朝盛行骈体文学,多数文体均向骈偶化靠拢,而传记文记载人物生平,以叙事为主,属于"笔"而非"文",并且不宜使用骈体,因而文人对此也缺乏兴趣。庾信所著《庾子山集》中有《丘乃敦崇传》一篇,全用骈体,叙事难以详尽,与当时的碑志更为接近,只能视为特例。由于这些原因,唐前传记文虽然十分发达,但文人极少撰写单篇传记文,《文选》不列"传"体,《文心雕龙》只论"史传",而不论"传"文。

**三、唐宋传记文演进**

在唐前传记文发展的基础上,唐宋时期的传记文大体沿着三条路径演进。

一是史部的史传文继续发展。唐宋时期撰成的正史就有《晋书》《梁书》《陈书》《周书》《北齐书》《隋书》《南史》《北史》、新旧《唐书》、新旧《五代史》共十二种之多,加上采用纪传体的非正史类著作,以及宋代开始定型的地方志中的传记文,史传文的撰写十分发达。刘知幾《史通》论编年、纪传"二体",而尤以纪传体为重点,对史传文的写作论述详备。这一切,都促使史传文的撰写更趋规范。

二是集部行状、碑志文继续发展。唐宋时期古文崛起,此类文体数量日增,成为文集必备之体,多数文人都曾撰写,并产生了韩愈、欧阳修、叶

---

① 顾炎武《日知录》卷一九《论文》"古人不为人立传"条,《历代文话》第四册,第3241—3242页。

适等碑志文大家,所作既多,体式、手法也大为拓展。如韩愈撰有碑志、行状文七十余篇,欧阳修撰有一百一十余篇,叶适撰有碑志文一百五十余篇,占到《水心集》的一半。这些碑志文中产生了不少流传后世的名篇。

三是史部杂传向集部传体转化。考《隋志》史部"杂传类"所著录二百一十七部著作,实际包括杂传和杂记两类:以记人为主的杂传一百三十七部,以记事为主的杂记(包括记、录、志、赞等)为八十部,杂传占五分之三以上的份额,数量十分可观。至《新唐志》史部改称"杂传记类",共著录二百四十三部,其中杂传一百四十三部,但绝大部分为汉魏六朝所撰,与《隋志》略同,撰成于唐代的约三十部。而《宋志》史部"传记类"著录四百零一部,其中杂传仅六十四部,包括唐代的二十余部,宋代的三十余部,而《隋志》著录的绝大部分已佚失。从这一数量变化中可见,唐宋时期史部的杂传呈现大幅下降的趋势。

与此同时,唐宋时期集部的传体文则表现出日益增长的态势。北宋编纂的接续《文选》的总集《文苑英华》,首设"传"体,六朝仅收庾信一篇,唐代则收十六名作者的传体文三十四篇。稍后的《唐文粹》收录九名作者的传体文十二篇。清人所编《全唐文》收录的传体文则达三十八家九十余篇。南宋初吕祖谦编纂的《宋文鉴》选收北宋作家传体文十四家十七篇。今人所编《全宋文》收录的传体文则达一百三十余家共二百七十余篇。可以说,唐代是文人传体文兴起之时,而到宋代传体文的撰写已成燎原之势。这类传体文的情况甚为复杂,且向不被关注,因而本文作重点考察。

## 唐宋传体文的体制类别

历代文体学家对传体文作了各种细分。如徐师曾《文体明辨序说》分为史传、家传、托传、假传四品;王之绩《铁立文起》又增内传、外传、小传、别传四目;顾炎武《日知录》归纳为"以寓言而谓之传""采其一事而谓之传""微者而谓之传""戏耳而谓之传"四种;来裕恂《汉文典·文章典》

则于史传、家传之外,另列"小说之属""专门之纪""郡邑之志""假托之文""设论之类""排丽若碑志者""自述其生平者""借名存讽刺者""投赠类序引者"等细类。① 但这些分类均缺乏明确的标准,故而众说纷纭,莫衷一是。考察唐宋文人撰写的传体文,我们沿用传统文体论的"正变"概念,从体制上将其分为正体和变体两大类。以下分别述之。

## 一、正体之传

所谓正体之传,是指沿袭"纪一人之始终"的传记文基本特征而撰成的传体文。在数量上,它们约占唐宋传体文总数的三分之二。

在题材上,正体之传沿袭六朝杂传的传统,又有一些新的开拓。传统题材的传体文与六朝杂传并无根本区别,只是单篇成文居多,故收入别集、总集,而不入史部,其中如《钱氏大宗谱列传》《真系传》《逍遥山群仙传》等成组之文,将其归入史部杂传类,也并无不妥。另一部分传体文题材有所拓新,更为关注现实世界中的各类人物,尤其是对当代有重大影响的人物。此类传体文唐代所作较少,宋代则大量涌现。正体之传的题材大致包括以下细类。

(一)家传。如唐代褚藏言"窦氏五传"、罗隐《钱氏大宗谱列传》十九首,宋代程颐《先公太中家传》、吕祖谦《东莱公家传》等。

(二)僧道传。如唐代李渤《梁茅山贞白先生传》等十首、福琳《唐湖州杼山皎然传》,宋代孙觌《圆悟禅师传》、白玉蟾《旌阳许真君传》等。

(三)神仙传。如唐代吕諲《霍山神传》、杜光庭《毛仙翁传》,宋代张昂《安昌期先生传》、白玉蟾《逍遥山群仙传》十一首等。

(四)孝子传。如唐代欧阳詹《南阳孝子传》、黄璞《林孝子传》,宋代石介《郑元传》、苏舜钦《杜谊孝子传》等。

(五)列女传。如唐代李翱《杨烈妇传》、杜牧《窦烈女传》,宋代王令《烈妇倪氏传》、陈亮《二列女传》等。

---

① 分别见《历代文话》第二册第 2124 页、第四册 3658 页、第四册第 3242 页、第九册第 8621 页。

（六）前代名人传。如宋代司马光《文中子补传》、吕南公《重修韩退之传》、晁说之《扬雄别传》等。

（七）名臣良吏传。如唐代李翱《故东川节度使卢公传》、杜牧《张保皋郑年传》，宋代司马光《范景仁传》、张唐英《范仲淹传》、王柏《宗忠简公传》、蔡襄《耿谏议传》等。

（八）忠义勇烈传。如唐代皮日休《何武传》，宋代欧阳修《桑怿传》、汪藻《郭永传》、范浚《徐忠壮传》等。

（九）文人传。如唐代卢藏用《陈子昂别传》、李商隐《李贺小传》，宋代叶梦得《贺铸传》、周南《康伯可传》等。

（十）学者传。如宋代朱胜非《濂溪周先生传》、杨万里《张左司传》、朱熹《刘子和传》、王应麟《慈湖杨先生传》等。

（十一）隐士传。如宋代苏轼《方山子传》、秦观《魏景传》、胡铨《孝逸先生传》、王应麟《大隐杨先生传》等。

（十二）底层人物传。如宋代石介《赵延嗣传》(义仆)、苏轼《率子廉传》(农夫)、苏辙《丐者赵生传》(乞丐)、张耒《任青传》(改恶从善之盗贼)等。

无论是传统题材的传体文，还是题材拓新的传体文，它们大体恪守"纪一人之始终"的传记文规范，为社会各类人物留下了他们生命的轨迹。

从文章体制着眼，这些传体文的一个明显特征，是突破史家为前代人物立传的规范，大量为当朝人撰传，为在世者撰传，并多在传文中记入作者与传主的交往言谈等，以显示传文内容的真实性，从而体现了文人私家撰传的鲜明特点。作者不是以史家的职务身份和严格的第三人称作传，而是以同时人乃至熟识者的身份行文，这就从根本上厘清了文人传体文和史传文的畛域。当然，每篇传体文的情况不尽一致，需仔细辨析，但唐宋传体文中以文人私家身份撰写的比重越来越大是毋庸置疑的，这标志着唐宋文人开始普遍参与到人物传记的撰写中来。

如果细分的话，这些传体文的体制又可分为两大类：一类仍承继史传文的传统,排比大量材料,详记"一人之始终",文末常设有论赞,发表作者对人物的评价。此类可以卢藏用《陈子昂别传》、欧阳修《桑怿传》为代表。另一类则选择人物生平的若干片段叙写,注重凸显人物个性,对其"始终"则约略带过。此类可以李商隐《李贺小传》、苏轼《方山子传》为典范。如果说前者略相当于工笔的人物素描,那么后者则相当于简洁的人物速写;前者还较为明显地带着史传文的痕迹,后者则已完全过渡到文章之体,更注重人物个性和细节的描绘,表现出较强的文学色彩,其中不少因而成为传体文中的名篇。这些传体文体制上的变迁,标志着唐前史部的史传、杂传文顺利完成了到唐宋集部的"传体文"的过渡,古代文体中增添了一种与行状、碑志鼎足而立的新的传记文体。

**二、变体之传**

所谓"变体之传",指唐宋文人"创体"撰成的传体文。这些"传"突破了"纪一人之始终"的规范,从不同角度"破体为文",从而拓展了传体文的功能。在数量上,它们约占唐宋传体文总数的三分之一。从"破体"角度的不同,"变体之传"可分为以下细类。

(一)自传。传统传记文都是"他传",即史家为他人在其身后立传;"自传"则是文人在生前为自己作传。这类自传以明志抒怀为主旨,往往不重生平叙写,而重在自述胸次怀抱,凸现个性情韵。此体开创于晋代陶渊明的《五柳先生传》,六朝无继作,唐宋则承续不绝,自成系列,且多出自名家手笔。如唐代王绩《五斗先生传》、陆羽《陆文学传》、刘禹锡《子刘子自传》、白居易《醉吟先生传》、陆龟蒙《甫里先生传》,宋代柳开《东郊野夫传》《补亡先生传》、种放《退士传》、欧阳修《六一居士传》、邵雍《无名公传》、王向《公默先生传》、程瑀《愚翁自传》、吕皓《云谿逸叟自传》、郑思肖《一是居士传》等。苏辙所撰《颍滨遗老传》亦为自传,但仿史传体详述自己生平,金人王若虚讥为"好名而不知体矣"①。

(二)讽喻传。传统传记文以记述人物生平事迹为主,史家只在传末

---

① 王若虚《滹南遗老集》卷三七,《四部丛刊》本。

以"论""赞"等形式简要发表评议。此类"讽喻传"不以记事为主,而是借题发挥,议论多而叙事少;且多以社会下层小人物为主人公,人物真伪难考。此体唐初王绩有《无心子传》《负苓者传》;韩、柳所撰较多,韩愈撰有《圬者王承福传》,柳宗元撰有《种树郭橐驼传》《宋清传》《梓人传》《蝜蝂传》等。其后王禹偁《唐河店妪传》《休粮道士传》、司马光《囷人传》、秦观《眇倡传》、周行己《乐生传》、陈傅良《李斯梦鼠传》、释居简《无名子传》《两穷传》等,都可归入此类。

（三）拟人传。传记文传主应为人,将物体比拟成人,为其取名并按传记体例为其作传,可称之为"拟人传"。这类传体文多排比传主(某物)相关典故而成,有的暗含讽世之意,但明显是游戏笔墨,纯为想象之作,亦有文人炫弄文采典故之意图。此体始于韩愈《毛颖传》,用拟人法为毛笔立传,唐代就有人对韩愈"以戏为文"不满,柳宗元作《读韩愈所著毛颖传后题》表示支持韩愈。由于韩愈文名之盛,故仿作不绝,如陆龟蒙《管城侯传》(亦传毛笔)、司空图《容成侯传》(传镜)、文嵩《即墨侯传》(传墨)等。宋代拟人传的仿作更是层出不穷,如王禹偁《乌先生传》(传桑),托名苏轼《叶嘉传》(传茶)、《江瑶柱传》(传蚌)、《万石君罗文传》(传砚),秦观《清和先生传》(传酒)、李纲《方城侯传》(传棋局)、《文城侯传》(传印章),周必大《即墨侯传》(传墨)、杨万里《豆卢子柔传》(传腐乳)、王质《曲生传》(传酒曲)、《玉女传》(传益母草),连文凤《冰壶先生传》(传蔗汁)等。宋人所撰拟人传近四十篇,所传物体由文房四宝扩展到植物、食物、日用品等方面,蔚为大观,颇值得探究。

（四）传物。拟人传的实质是传物,另有直接为物立传的。此类传体文虽数量不多,但对物的来龙去脉展开铺叙描绘,较之咏物诗词更为具体详尽,别具博物价值,可看作是人物传的变体。这类作品有唐代司马承祯的《素琴传》(传琴),宋代丁谓的《天香传》(传香料)、司马光的《猫虪传》(传猫)、岳珂的《义骝传》(传马)等。

（五）传奇。传写的对象并非现实生活中的真实人物,而是根据前代文献中的材料,或当代传闻,而扩其波澜,施之文采,虚构故事,并以人物为中心结构而成的传记体作品,因所写多为奇人奇事,文学史上称之为"传奇",被视为文言小说之一类。其实它与传体文并无形式上的根本区别,可以视为传体文的另一类变体。虽然它大部分被收入《太平广记》等小说总集,但文章总集中也常有收录。如《文苑英华》收录陈鸿《长恨歌传》、沈亚之《冯燕传》,《全唐文》收录陈鸿祖《东城老父传》、李公佐《谢小娥传》等。宋代韦骧的《白廷诲传》《向拱传》、吕大临的《汤保衡传》、沈辽的《任社娘传》等,都是此类传奇之作。

总之,上述几类"变体之传",已不是传统意义上的传记文,而是蜕变成以抒情、议论、游戏笔墨、虚构想象为主的杂文文体或小说文体。毋庸置疑,较之传统的传记文,这些"变体之传"不再受纪实的局限,因而普遍运用文学笔法,使其文学性大大增强。它们集中体现了唐宋文人在传统文体基础上开拓创新的主动性,也反映出古代文体演变发展的某些规律。

## 唐宋传体文流变的若干特点

唐宋两朝产生的传体文,留存至今的数量之比约为一比三。可以说,唐代只是六朝杂传体向传体文转型和变体的时期,宋代则是传体文体制的定型期和创作的繁盛期。考察唐宋六百余年间的传体文流变,有如下特点值得注意。

### 一、唐宋古文家是传体文流变的主要推动力量

从史官立传到文人撰传,从史书之体到文章之体,唐宋文人表现出突破传统、创新文体的极大热情,而其中的主力军无疑是唐宋古文家。唐前多种传记文都有各自的局限:史家的立传对象较为狭窄,又恪守"生不立传""隔代修史"的传统,并将文人排斥于作者之外;杂传体制过于驳杂,也难以及时记录社会的各类人物;集部的行状类似生平资料长编,缺乏剪裁,过于冗长;碑志至唐代中期仍主要使用骈体撰写,不适合叙事写人。唐宋时期中国文化的发展达到了封建社会的鼎盛期,迫切需要一种能及

时而灵活地记录社会各类人物的文体。唐宋古文家顺应时势,在古文运动的潮流中完成了杂传体向传体文的转换,打破了文人不立传的束缚,运用单行散句这种最适于叙事写人的形式,普遍加入到立传的行列,并进而破体为文,创造出"变体之传"。在这一过程中,古文大家起着举足轻重的作用,韩愈、柳宗元、欧阳修、苏轼、苏辙、曾巩六位大家都撰有传体文,总数达三十首左右,十分可观。韩、柳尤有创体之功,两人的多篇讽喻传树立起该体的典范,韩愈的《毛颖传》更是拟人传的鼻祖;欧阳修所作不多,但《桑怿传》为同时代人立传,明确以《史记》为范本,而《六一居士传》直抒真情,成为文人自传的经典;苏轼所作颇多,题材广泛,名臣、隐士、农夫、拟人等均有涉足,多成名篇;苏辙、曾巩笔下的奇人、高士也都写得形象动人。其他古文家如李翱、刘禹锡、白居易、杜牧、皮日休等也积极参与,宋代古文家撰写传体文更是面广量大。可以说,正是唐宋古文家推动着传体文的流变创新。

## 二、变体、破体是传体文流变的内在动力

中国古代文体的发展主要是为了适应不断增加的社会需求,其途径主要有两种:一种是创制新文体,开发新功能;一种是拓新传统文体,扩展旧有功能。① 从史书之体到文章之体,从传统正体到各种变体,从叙事记人之体,到抒情之体、议论之体、游戏之体、虚构之体,唐宋传体文流变的过程,折射出古代文体正变嬗递、"破体为文"的某些规律。传体文的上述流变过程,典型地体现了文体功能的拓展轨迹。传统的史传文是记事写人之体,其功能主要是存史,其基本要求是实录,行状、碑志的主要功能也与之相似。这些文体的主要特点是正规典重、程式规范,但缺乏个性和文采。唐宋时代社会开放,人才辈出,原先的各类传记文体已经难以满足社会对各种人物更为及时、深入的了解,文学家顺应这一时代潮流,主动参与到人物传记的撰写,并将原来过于板滞的文体加以改造,使之成为新

---

① 参见吴承学《中国古代文体形态研究》第十八章"辨体与破体",中山大学出版社2002年版,第408页。

的传体文,从而拓展了传统文体的功能,适应了社会实践的需求。在此基础上,唐宋文人进一步发挥文学家的特长,依托传记文叙事记人的基本功能,引入多种表现手法,加以引申扩展,形成多种"变体之传"。这些变体之传从撰写目的、篇章结构、表现手法到总体风格,都与传统传记文相去甚远,可以看作是由传体派生出的一系列新文体,但它们与传体在某一方面毕竟仍有着不可分割的联系。这恰好典型地反映了古代文体衍生发展的一种规律。自传、讽喻传、拟人传等变体之传遂作为相对固定的细类加入了传体文的大家庭,大大丰富了古代文体的体类。

### 三、增强文学性是传体文流变的主要趋势

传体文流变的过程,是史书之体向文章之体演变的过程。史书要求实录,文章讲求文采,因而,传体文流变的主要趋势表现为增强文学性的追求。欧阳修强调自己"尤爱司马迁善传",认为《史记》所记人物"伟烈奇节,士喜读之",并结合自己的认识转变,要求传体文达到人物壮举和作者雄文融为一体的境界。这可以看作唐宋传体文写作的指南。① 他的《桑怿传》注重刻画传主个性,人物形象栩栩如生,材料剪裁精当,语言简洁传神,大大提升了传统传记文的文学性,成为正体之传的典范之作。其后苏轼的《方山子传》、叶梦得的《贺铸传》、汪藻的《郭永传》、陆游的《姚平仲小传》等,都成为文学色彩颇浓的传体文名篇,可谓与欧阳修的倡导一脉相传。至于"变体之传",更是完全脱离了史传的藩篱,成为一种新的"纯文学"文体。它们大大发展了比喻比拟、铺叙用典、讽喻夸张乃至抒情描写、想象虚构等各种文学手法,使传体文富于趣味,讲求文采,成为古代散文中文学性特强的一类文体。韩愈的《毛颖传》是这类"变体之传"的典范作品。作者用拟人化的手法,为文房四宝之一的毛笔立传。文章广泛汇聚历代有关毛笔的典故,模仿史传的体式,为毛笔取名,并历述其先世、经历、才情,及其从出仕到退废的过程,还提及其后裔,文末则用"太史公曰"的形式发表议论,抒写感慨。全文俨然是一篇完整的传记,

---

① 欧阳修《桑怿传》,《欧阳修全集》卷六六,李逸安点校,中华书局2001年版,第971页。

只是传主纯系虚构,以文为戏的色彩十分鲜明,但细读又隐然有讽世之意,实在是少有的创体奇文,清人评为"游戏之文,借以抒其胸中之奇,洸洋自恣,而部勒一丝不乱"①。无怪乎后代文人仿作不绝,但没有能超过韩文的。正是由于文学性的不断增强,脱胎于史书体的传体文,迅速在文章之体的大家庭中找到了自己的位置,并不断发展成为重要的文章体裁之一。

唐宋传体文的流变演进,是传记文体发展中的一个重要环节。它使文章体裁增加了一类以灵活记叙人物为主要功能的文体,也使文人普遍加入到撰写传记文的行列之中。唐宋以后,史部的史传、杂传,集部的行状、碑志和传体文继续平行发展,成为元明清三代传记各类人物生平的主要载体,其中传体文的发展态势尤为引人瞩目。据陆峻岭《元人文集篇目分类索引》统计,立朝不满百年的元代一百五十余种文集中,传体文总量近三百首,超过《全宋文》所收。明清两代的数量更是难以估计,仅就几家别集所收传体文即可见一斑:明代宋濂为六十余篇,李开先为二十七篇,归有光为二十一篇;清代戴名世为五十七篇,方苞为三十五篇,袁枚为七十九篇。② 因此,较之唐宋时期,元明清三代传体文的发展更为洋洋大观,并为后人留下了袁宏道《徐文长传》、袁中道《李温陵传》、归有光《可茶小传》、吴伟业《柳敬亭传》等一批传世名篇,极大地丰富了社会各类人物的艺术画廊。然而,追根溯源,唐宋文人在传体文流变中的奠基之功不可磨灭,他们变体破体、开拓创新的精神正是推动传记文体不断发展的根本动力。唐宋传体文流变演进的轨迹,也给我们考察古代文体演变提供了颇为典型的个案,可以作为研讨古代文体学的一个实例。

《学术研究》2010 年第 5 期

---

① 转引自高步瀛选注《唐宋文举要》引张廉卿评语,第269 页。
② 参见韩兆琦《中国古代传记文学略论》,《北京师范大学学报》(社会科学版)1997 年第 4 期。

# 唐宋文演进中的骈散消长

历来的散文研究著述,大部分是将古文和骈文分开论述的:有的研究著述中散文仅指称古文,也有的研究著述专论古文或骈文;有的散文通史于唐代之前骈文、古文兼论,唐代以后则主要论述古文。这种观念由来已久,唐代古文兴起之后,古文、骈文的发展便被视为分道扬镳,至清代更形成古文、骈文争夺文章正统的局面,这样,骈、散似乎成为历代文章中截然对立的两种体裁。其实,从中国散文(相对于韵文而言)演进的整体着眼,骈、散只是基于汉语不同体式(是否讲求句式齐整和偶对、用事、声韵)而形成的文章的两类基本体式,二者之间并非绝对的对立关系,而是并存并行、此消彼长。早在二十世纪三十年代,陈柱所著《中国散文史》即专门从骈、散二者关系角度综论散文发展大势,其书序言称:

> 吾国文学就文体而论,可分为六时代。一曰骈散未分之时代,自虞夏以至秦汉之际是也。二曰骈文渐成时代,两汉是也。三曰骈文渐盛时代,汉魏之际是也。四曰骈文极盛时代,六朝初唐之际是也。五曰古文极盛时代,唐韩柳、宋六家之时代是也。六曰八股文极盛时代,明清之世是也。自无骈散之分以至于有骈散之分,以至于骈散互相角胜,以至于变而为四六,再变而为八股。散文虽欲纯乎散,而不能不受骈文之影响;骈文虽欲纯乎骈,而亦不能不受散文之影响。以至乎四六专家、八股时代,凡为散文骈文者,胥不能不受其影响。此文学各体分立之后,不能不各互受其影响者也。①

---

① 陈柱《中国散文史》,上海书店1984年影印商务印书馆"中国文化史丛书"本,第1页。

虽然这六时代的划分我们未必赞同，但应该说，这是一次从宏观角度考察散文发展的极富创意的尝试，可惜这一研究思路后来似再未引起重视，把古文、骈文割裂开来仍是散文研究的主流。

唐宋两朝是中国散文发展的重要转折时期，唐宋散文在中国散文史上具有举足轻重的地位。然而，历来的唐宋文研究，同样只注重以"唐宋八大家"为代表的古文成就，对唐宋骈文则较少论及，或将古文、骈文完全对立起来、割裂开来进行研究，从而使唐宋文的面貌难以得到全面展现。这里拟转换视角，从骈散消长的角度对唐宋文的演进进行整体考察，并进而探讨骈散消长的若干规律。

## 唐宋文骈散消长的五个阶段

唐宋两代(包括五代时期)共延续约六百六十年，从骈散消长的角度观照唐宋文的演进过程，大体上可以划分为五个阶段。

### 一、骈文主导，文体屡变，古文初倡

从唐代开国到贞元初韩愈走上文坛前的约一百七十年，是唐宋文演进的第一阶段。此阶段承接骈俪鼎盛的六朝，主导文坛的仍是骈文，但骈文的文体风格发生了多次变革，与此同时，古文的倡导也延续不断。

唐初沿袭六朝余风，文章仍以"绣句绘章，揣合低卬"[1]为特点，其代表作家是号称"四杰"的王、杨、卢、骆，但他们已开始努力摆脱轻艳的文风，追求自然疏逸的情趣。杨炯序王勃集称："长风一振，众萌自偃，遂使繁综浅术，无藩篱之固，纷绘小才，失金汤之险。积年绮碎，一朝清廓。翰苑豁如，词林增峻，反诸宏博，君之力焉。"[2]此为唐骈一变。盛唐文坛"崇雅黜浮，气益雄浑"[3]，被称为"燕许大手笔"的张说、苏颋，"朝廷大述作多

---

[1] 《新唐书》卷二一〇《文艺传》序，第5725页。
[2] 《杨盈川集》卷三，《四部丛刊》本。
[3] 《新唐书》卷二一〇《文艺传》序，第5725页。

出其手"①,他们的文章"典丽宏赡",并融入散体之气,表现出浑融自然、雍容大雅的风度。此为唐骈二变。中唐陆贽的奏议之文,"长于论断,善于敷陈,理胜而将以诚,词直而出于婉,忠恳如闻于太息,曲折殆尽于事情"②,基本不用典故,"真意笃挚,反覆曲畅,不复见排偶之迹"③,骈文不仅能抒情,而且可叙述,可议论,显示出与散体相通的趋势,开宋代骈文的先声。此为唐骈三变。

在唐骈屡变的同时,承隋代李谔排斥骈文、倡导复古的余绪,陈子昂于唐初首倡改革文体,反对"彩丽竞繁而兴寄都绝",要求恢复"汉、魏风骨"。④ 观其创作,"惟诸表、序犹沿排俪之习,若论事、书疏之类,实疏朴近古"⑤。其后,萧颖士、李华、独孤及、梁肃、柳冕等相继而起,倡导文章复古,被称为古文运动先驱。元结则"文章戛戛自异,变排偶绮靡之习。杜甫尝和其《舂陵行》,称其可为天地万物吐气;晁公武谓其文如古钟磬,不谐俗耳;高似孙谓其文章奇古,不蹈袭。盖唐文在韩愈以前,毅然自为者,自结始,亦可谓耿介拔俗之姿矣"⑥。但相对于统治文坛的骈文而言,此时的古文仅是初倡阶段,且缺少创作实绩。

## 二、古文崛起,初具影响,骈体并存

德宗贞元初韩愈走上文坛,其后约六十年间,以韩、柳为代表的古文崛起,且影响日增,追随者颇众,但骈文仍是文坛流行的文体,与古文共存。

韩愈在复兴"圣人之道"的旗帜下开始了文体复古的探索,他提出"文以明道",反对六朝以来的淫靡文风;他总结了前人和自己成功的创作经验,提出了一系列具体写作方法,从而在继承传统的基础上,创造出

---

① 《新唐书》卷一二五《张说传》,第4410页。
② 孙梅《四六丛话序》,《四六丛话》卷首,嘉庆戊午(1798)刊本。
③ 永瑢等《四库全书简明目录》卷一五,上海古籍出版社1985年版,第593页。
④ 《与东方左史虬修竹篇序》,《陈伯玉文集》卷一,《四部丛刊》本。
⑤ 《四库全书总目》卷一四九,第1278页。
⑥ 同上书,第1283页。

"古文"这一新文体,并以自己的创作实践展现了古文的丰富表现力。稍后,柳宗元也倡导古文,尤其在创作实践上作出了许多新的开拓,既与韩愈遥相呼应,又进一步丰富了新文体的内涵。韩、柳的文体革新逐渐在文坛争得了地位,并不断扩大影响,"元和中,后进师匠韩公,文体大变"①。韩门弟子如李翱、李汉、皇甫湜、沈亚之、樊宗师,柳宗元的同道如刘禹锡、吕温,此外如白居易、元稹、权德舆、牛僧孺、李德裕、舒元舆等,都积极从事古文创作,古文一时间呈现出繁荣的景象。

在古文崛起的同时,骈文作为通行文体依然流行。古文在当时文坛是创新,是时尚,而传统的骈文实力仍然不容忽视。韩、柳始终从正面倡导古文,批评六朝以来的浮靡文风,并未要求取消骈文,他们在自己的创作中都吸收了骈文的许多表现手法,也都写过出色的骈文。至于中唐其他的文章大家如白居易、元稹、刘禹锡、李德裕等,在骈文创作上都有各自的特色,他们都创作古文,但文集中骈文的分量往往更重。因此,中唐文坛并非只是古文的天下,骈文仍占据着相当的地位。

### 三、骈文重霸,西昆盛行,古文衰落

从晚唐到北宋前期约一百八十年中,古文走入矜奇尚怪的歧途而逐渐衰落,至宋初仍难有起色,以李商隐文为代表的骈文重新占据文坛的主导地位,并直接影响五代和宋初文坛,西昆派的骈文浮华绮艳,风行一时。

唐代古文的发展从韩愈弟子开始就偏离了正确的方向。"文得昌黎之传者,李习之精于理,皇甫持正练于辞。"②李翱大力推尊儒道,但忽视文章的表达技巧,形成"重道轻文"的倾向。皇甫湜则主张"意新则异于常,异于常则怪矣;词高则出众,出众则奇矣"③,形成"矜奇尚怪"的倾向。"韩门弟子"或尚理,或尚奇,将韩愈奠定的古文传统,向两个不同的方向作了极端的发展,导致了古文的全面衰落。而"尚理"一路直接开启了北

---

① 赵璘《因话录》,中华书局1985年版,第13页。
② 刘熙载《艺概·文概》,上海古籍出版社1978年版,第26页。
③ 皇甫湜《皇甫持正文集》卷四,《四部丛刊》本。

宋道学家的先声,"尚奇"一路则影响到北宋前期柳开、穆修等古文家"变偶俪为古文""体近艰涩"①,直至嘉祐中,尚有以刘几为首的"太学派""骤为怪崄之语,学者翕然效之,遂成风俗"②,将古文创作引向死胡同。

  古文衰则骈文重兴。李商隐早年习古文,后师法令狐楚,卓然成为晚唐骈文第一作手。他首次以"四六"名集,他的作品使事精博,辞采秾丽,善于抒情议论,风格清新峻拔,"上承六代,而声律弥谐;下开宋体,而风骨独峻"③。同时的温庭筠、段成式与李商隐之文俱用俪偶相夸,世称"三十六体",但温、段之文,更趋于华美绮艳,体格卑弱。五代至于宋初的骈文,奉李商隐为圭臬,唯以声色相夸,以隶事相尚,致有"优人挦扯"之讥。至杨亿为首的西昆派骈文,更是"穷研极态,缀风月,弄花草,淫巧侈丽,浮华纂组"④,一时耸动天下,可见文坛之衰。

## 四、古文复倡,骈文变体,骈散融合

  北宋仁宗天圣年间,欧阳修登上文坛,并在嘉祐年间成为文坛盟主,再次倡导古文,革新文体,自此百余年间,古文形成平易流畅的文风,而骈文被改造为"宋四六"的新体制,骈、散相互渗透、相互交融,呈现出新的发展趋势。其门人后学继而效法,发扬光大,一方面使古文取得了优势,完成了文坛主流由骈体向散体的根本转换;另一方面也使骈文得到了改造,实现了宋骈对于唐骈的重要变革。

  欧阳修革新文体,一方面大力推尊韩愈古文,但汲取其后学尚怪致衰的教训,摒弃艰涩险怪的倾向,倡导平易流畅的风格。他利用主持贡举的机会,奖拔文风平实的后进;他自己身体力行,以创作实绩将文风改革引向深入,这些都为北宋古文传统的建立和延续奠定了基础。其后,三苏、曾、王等进一步发展了宋代古文的优良传统,经过几代人的努力,至北宋

---

① 《四库全书总目》卷一五二《河东集》提要,第1305页。
② 沈括《梦溪笔谈》卷九,文渊阁《四库全书》本。
③ 《季刚先生手拟金陵大学国学研究班学程提要跋》,程千帆、唐文编《量守庐学记》,生活·读书·新知三联书店1985年版,第39页。
④ 石介《怪说中》,《徂徕集》卷五,文渊阁《四库全书》本。

末,古文终于在文坛上站稳了脚跟。

在倡导古文的同时,欧阳修还主张"偶俪之文,苟合于理,未必为非"①,并继承陆贽以散入骈的经验,"以文体为四六"②,形成"宋四六"新的体制风格。这种新体骈文少用陈言、典故,拒绝浮靡之词,析事论理,明白晓畅,讲求自然成对,不求精工精警,既有古文之气势,又具骈文之谐美,故人称"本朝四六,以欧公为第一"③。此后,苏轼、王安石又有新的发展和开拓,终于使"宋四六"形成了自己的特色。可以说,欧、苏、王、曾诸大家不仅奠定了宋代古文的基础,也奠定了宋代骈文的基础。骈散交融的趋势,正是开始于北宋诸大家的创作实践中。

**五、古文主导,骈文分疆,骈散平衡**

南渡以降至宋末约一百五十年间,宋代古文、骈文沿着北宋大家开辟的道路继续发展。古文融合了骈文的某些手法,逐渐占据了文坛的主导地位,举凡奏议、策论、序记、史传、笔记等主要文体,均用古文,而骈文则牢牢占据着制、诰、表、启、判词、露布等应用体裁,并扩展到乐语、青词、祝疏、上梁文等民间流行文体。古文和骈文既相互竞争以扩展地盘,又逐渐分疆以共求发展,在文坛的态势渐趋平衡。

南宋古文继承发扬北宋大家的优良传统,但又有宗欧、宗苏之别,刘咸炘谓:"南宋之文,则欧、苏二派而已。策论为主,苏文最盛,序记则以欧为准。"④南渡之际力主抗战的雄文,中兴时代陈亮、陆游、杨万里、范成大、朱熹、陈傅良、叶适等名家的创作,宋末志士、遗民的爱国篇章,都使南宋古文具备了自己的特色,并在北宋大家的基础上有所开拓发展,从而使宋文的优良传统代代相传,在文坛上稳稳地占据了主导地位。

骈文领域同样是承接北宋大家的统绪,主要有宗王、宗苏之分,杨囷道称:"皇朝四六,荆公谨守法度,东坡雄深浩博,出于准绳之外,由是分为

---

① 欧阳修《论尹师鲁墓志》,《文忠集》卷七三,文渊阁《四库全书》本。
② 陈善《扪虱新话》,《丛书集成初编》本。
③ 吴子良《荆溪林下偶谈》卷二,文渊阁《四库全书》本。
④ 刘咸炘《宋元文派略述》,《文学述林》卷二,己巳年(1929)刊本。

两派。"①又由于词科的屡兴,骈文到南宋仍有相当的市场。汪藻、李纲等初期作家激昂慷慨的篇章,孙觌、綦崇礼、周必大等词臣,陆游、杨万里等诗人的作品,都各有特色。而李廷忠、李刘等耽于苟安、雕琢纤巧的骈文,虽号称专家,却走入了华而不实、文格卑弱的境地。

总之,从六百六十余年唐宋文的演进大势看,唐代骈文虽文体屡变,但在文坛上始终占有优势,古文由始兴而中衰,昙花一现,总体影响尚有限;宋代古文再度勃兴,形成稳定风格,使用范围不断扩大,最终居于文坛主流,而骈文以变体求生存,适用空间虽逐渐缩小,但仍有相当势力。唐宋文就是在骈、散二体不断消长的变化过程中最终达到相对的平衡。

## 唐宋文骈散消长的若干规律

### 一、艰深趋于平易:骈散消长的演进趋势

六朝骈文明显带有贵族文学的色彩,它讲究使事用典、偶对声律,追求典雅华丽,不仅使文风日趋轻靡,而且文辞艰深,语意隐晦,表达难以畅通。唐代前期骈文的变革,既是文风的变革,也是艰深趋于平易的转折,到陆贽的骈文,基本不用典故,不复见排偶之迹,叙述议论,无施不可,"务在词简而意明"②。这种新体骈文,较之六朝已有了根本的改变。可惜晚唐李商隐没有延续这一变革方向,反而进一步为骈文的句法、格调、声律制定了固定的格律,追求富丽精工,至宋初的"西昆体"变本加厉,从而使刚得到解放的骈体又套上了重重枷锁。

韩、柳倡导的古文运动,以"复古"为文体革新的旗号,其主要矛头是文坛上柔靡的文风,而并非骈体的艰深。相反,两位大家熔铸古今,文章博大精深,不尚平易,韩愈尤喜奇崛的风格,主张辞必己出,务去陈言,因此,相对于文坛上长期流行的骈文来说,韩、柳古文反而显得简古深奥。

---

① 杨囦道《云庄四六余话》,《丛书集成初编》本。
② 陈维崧《四六金针》,《丛书集成初编》本。

而皇甫湜、孙樵等进一步将韩文尚奇的一面发展到极致，遂使古文逐渐脱离了文坛大众而走向衰落。宋初古文的发展仍承袭艰涩险怪的倾向，直至欧阳修出，认真总结了唐代古文的经验教训，明确倡导平易流畅的文风，使宋代古文以新的面貌出现于文坛，加之三苏、曾、王的发扬光大，才使古文为文坛普遍接受，在文坛的份额日渐扩大。虽然南宋中期仍有江西别派、宋末仍有刘辰翁等不断鼓吹古奥艰涩的古文，但毕竟难成气候，平易畅达的古文最终成为文坛的主流。

与宋代古文趋向平易的同时，宋四六的发展，也是接续唐代陆贽的传统，变西昆体的淫丽繁缛为散文化的平易自然。欧阳修"始以文体为对属，又善叙事，不用故事陈言而文益高"①，开一代新风。"苏氏父子以四六述叙，委曲精尽，不减古文"②，将这一风气继续发扬。宋四六在表现形式上好用长句对偶、长于议论、化用成语等特点也是与其平易自然的趋势相适应的。欧、苏等"以散行之气，运对偶之文，在骈体中另出机杼，而组织经传，陶冶成句，实足跨越前人"③，成为骈文发展史上的又一新阶段。而南宋一些骈文作家重又讲究格律精严、刻意求工，遂使宋代骈文再次走向衰落。

由上述可见，唐宋文的演进趋势，无论古文还是骈文，由艰深趋于平易是其主流。古文的始兴、中衰、重倡直至扎根，骈文的变体、重霸、创新以至衰败，无不与此趋势相一致。这是唐宋文的演进大势，也是中国散文的演进大势。

## 二、对立趋于交融：骈散消长的运动轨迹

六朝骈文统治文坛之时，散体文几乎没有地位。踵事增华，能文为本，"事出于沉思，义归于翰藻"，是当时文坛普遍的观念，而撰写《雕虫论》指斥骈文"淫文破典，斐尔为功，无被于管弦，非止乎礼义"④的裴子

---

① 陈师道《后山诗话》，《历代诗话》，第310页。
② 欧阳修《试笔》，《文忠集》卷一三〇，文渊阁《四库全书》本。
③ 程杲《识孙梅四六丛话》，转引自《文心雕龙注》，第594页。
④ 《全梁文》卷五三，严可均校辑《全上古三代秦汉三国六朝文》，中华书局1958年版，第3262页。

野,则被视为"质不宜慕""了无篇什之美"①。可见骈散处于严重的对立状态。唐代古文先驱们对骈体大张挞伐,他们站在明道、宗经的立场,称"淫丽形似之文,皆亡国哀思之音"②;而初盛唐骈文的变体,也主要是风格的变化,而非文章体式的根本改换。因此,直到中唐之前,骈散二体的严重对立状态并未根本改变。中唐陆贽引散入骈,以散行之气运偶俪之辞,单复并用,是骈散交融的滥觞,这种对骈体的根本性改造,开宋四六的先声。韩、柳大力倡导古文,对骈体的淫靡文风是重大的冲击,但他们并不直接反对骈俪,反而吸取了骈文的表现手法融入古文,加强了古文的表现力。而自晚唐李商隐到宋初西昆体的骈文又强调严守骈体矩矱,同时期的古文创作则流于奇僻晦涩,因此骈散二体又趋于对立。

欧阳修对唐代骈散对立的经验教训有深刻的认识,他重倡古文和变革骈文是同步进行的,所谓"至欧公倡为古文,而骈体亦一变其格,始以排奡古雅,争胜古人"③。他一则说"偶俪之文,苟合于理,未必为非",二则说"苏氏父子以四六述叙,委曲精尽,不减古文"。他一方面吸收俪辞的合理之处用于古文,使之更为畅达流丽,一方面用古文之气运偶俪之辞,使之兼具古文的气势和骈文的谐美。至此,骈散二体终于从对立趋于交融,苏轼则将这种交融发展到更高的境界,欧、苏共同奠定了宋代古文和骈文的优良传统。此后虽曾有反复,但骈散交融已成为宋文发展的大趋势。

唐宋文的骈散交融趋势有多方面的表现。从作家看,唐代的散文家仍以骈文家为主,早期的古文倡导者使用的还是骈体,而韩、柳及韩门弟子等以古文创作为主的毕竟为数不多,李商隐早年学古文,后来却成为骈体大家。宋代散文家则不同,骈散兼擅的占据大多数,从欧阳修起,王安石、苏轼都是足与乃师鼎足的古文兼骈文大家,秦观、晁补之等苏门弟子也都继承了这一传统,南宋则汪藻、陆游、杨万里、周必大、叶适、真德秀、

---

① 萧纲《与湘东王书》,《全梁文》卷一一,《全上古三代秦汉三国六朝文》,第3011页。
② 柳冕《与滑州卢大夫论文书》,董浩等编《全唐文》卷五二七,中华书局1983年版,第5356页。
③ 孙梅《四六丛话》,嘉庆戊午(1798)刊本。

刘克庄甚至文天祥,都是驾驭骈散二体的高手。可以说,宋代极少纯粹的古文家或骈文家,能骈能散成为普遍的文化修养,这是骈散由对立趋向交融的重要表现。从作品看,唐代的古文和骈文作品大多泾渭分明,不相混淆,陆贽的以散入骈和韩、柳的融骈入散都非普遍的例子。宋文则大为不同,古文中融合骈偶句式已比比皆是,《醉翁亭记》《前赤壁赋》等古文名篇,无不杂以骈偶,或铺叙,或点染,读来一唱三叹,情韵无限;而宋代骈文"以散行之气,运对偶之文,在骈体中另出机杼,而组织经传,陶冶成句,实足跨越前人",成为宋四六最典型的特征。因此宋代古文中完全不用偶句的已不多见,而"宋四六"则基本成了散文化的骈文,骈散的交融在作品中已部分实现。从表现手法看,传统的散体文适于记述、议论,而骈体文擅长描写、抒情。而唐宋古文大大拓展了描写和抒情的功能,"宋四六"则普遍加入了议论成分,因而骈散二体在表现手法上也取长补短,呈现相互交融的特点。诚如清人刘孟涂所说:"骈中无散则气壅而难疏,散中无骈则辞孤而易瘠,两者但可相成,不可偏废。""文有骈散,如树之有枝干、草之有花萼,初无彼此之别……偏胜之弊,遂至两歧。始则土石同生,终乃冰炭相格,求其合而一之者,其惟通方之识、绝特之才乎?"[①]总之,如果说唐文中骈散的对立还十分明显的话,到了宋代,古文和骈文则更多倾向于靠拢和渗透,二者相互影响,相互依存,从对立逐步走向交融。

### 三、从拓展到分疆:骈散消长的体裁变迁

从散文体裁的演变着眼,到六朝时期,古代散文的主要体裁已臻成熟,受时代风会的影响,俪辞几乎充斥当时的一切文体,这种状况一直延续到中唐。唐宋古文的兴起也包括文体的革新。古文家一方面努力改造碑志、哀祭、奏议等传统体裁,革新其体制格局、表现手法、风格特征;一方面又大力拓展一批旧文体,开拓出文集序、赠序等序文,厅壁记、楼堂亭阁记、山水宴游记、书画记、学记、藏书记等杂记,寓言传、文人自传、下层人

---

[①] 《与王子卿太守论骈体书》,转引自蒋伯潜、蒋祖怡《骈文与散文》,上海书店出版社1997年版,第116—117页。

物传等传记,散文赋体等;此外,古文家还积极开创了一些适用古文的新文体,如多种议论类、叙事类杂文、学术性、文学性题跋、日记、笔记、诗话、词话、文话等。可以说,与古文兴起同步,古代散文体裁的阵营又一次大扩展,古文占据了能广泛反映社会生活的大部分文体领域。

受到古文的激烈挑战,骈文逐渐退出了奏议、碑志、序记、传记等文体领域,与此同时,它却牢牢占据着制诰、表启、判词、露布等传统应用体裁,并进一步使这类文体的写作专业化、职业化。如笺启之体,到宋代应用尤广,"岁时通候、仕宦迁除、吉凶庆吊,无一事不用启,无一人不用启。其启必以四六,遂于四六之内别有专门"①。李刘《四六标准》即收其所作笺启一千余首。宋代的博学宏词科则专门选拔为朝廷服务的骈文作手,规定制诏、表、檄、露布等12类文体为考试科目,王应麟《辞学指南》即是指导应试的专著。此外,骈文进一步发挥其音节铿锵、便于宣读的特长,在社会应用领域扩大其疆域,如宗教及民间祭祀活动中所用的青词、祝文、疏文、上梁文,戏剧表演前宣读的乐语、致语,话本小说中描绘性的文辞,戏剧中人物开场白等,都使用相对浅近的俪语写成,从而使骈文向更广大的民间传播。

古文和骈文在文体领域既相互竞争以固守地盘,又努力拓展以扩充疆域,这种文体的互动促使骈、散二体的逐步分疆,它们分别占据了一部分固定的文体领域,在社会生活中发挥着各自的作用。骈体主要起到宣告的功用,上自朝廷的诏告制词,下至民间的告语说白,都使用骈语俪句,它的应用范围缩小了,但使用的频率和空间却依然可观。古文的应用范围大为扩展,无论议论、叙事还是描写、抒情,几乎无施不可,它占据了大部分的文体领域,成为社会生活中主导性的体式。骈文由纯文学的美文变为纯应用性的文辞,古文则既便于日常生活的应用,又可汲取骈文手法发展其文学性,骈文、古文的分疆,最终达到相对的平衡,形成了宋代以后文坛的基本格局。

唐宋文演进中的骈散消长,完成了中国散文史上的一次重大转折,即

---

① 《四库全书总目》卷一六三《四六标准》提要,第1396页。

由六朝以降的骈体主导文坛转变为宋代以后的古文主导文坛。在中国散文史上,散体文接近语言的自然形态,表现力丰富,也便于应用;骈体文利用汉语言文字的特征发展而成,雕琢成分较多,但又是富有特殊表现力的美文。散体、骈体各有所长,也各有所短。从中国散文演进的大势着眼,战国、秦汉六七百年间,文以散体为主,间以自然的偶对;魏晋以降,骈俪逐渐发展,至齐梁完全成熟,并统治文坛直至中唐,这一过程亦跨越五六百年;从韩、柳崛起到宋末约五百年间,骈、散二体历经消长变化,古文取代骈体主导文坛;而元、明、清的六百余年间,古文为主、辅以骈文的格局稳定不变。两千多年的文体变换,大体经历了散体为主、间以偶对——骈体渐成、独霸文坛——散体重主、骈体相辅的发展历程,颇合于哲学上所谓事物正——反——合的发展规律。当然,这并非简单的回复,因为宋以后的文坛,一方面是古文大量吸收了骈体的表现手法,另一方面又有骈文与之相辅而行,从而共同满足文学创作和社会应用的需求。应该说,这是经过长期的自身发展和实践检验,历史对中国散文体式的选择,也是中国古代散文具有无比丰富表现力的文体基础所在。从这样的角度看问题,唐宋两代散文的骈散消长,就有着不同寻常的意义,这是一个带有历史性的转折过程。韩、柳、欧、苏代表的唐宋散文家以他们的创作实践,替中国散文发展方向作出了历史性的选择,这就是:骈散并行,散体为主,骈体为辅;骈散交融,相互渗透,相互依存。中国古代散文历经一千余年的演进,在骈散不断消长的过程中,终于在唐宋时期寻求到了最能发挥其语文特征和最能满足其社会需求的文体格局,而唐宋散文也在这一消长变化过程中,焕发出古代散文史上最为夺目的光彩。本文对这一论题的考察,只是就宏观大势作了一些初步的探索,从骈散体式消长变化的角度切入,深入探讨唐宋散文乃至整个古代散文的演进规律,仍是散文史研究中极有意义的课题。

**2007 年江西"欧阳修研讨会"论文**

# 宋文文体演变论略

处于我国古代散文发展"巅峰阶段"[①]的宋代散文,其辉煌成就既体现于创作数量的繁盛、大家名篇的纷呈,也体现于各类文派的涌现、艺术技巧的完美,此外,散文文体的成熟也是其中不可或缺的一个重要方面。宋文文体的成熟,主要表现为骈散体式的渐趋平衡和各类体裁的臻于完备,而这种体式的平衡和体裁的完备又紧密地结合在一起,共同演绎着宋代散文演进的轨迹。

宋文文体的成熟,既是先秦以来古代散文长期发展的必然结果,又直接承接了唐代散文文体演变的影响。在古代散文发展史上,先秦两汉时期,文以散行为主,间以自然的偶对;魏晋以降,骈俪体式逐渐发展,至齐梁完全成熟,骈文统治文坛自六朝直至唐代;中唐韩柳古文的崛起,标志着散文体式的重大转折,一时影响巨大,可惜其后学未能发扬光大,骈文又重霸晚唐文坛,其影响直达五代宋初。与此同时,古代散文的主要体裁略备于战国,至六朝已基本成熟,初盛唐所用文体已少有发展,唐代古文家进行了改造和拓展,开发出一批适于古文表达的新文体,但骈体的回潮,又使传统体裁占据着文坛的重要地位。宋文文体的演变,就开始于这样的基础之上。

宋文文体演变的总体趋势是:古文重兴而趋于主导地位,骈体渐衰而处于辅佐地位,骈散体式在相互交融中渐趋平衡,骈散体裁在不断扩展中渐趋分疆。以下先从古文和骈文两方面分别进行考察。

---

① 王水照主编《宋代文学通论》,河南大学出版社1997年版,第48页。

## 古文体式体裁的演变

唐代古文体式的形成是由韩愈奠基的。韩愈为文,以先秦两汉为典范,所谓"非三代两汉之书不敢观"①,他对古文文体虽也有"文从字顺"的要求,但更强调的是"必出于己,不袭蹈前人一言一句"②,"为文有气力,务出于奇,以不同俗为主"③,"惟陈言之务去"④,再加上他以复兴儒道自居,强调"文以明道",这就形成其文体"易排偶为单行,易平易为奇古"⑤的基本特点。韩愈这种与当时的"今文"截然对立的"古文",虽然一时产生了很大影响,但并未被文坛普遍接受,而他的弟子和再传弟子皇甫湜、樊宗师、来择、孙樵之流,又将其文体尚奇的特点片面发展,雕琢字句,刻意求奇,以致佶屈聱牙、晦涩难明,终于为文坛所抛弃。大凡一种成熟的文体,在文坛上必有其长久的生命力,从这个意义上说,虽然韩愈的古文创作取得了巨大成就,对后世影响深远,但由他开创的唐代古文体式,尚未达到真正的成熟,这也是唐代古文运动未能取得最终胜利的重要原因之一。

北宋前期的文坛,一方面以晚唐李商隐为典型的骈俪文体充斥其间,另一方面以柳开、穆修为代表的复古派也有相当势力。复古派以韩愈为宗,他们不但继承其复兴儒学的"道统",同时也继承其古文体式的"文统","时以偶俪工巧为尚,而我以断散拙鄙为高,自齐梁以来言古文者无不如此"⑥。宋初文坛上的"古文"也不例外,如柳开文章"体近艰涩"⑦,"穆修、张景辈始为平文,当时谓之古文……二人之语皆拙涩"⑧。这就是

---

① 韩愈《答李翊书》,《韩昌黎文集校注》卷三,第 170 页。
② 韩愈《南阳樊绍述墓志铭》,《韩昌黎文集校注》卷七,第 540 页。
③ 韩愈《国子助教河东薛君墓志铭》,《韩昌黎文集校注》卷六,第 361 页。
④ 韩愈《答李翊书》,《韩昌黎文集校注》卷三,第 170 页。
⑤ 刘师培《论文杂记》,与《中国中古文学史》合刊,人民文学出版社 1959 年版,第 120 页。
⑥ 叶适《习学记言序目》卷四九,中华书局 1977 年版,第 733 页。
⑦ 《四库全书总目》卷一五二,第 1305 页。
⑧ 沈括《梦溪笔谈》卷一四,文渊阁《四库全书》本。

欧阳修跨入文坛时所面临的基本局面。欧阳修重倡古文,同样推尊韩愈为旗帜,但与韩门弟子、柳开、穆修之辈已有根本不同。他在文道关系上既要求文章"必与道俱"①,又强调"不为空言而期于有用"②。他同时又格外注重古文体式的建设:一方面,他大力倡导平易自然的古文,指出"孟韩文虽高,不必似之也,取其自然耳"③,批评《绛守居园池记》"其怪奇至于如此"④,并在主持科举考试时坚决黜落"骤为怪险之语"⑤的"太学文派",擢拔苏轼、曾巩等为文平实典要的新秀,一时轰动文坛;另一方面,他提出"偶俪之文苟合于理,未必为非,故不是此而非彼也"⑥,力矫宋初古文家对骈体的偏激态度,在古文创作中融进骈句,以发挥汉语独特的声韵节奏之美。这就形成了以"易奇古为平易,融排偶于单行"为基本特色的新的古文体式。欧阳修奠定的这种宋代古文的新体式,得到了其弟子们的继承和大力弘扬,而在苏轼的古文创作中发展得更为纯熟。苏轼同样力排为文中的刻意求奇,批评韩门弟子"学韩而不至者为皇甫湜,学皇甫湜而不至者为孙樵,自樵以降,无足观矣",批评当时的古文"求深者或至于迂,务奇者怪僻而不可读,余风未殄,新弊复作"⑦;他为文更在平易流畅的基础上追求行云流水的境界,所谓"文理自然,姿态横生"⑧,将古文文体的表现力发挥到了极致。至此,以欧苏为典范的宋文新体式标志着古文体式的完全成熟。虽然在其后的宋文发展过程中,追求险怪艰涩的一派从未绝迹,如乾道、淳熙间以"断续钩棘""荒唐变幻"为文的"江西诸贤"宗派⑨,宋末"专以奇怪磊落为宗,务在艰涩其词,甚或至于不可句

---

① 苏轼《祭欧阳文忠公夫人文》,苏轼撰、茅维编《苏轼文集》卷六三,孔凡礼点校,中华书局1986年版,第1956页。
② 欧阳修《荐布衣苏洵状》,《欧阳修全集》卷一一二,第1698页。
③ 曾巩《与王介甫第一书》,《曾巩集》卷一六,陈杏珍、晁继周点校,中华书局1984年版,第255页。
④ 欧阳修《唐樊宗师绛守居园池记》,《欧阳修全集》卷一四二,第2281页。
⑤ 沈括《梦溪笔谈》卷九,文渊阁《四库全书》本。
⑥ 欧阳修《论尹师鲁墓志》,《欧阳修全集》卷七二,第1046页。
⑦ 苏轼《谢欧阳内翰书》,《苏轼文集》卷四九,第1423—1424页。
⑧ 苏轼《与谢民师推官书》,《苏轼文集》卷四九,第1418页。
⑨ 袁桷《曹伯明文集序》,《清容居士集》卷二二,文渊阁《四库全书》本。

读"①的刘辰翁之流均是,但宋文整体的发展始终以欧苏奠定的体式为主流,并代代相传、发扬光大,而且最终取代骈体,成为宋代文坛的主导。元明清三代占据文坛统治地位的文体,与其说是继承了唐宋古文的传统,毋宁说是承袭了宋文的体式。

在坚持平易流畅、融骈于散的古文新体式的同时,宋代古文家还十分注重拓展古文的体裁,使之较唐代古文又有不少新的发展,这主要表现在部分传统文体的扩张、多种新兴文体的开发和破体为文的盛行。

策论、奏议等传统的议论性文体在宋代得到了长足的发展。宋代统治者实行优待文士、广开言路、鼓励议政的政策,促进了宋代士大夫崇尚议论的一代士风的形成,议论之作成为宋代古文的大宗。首先是策论的发达。由于宋代科举考试的重点"变声律为议论","诗赋取士"逐步演变为"策论取士",诚如苏轼所描绘的:"昔祖宗之朝,崇尚辞律,则诗赋之士,曲尽其巧。自嘉祐以来,以古文为贵,则策论盛行于世,而诗赋几至于熄。"②尤其是试论之体,经历了由试行到成熟,进而"定格"的过程,留下了大量的作品,并有不少研究专著,它对稍后兴起的经义之体也产生了重大影响。其次是奏议的繁盛。作为进入仕途的士大夫履行职责、言事论政的主要工具,奏议之文在宋文中占据极大的比重。南宋赵汝愚所编《皇朝名臣奏议》,收录北宋奏议即有二百四十一人、一千六百三十篇之多。③统计《郡斋读书志》《直斋书录解题》《文献通考·经籍考》《宋史·艺文志》著录的奏议专集,去其重复,尚有近百家约一千四百卷之多,数量惊人。虽然这些奏议多有"浮文妨要,动至万言,往往晦蚀其本意"④的缺点,但它们留下了宋代政治、经济、军事、文化乃至社会生活的大量资料,其中不乏范仲淹、欧阳修、王安石、苏轼、李纲、胡铨、陈亮、辛弃疾等大家名流的传世名篇。除议论文体外,传统的记叙类体裁如碑志、传状在宋代也呈现扩张的趋势。与唐代的不少碑志文多使用骈体不同,宋代的碑志

---

① 《四库全书总目》卷一六五,第1409页。
② 苏轼《拟进士对御试策》,《苏轼文集》卷九,第301页。
③ 据赵汝愚编《宋朝诸臣奏议》(原名《皇朝名臣奏议》),上海古籍出版社1999年版。
④ 《四库全书总目》卷一六〇,第1379页。

一般都用古文,且写作极为普遍,几乎成为宋人文集中的必备之体。尽管冗长呆板成为不少碑志文的通病,每为后人诟病,但宋代碑志文体的扩张仍是值得注意的文化现象,况且如欧阳修、叶适等作者在此体的写作上还有不少开拓和创新,在韩愈之后将碑志文的写作提高到新的水平,也值得充分重视。至于各种人物传记的写作,在宋代已极为普遍,许多古文家精心结撰,为后人留下了一批栩栩如生的人物形象,并在传记写作的格局、手法上多有创新,产生了欧阳修《六一居士传》、苏轼《方山子传》、陆游《姚平仲小传》等传世名篇。

　　唐代古文家曾开拓出一批适于古文行文的新文体,宋代古文家继续努力,在拓展新兴文体方面又有突破。一是题跋文的勃兴。欧阳修首先大量撰写题跋文,其《集古录跋尾》开学术类题跋的先河;苏轼、黄庭坚则大力开拓了文学类题跋,使之成为题材广泛、体式灵活、情趣盎然的纯粹抒情说理的小品。在欧、苏的影响下,宋人题跋文创作蔚然成风,名家辈出,其总量有五六千首。这些作品折射出宋代学术文化的昌盛景象,展示了文人士大夫丰富的精神世界,并充分体现了宋代古文平易流畅、挥洒自如的基本特点,为宋代文坛注入了一股清新的源头活水。二是尺牍的发达。与正式书信相比,尺牍篇制短小,形式灵活,内容更为私人化,更能展现作者的内心世界和个性情趣。苏轼以一千五百余首的创作蔚为大家,其门人黄庭坚、李之仪等继之,影响所及,一时尺牍写作风行,成为文人日常交际的重要手段,也形成了宋人文集中一道新的风景线。三是日记的盛行。日记一体缘起唐代,但盛行文坛并编入文集却在宋代。"元祐诸公皆有日记,凡〔榻〕前奏对语,及朝廷政事、所历官簿、一时人材贤否,书之惟详……虽私家交际及婴孩疾病、治疗医药,纤悉毋遗。"①今尚存黄庭坚《宜州乙酉家乘》等数种。南宋文人写作更为普遍,周必大一人便留有日记八种十一卷,陆游的《入蜀记》、范成大的《吴船录》更成为记游题材的名著。这种逐日记事之体上及国家大事,下至个人琐闻,既有史料价值,又具文学风采,成为文人乐于搦笔的又一类新文体。四是笔记的繁盛。

---

① 周煇撰,刘永翔校注《清波杂志校注》,中华书局1994年版,第238页。

笔记囊括了"纪事实,探物理,辨疑惑,示劝戒,采风俗,助谈笑"①等包罗万象的内容,一般将其归入著述之类,但就其文体实质着眼,其实是一种杂记、杂议之体。它兼及记事、议论和考据,纵意而谈,涉笔成趣;长短不拘,灵活自由,"意之所之,随即纪录"②,"或欣然会心,或慨然兴怀"③,充分发挥了古文体式的长处。虽然笔记的产生可上溯到两汉,但其创作的全面繁盛不能不属宋代,今存宋人笔记的总数仍在五百种左右,且第一部以"笔记"命名的正是北宋宋祁所撰的《宋景文笔记》。此后,宋人笔记的名作层出不穷,《东坡志林》《梦溪笔谈》《容斋随笔》《老学庵笔记》《能改斋漫录》《武林旧事》《鹤林玉露》等不胜枚举。此外,宋代大量的诗话、词话、文话,实际上也都是笔记之体,只是专主论诗评文而已。上述宋代古文家拓展的题跋、尺牍、日记、笔记等新体裁,普遍带有小品化的倾向,体现了传统文体的大解放,它们同时显示出着重展现个人见解、个体情趣的文化倾向,突破了古代散文主要作为应用文体的局限,大大强化了散文的个性化、抒情性、学术性品味。

宋代文体发展中的重要现象是所谓"破体为文"④,这种现象在古文创作中也十分普遍,杂记一体尤为典型。北宋后期陈师道早就敏锐地觉察到"退之作记,记其事尔,今之记乃论也"⑤。《渔隐丛话》前集引《西清诗话》载:"王文公见东坡《醉白堂记》,云:'此乃是韩白优劣论。'东坡闻之曰:'不若介甫《虔州学记》乃学校策耳。'"⑥王安石和苏轼之间的调侃,也揭示了这种将记体写成论、策的"破体为文"现象。此外,秦观谓《醉翁亭记》"用赋体"⑦,杨东山称魏了翁碑记"似一篇好策"⑧,今人言《秋声赋》、前后《赤壁赋》"以文为赋"等,都是这一手法的例子。宋代

---

① 李肇《唐国史补序》,《唐国史补》,第3页。
② 洪迈《容斋随笔》卷一,上海古籍出版社1978年版,第1页。
③ 罗大经《鹤林玉露》甲编自序,王瑞来点校,中华书局1983年版,第1页。
④ 参见《宋代文学通论》"尊体与破体"章、《中国古代文体形态研究》"辨体与破体"章。
⑤ 陈师道《后山诗话》,《历代诗话》,第309页。
⑥ 胡仔《渔隐丛话》前集卷三五,文渊阁《四库全书》本。
⑦ 陈师道《后山诗话》,《历代诗话》,第309页。
⑧ 罗大经《鹤林玉露》丙编卷二,第265页。

"破体为文"的盛行,体现出宋人在把握文体规范的基础上努力创新的追求。这种嫁接不同文体的表现手法以拓展文体功能的方法,使传统文体的表现力有了新的扩展,确实为文体的演进闯出了一条新路,并为后代留下了不少成功的典范之作。

策论、奏议、碑志、传状等传统体裁的扩张,题跋、尺牍、日记、笔记等新兴体裁的开发,再加上"破体为文"产生的原有文体功能的拓展,这些都使宋代古文在文坛所占的份额迅速扩大,举凡论政言事、说理论道、言志抒怀、寄情遣兴、叙事记人、状景述游,直至伤悼哀祭、立传树碑等等,古文的表达功能得到了充分的开发,并由经国大业、高头讲章向普通文人的日常生活渗透,平易畅达的古文终于超越骈体,成为宋代文坛的主导体式。

## 骈文体式体裁的演变

宋代古文体式日趋成熟的同时,宋代骈文体式也在新变中求发展,并形成了新的特点。成熟于六朝的骈文文体,在唐代经历了几次重要变化:初唐"四杰"开始摆脱轻艳文风,追求自然疏逸的格调;盛唐"燕许大手笔"崇雅黜浮,具有典丽宏赡之气度;中唐陆贽之作切于实用,融散入骈,开散文化先声;晚唐李商隐则强调声律辞采,使事精博,文章富丽精工,华美至极。五代宋初的文坛,奉李商隐为圭臬,而唯以声色相夸,以隶事相尚。以杨亿为首的西昆派骈文是当时的典型代表,石介称其文"穷研极态,缀风月,弄花草,淫巧侈丽,浮华纂组"①。杨亿"凡为文,所用故事,常令诸生子弟检讨出处,每叚用小片纸录之。既成,则缀粘所录而蓄之,时人谓之'衲被'焉"②。西昆派骈文的弊端可见一斑。

努力革新宋代骈文体式的开拓者仍然是欧阳修和苏轼。欧阳修早年曾习作骈文,文集中也有大量表奏、书启、内外制等四六作品,因此,他是

---

① 石介《怪说中》,《徂徕集》卷五,文渊阁《四库全书》本。
② 朱熹纂集《宋名臣言行录》前集卷四引《家塾记》,文渊阁《四库全书》本。

骈文写作的行家。欧阳修革新骈文的方向是发扬陆贽融散入骈的传统，进而将古文体式引入骈文的创作。《扪虱新话》有云："以文体为四六，自欧公始。"①《后山诗话》则称："欧阳少师始以文体为对属，又善叙事，不用故事陈言而文益高。"②可知其文的特点是自然成对，不求精工；用白话叙事，不用陈言典故，不用华靡文辞：这就使骈文向古文靠拢，追求自然朴素、明白晓畅的效果，形成了一种不同于六朝文、唐文的新体式。苏轼继续了这一革新，他对陆贽的奏议推崇备至，并以自己的广博学识和洒脱才情为文，善用白描、长对，善于熔铸成语，洗尽西昆派的绮罗香泽之态，文章清新流利，舒卷自如，诚如欧阳修所言："往时作四六者多用古人语，及广引故事，以炫博学，而不思述事不畅。近时文章变体，如苏氏父子以四六述叙，委曲精尽，不减古人。自学者变格为文，迨今三十年，始得斯人。"③陈振孙亦谓："本朝杨、刘诸名公犹未变唐体，至欧、苏，始以博学富文，为大篇长句，叙事达意，无艰难牵强之态。"④苏轼的"文章变体"，得到了欧阳修的充分肯定，欧、苏共同"变格为文"数十载，终于创立了不同于"唐体"的骈文新体式"宋四六"。这种新体式在宋代影响颇广，南宋骈文的重要作家如汪藻、綦崇礼、洪适、周必大、杨万里等辈，虽风格有异，但都具有"宋四六"语言明畅、气格浑成的特点。当然，南宋后期的骈文在词科的影响下，又走向格律精严、一丝不苟的道路，代表作品如李刘的《四六标准》"惟以流丽稳贴为宗，无复前人之典重，沿波不返，遂变为类书之外编、公牍之副本，而冗滥极矣"⑤。在骈文发展史上，宋代骈文已走到穷途末路，但欧、苏变体而形成的"宋四六"，还是使骈体的演进放出了一道异彩，并为骈文向社会下层和通俗文体的渗透开辟了道路。

虽然在古文日益扩张的形势下，宋代骈文在文坛的地盘日渐缩减，但这种统治文坛数百年的文体不会自动退出舞台，它一方面革新体式以求

---

① 陈善《扪虱新话》，《丛书集成初编》本。
② 陈师道《后山诗话》，《历代诗话》，第 310 页。
③ 欧阳修《试笔》，《欧阳修全集》卷一三〇，第 1983 页。
④ 陈振孙《直斋书录解题》卷一八《浮溪集》解题，上海古籍出版社 1987 年版，第 526 页。
⑤ 《四库全书总目》卷一六三，第 1396 页。

发展,另一方面也努力拓展体裁以适应社会的需求。诚如洪迈《容斋三笔》所言:"四六骈俪,于文章家为至浅,然上自朝廷命令、诏册,下而缙绅之间笺书、祝疏,无所不用。"①骈文在某些特定的领域,仍发挥着不可替代的功用,并继续有所发展,这主要表现在庙堂之制的专业化、文人交际使用的普遍化和民间应用的扩大化三个方面。

骈文在逐渐成熟的过程中,就由于其讲求使事用典、俪辞藻饰、平仄协律、便于诵读的特点,特别受到诏诰章表等庙堂之制的青睐。自六朝发展到唐代,此类庙堂之制渐成定格。随着词科的兴起,宋代庙堂之制的创作进一步向专业化的方向发展。为了选拔朝廷的代言人才,北宋哲宗绍圣元年(1094),"诏别立宏词一科",专门拔擢撰写"应用文词,如诏、诰、章、表、笺、铭、赋、颂、赦、敕、檄书、露布、诫谕之类,凡诸文体,施之于时不可阙者"②。徽宗大观四年(1110)改宏词科为词学兼茂科,南宋高宗绍兴二年(1132)又改称博学宏词科,此外,理宗时又曾设词学科,不久罢废。上述诸科,统称词科。词科试格规定的考试文种,由最初的十类调整为固定的十二类,即制、诏、露布、笺、记、颂、诰、表、檄、铭、赞、序;所用体式,大部分规定用四六,有的也可用古今体式;每类文体皆有定格,如"制"体定格为"门下云云具官某云云于戏云云可授某官主者施行"。考试内容则要求知古通今,既要考历代典章故事,也要考时事或本朝故事。报考者须先将所业拟作二十四篇(十二类文体各二篇)投送礼部,经学士院审查合格后召试。③ 词科的考试形式和内容,吸引了大批文人为跻身这一朝廷清要职位而发愤努力,并促使这些应用文体写作规范化、专业化。南宋时还产生了几部重要的相关工具书。《直斋书录解题》著录宋人陆时雍所编《宏辞总类》四十一卷,后人又续编《后集》《第三集》《第四集》共五十四卷,汇集绍圣至嘉定年间的词科文卷,今已佚失。宋末考中词科的王应麟编成大型类书《玉海》二百卷,专为词科应用而设,将古今典故分类排

---

① 洪迈《容斋三笔》卷八,《容斋随笔》,第505页。
② 徐松辑《宋会要辑稿·选举》一二之二,中华书局1957年影印本。
③ 参见聂崇岐《宋词科考》,《宋史丛考》上册,中华书局1980年版,第127—141页。

比,聚为一帙,"其贯串奥博,唐宋诸大类书未有能过之者"①。书后附《辞学指南》四卷,更是详细的应试指导用书,除总论应试要点外,还逐体列举定格、汇录名家评论、点评该体范文、罗列历年试题等,从中更可看出宋代庙堂制作专业化的程度。当然,骈文发展至此,成了纯粹的应用性文字,其弊端更日益显现,诚如南宋叶适所猛烈抨击的:"自词科之兴,其最贵者四六之文,然其文最为陋而无用。士大夫以对偶亲切用事精的相夸,至有以一联之工而遂擅终身之官爵者。此风炽而不可遏,七八十年矣!"②

随着宋代文人社会地位的提高,文人的社会活动更为频繁,社会交际也更为广泛,这促使交际所用笺启之体在宋代得到了长足的发展。诚如《四库全书总目》所言:"自六代以来,笺启即多骈偶,然其时文体皆然,非是别为一格也。至宋而岁时通候、仕宦迁除、吉凶庆吊,无一事不用启,无一人不用启。其启必以四六,遂于四六之内别有专门。"③笺启成为无事不用、无人不用的专门写作文类,使它在应用领域大为普及,宋人文集中几乎家家有启即是明证。《五百家播芳大全文粹》收启达四十二卷,约占全书篇幅的百分之四十,并分为贺启、谢除授启、谢到任启、其他谢启、上启、回启等几大类。宋代笺启写作还产生了专家,南宋李刘撰《四六标准》四十卷,细分七十一类目,共收笺启之作一千零九十六首。《四库全书总目》述笺启之发展云:"南渡之始,古法犹存,孙觌、汪藻诸人,名篇不乏。迨刘晚出,惟以流丽稳贴为宗,无复前人之典重。沿波不返,遂变为类书之外编、公牍之副本,而冗滥极矣。然刘之所作,颇为隶事亲切,措词明畅。在彼法之中,犹为寸有所长。故旧本流传,至今犹在,录而存之,见文章之中有此一体为别派,别派之中有此一人为名家,亦足以观风会之升降也。"④

骈文在六朝属于贵族文学,其发展进入唐代以后,一方面屡次变体以适应文坛的需要,另一方面开始进入俗文学领域,唐代传奇小说、敦煌变

---

① 《四库全书总目》卷一三五,第1151页。
② 叶适《水心别集》卷一三《宏词》,《叶适集》,中华书局1961年版,第803页。
③ 《四库全书总目》卷一六三,第1396页。
④ 同上。

文、俗赋中多有穿插骈语俪句之例,甚至产生了如张鷟《游仙窟》这样通体用骈语写成的作品。① 宋代骈文向社会下层发展的趋势则更为明显,骈文在民间的应用进一步扩大。

致语和话本。宋代盛行的杂剧和大曲、舞曲、鼓子词、转踏等歌舞表演之前,多有角色念诵一段致语,其作用"或致敬,或说明,或宣赞,或予奏伎人以休息机会"②,这些致语一概由四六骈语组成。此外,《文体明辨序说》载:"宋制,正旦、春秋、兴龙、地成诸节,皆设大宴,仍用声伎,于是命词臣撰致语以畀教坊,习而诵之;而吏民宴会,虽无杂戏,亦有首章。皆谓之乐语。"③故宋人文集中多收有此类致语或乐语,如《苏轼文集》中尚存乐语一卷,洪适《盘洲文集》中多达三卷四十六首,《五百家播芳大全文粹》收乐语三卷,并分为御宴、圣节赐宴、生辰、宴饯、鹿鸣宴、时节宴会、庆贺、礼席等类别。可见宋代从宫廷到民间,致语用于声伎表演和各类宴集之前已十分普遍,宋代文人也普遍染指这类作品的撰写。此外,作为民间说话表演所用底本,"话本"的创作也开始于宋代,这种短篇小说虽用白话叙述,但状景写人的描写性文句,却继承了传奇作品中运用骈语的手法。如话本代表作《碾玉观音》中描绘失火场面的一段:"初如萤火,次若灯火。千条蜡烛焰难当,万座糁盆敌不住。六丁神推倒宝天炉,八力士放起焚山火。骊山会上,料应褒姒逞娇容;赤壁矶头,想是周郎施妙策。五通神撑住火葫芦,宋无忌赶番赤骡子。又不曾泻烛浇油,直恁的烟飞火猛。"④生动的比喻,通俗的典故,口语的词汇,基本整齐的偶对,构成了这段骈语的特点。后来的白话小说,包括长篇章回小说,无不沿袭了这种表现手法。在白话中穿插骈语段落,遂成为古代通俗文学的一大特色。

青词和疏文。宋代释、道二教盛行,其所用告神祈福之文均习用四六。青词一体缘起唐代,李肇《翰林志》称:"凡太清宫道观荐告词文,用

---

① 参见姜书阁《骈文史论》,人民文学出版社1986年版,第481—484页。
② 任半塘《唐戏弄》下册,上海古籍出版社1984年版,第785页。
③ 徐师曾《文体明辨序说》,《历代文话》第二册,第2140页。
④ 《京本通俗小说》,《古本小说集成》编委会编《古本小说集成》第五辑,上海古籍出版社2017年版,第11页。

青藤纸书朱字,谓之青词。"①但唐文中不多见,至宋人文集中始常见之。《文体明辨序说》载:"按陈绎曾云:'青词者,方士忏过之词也,或以祈福,或以荐亡,唯道家用之。'其谓密词,则释、道通用矣。词用俪语。"②如《苏轼文集》中的《醮上帝青词》云:"臣闻报应如响,天无妄降之灾;恐惧自修,人有可延之寿。敢倾微悃,仰渎大钧。臣两遇祸灾,皆由满溢。早窃人间之美仕,多收天下之虚名。滥取三科,叨临八郡。少年多欲,沉湎以自残;褊性不容,刚愎而好胜。积为咎厉,遘此艰屯。臣今稽首投诚,洗心归命。誓除骄慢,永断贪嗔。幸不死于岭南,得退归于林下。少驻桑榆之暮景,庶几松柏之后凋。"③则此文当不是应景之作,而确能反映作者晚年对人生道路的反思。此外,宋人文集中还常有释道宗教活动所用的各种疏文,如用作庆贺、祝祷之词的"道场疏"(又分为"生辰疏"和"功德疏")、用作募集人力物力之词的"募缘疏"、用作长老主持之词的"法堂疏"等,也多"词用俪语,盖时俗所尚"。④此类尚有斋文、表文、榜文、祝文等,不一而足,可见宋代骈俪之体已渗透并扎根于释、道的宗教生活中了。

上梁文、婚书和联语。宋代的民俗活动中也普遍渗透进四六俪语,上梁文、婚书和联语的普及均是其例。顾名思义,上梁文是建屋上房梁时所用的祝颂词,《文体明辨序说》述其起源及体制云:"上梁文者,工师上梁之致语也。世俗营构宫室,必择吉上梁,亲宾裹面(今呼馒头)杂他物称庆,而因以犒匠人,于是匠人之长,以面抛梁而诵此文以祝之。其文首尾皆用俪语,而中陈六诗。诗各三句,以按四方上下,盖俗礼也。"⑤吴曾祺《文体刍言》则云:"宋以后此体屡见,杨诚斋、王介甫集中皆有之。文用骈语,皆寓颂祷之意,实《小雅·斯干》之遗。"⑥《宋文鉴》中首次设此体类,收文三首;《五百家播芳大全文粹》收二卷三十四首,囊括了宫殿、官

---

① 李肇《翰林志》,《丛书集成初编》本。
② 徐师曾《文体明辨序说》,《历代文话》第二册,第 2142 页。
③ 苏轼《苏轼文集》卷六二,第 1901 页。
④ 参见徐师曾《文体明辨序说》,《历代文话》第二册,第 2142—2143 页。
⑤ 同上书,第 2139—2140 页。
⑥ 吴曾祺《文体刍言》,《涵芬楼古今文钞》卷首,商务印书馆 1910 年印本。

宇、学校、府第、寺观、庙宇、桥船等类;宋人文集中多有此体之作,可见其在宋代的普及情况。宋代民间婚仪中所用婚书,也都采用四六俪语,《五百家播芳大全文粹》收一卷六十二首,洪适《盘洲文集》也载有二十六首,包括送礼书、送币书、求亲书、许亲书、言定书、求婚书、回婚书等多种,兹举《长孙婚书》以示例:"绣衣赫奕,尝瞻父执之尊;纯帛森罗,兹缔孙枝之好。令女女箴夙讲,长孙家学粗传。瓜代结盟,有云来之深契;凤占得吉,匪媒妁之多言。不腆骋仪,已陈他牍。"①秦汉以来,我国民间过年已有悬挂桃符以驱鬼压邪的习俗。到了五代,人们才开始把联语题于桃木板上。据《宋史》记载,五代后蜀主孟昶"每岁除,命学士为词,题桃符,置寝门左右。末年,学士幸寅逊撰词,昶以其非工,自命笔题云:'新年纳余庆,嘉节号长春。'"②一般认为,这是我国最早出现的一副春联。宋代民间新年悬挂春联已经相当普遍,王安石诗中"千门万户曈曈日,总把新桃换旧符"③之句,就是当时盛况的真实写照。张邦基《墨庄漫录》载:"东坡在黄州,而王文甫家车湖,公每乘兴必访之。一日,逼岁除,至其家,见方治桃符,公戏书一联于其上云:'门大要容千骑入,堂深不觉百男欢。'"④有人认为,宋代的春联又称"御春帖子"。《宋名臣言行录》载:"仁宗一日乘间见御阁春帖子,读而爱之。问左右,曰:欧阳修之辞也。乃悉取宫中诸帖阅之,见其篇篇有意,叹曰:'举笔不忘规谏,真侍从之臣也。'"⑤今欧阳修、苏轼的文集中,都还保存着这类御春帖子。可见,作为骈文的特殊变体,联语的撰写在宋代已深入民间的习俗之中。

致语、话本等娱乐文体,青词、疏文等宗教文体,上梁文、婚书、联语等民俗文体,都广泛流行于宋代从宫廷到民间社会生活的各个领域。宋代骈文体裁在民间应用的拓展,反映出骈体在收缩地盘后寻求新的发展空间的努力,值得引起充分注意。

---

① 洪适《盘州文集》卷六四,文渊阁《四库全书》本。
② 《宋史》卷四七九《西蜀孟氏世家》,第 13881 页。
③ 王安石《除日》,《王文公文集》卷七二,上海人民出版社 1974 年版,第 771 页。
④ 张邦基《墨庄漫录》卷八,孔凡礼点校,中华书局 2002 年版,第 224 页。
⑤ 朱熹纂集《宋名臣言行录》后集卷二。

## 宋文文体演变的总体趋势

上述宋代散文、骈文的体式、体裁的演变过程,并不是各自孤立的,而是表现为交叉互动的过程,在相互消长中渐趋平衡,从而奠定了古代散文文体的基本格局。

宋代古文"易奇古为平易,融排偶于单行"的体式特点,为当时的文人学士普遍接受。由于使用功能的不断扩大,古文在文坛的地位日益提高,所占的份额迅速扩大。同时,由于在单行中融入骈句,描写、抒情的手法被普遍采用,古文的表现力也进一步提高。较之唐代,宋代古文体式显然更为成熟了。与此同时,宋代四六也在叙事达意、遣词造句、用典饰藻,乃至整体风格上向散文靠拢,表现出与六朝骈文和唐代骈文不同的特色。这一方面使骈文在部分领域(如庙堂之制、社会交际等)中保持着传统优势,另一方面也为骈俪之体向更广阔的应用领域(如宗教活动、娱乐活动、民俗活动)发展开辟了道路。经过长期的消长互动,宋代文坛骈散并存互补、渗透融合的新格局逐渐形成:古文的应用范围大为扩展,无论是议论、叙事,还是描写、抒情,几乎无施不可,古文成为社会生活中主导性的体式;骈文的应用范围缩小了,成为辅佐体式,但使用的频率和空间却依然可观,上自朝廷的诏诰制词,下至民间的告语说白,都使用骈语俪句,骈文主要起着宣告的功用。骈文由纯文学的美文变为纯应用性的文辞,古文则既便于日常生活的应用,又汲取骈文手法,发展了它的文学性。二者并存文坛,各自发挥长处,相互补充,不可完全替代。古文中时见骈偶句式穿插,绝对单句散行的古体已不多见;骈文则在讲究"骈四俪六"的同时,更显露出古文的气势和体格。古文大家兼擅四六,骈体名家亦善散体,骈散兼擅成为文坛的普遍现象,也逐渐成为文人的基本素养。

古文和骈文的体裁在宋代又都经过了一轮较大规模的拓展,形成了一批适应社会生活新需求的新体裁,从而使古代散文的体类趋于完备,诚如日本学者斋藤正谦所说:"文章之体至唐宋而大备矣。"①明代产生的两部著名文体论著,即吴讷的《文章辨体序说》和徐师曾的《文体明辨序说》,全面总结了唐宋以来文体拓展的成果,论及的文体分别达五十九种和一百二十七种,其中产生于宋代的占有相当的比重。唐代各类体裁用散用骈,尚未有定式。至宋代,古文和骈文在文体领域既相互竞争以固守地盘,又努力拓展以扩充疆域,这种文体的互动,促使骈、散二体逐步分疆,它们分别占据了一部分相对固定的文体领域,在社会生活中发挥着各自的作用。论辨、奏议、序跋、书牍、碑志、传状、杂记、祭吊等体类,通常使用散体,而诏敕、制诰、章表、判牍、檄文、露布等朝廷典册,以及笺启、致语、青词、斋文、上梁文、祈谢等告语文体,基本使用骈体。它们各司其职,一般不相混用,或整或散,共同满足不同的社会需求。

骈散体式的并存互补、渗透融合,骈散体裁的达于完备、渐趋分疆,最终使宋代文体的演变达到相对的平衡,并使古代散文文体的格局基本定型。中国古代散文文体演变的主要动因是适应社会生活变迁提出的新的功能需求,唐宋时期是中国封建社会经济文化发展的顶峰,因而也成为散文文体最为成熟完备的阶段。古人强调"文章以体制为先"②,斋藤正谦称"文当以唐宋为门阶","学文者不得不由于此"③。唐宋文之所以成为后人学文的门阶,其体制的成熟完备不能不说是一个主要原因。从这个意义上看,宋文文体的演变基本完成了古代散文文体格局的定型,元明清三代文体,已很难脱其窠臼。

《中山大学学报》2007年第5期

---

① 斋藤正谦《拙堂续文话》卷二,王水照、吴鸿春编《日本学者中国文章学论著选》,吴鸿春译,高克勤校点,上海古籍出版社1994年版,第122页。
② 徐师曾《文体明辨序说》引宋代倪思语,《历代文话》第二册,第2048页。
③ 斋藤正谦《拙堂文话》卷三,《日本学者中国文章学论著选》,第30页。

# 宋代题跋文的勃兴及其文化意蕴

在卷帙浩繁、体类众多的宋代散文中,题跋文是引人注目的"后起之秀"。翻阅宋人文集,题跋之体所在多见,少则十余首,多至十来卷、数百首。明末毛晋首次大规模辑集宋人题跋刊于《津逮秘书》之中,共收欧阳修、曾巩、苏颂、苏轼、秦观、黄庭坚、晁补之、张耒、李之仪、米芾、释德洪、朱熹、洪迈、陈傅良、周必大、陆游、叶适、真德秀、魏了翁、刘克庄凡二十家七十六卷,数量极为可观。当然,还有不少题跋"大户"尚未辑入,如董逌、赵明诚、洪适、楼钥等。可见,这一新兴的文体在宋代异军突起,蔚成大国。这类丛脞芜杂的小文短章向来不受重视,有的文集将其归于杂著、杂文之类,而难与传统文体的鸿篇巨制相并列。实际上,数量繁多的题跋文在宋代散文以至整个宋文化中占有特殊的地位。本文探讨宋代题跋文的缘起和演进,分析其类别和特征,进而考察这类特殊文体所包含的丰富文化意蕴。

一

作为散文体类的一种,题跋文有其缘起、发展的过程,明代徐师曾《文体明辨序说》论其源流云:

> 题跋者,简编之后语也。凡经传子史诗文图书之类,前有序引,后有后序,可谓尽矣。其后览者,或因人之请求,或因感而有得,则复撰词以缀于末简,而总谓之题跋。至综其实,则有四焉:一曰题,二曰跋,三曰书某,四曰读某……题、读始于唐;跋、书起于宋。曰题跋者,

举类以该之也。①

徐氏将题跋视为四种文体细类的总称,这是对的,但将其一概称为"简编之后语",则是对题跋的来源未作深究。考题跋文的源头有二。题跋中的"跋"文,盖由"跋尾"发展而来。所谓跋尾,原指在书画作品末尾署名,作为已经赏鉴或收藏的标识。跋尾押署之制在六朝已盛,其时名画,多有帝王或名家跋尾。唐李绰《尚书故实》载:"《清夜游西园图》,顾长康画,有梁朝诸王跋尾处。"②张彦远《历代名画记》卷三专列"叙自古跋尾押署"一节记其制。至唐代仍沿用其例,如《新唐书·褚无量传》记传主之言称:"贞观御书皆宰相署尾,臣位卑不足以辱,请与宰相联名跋尾。"③此后跋尾渐渐由印记代替,文字则衍为记述或品评作品的诗文,如范仲淹《文正集》补编收入历代有关范氏楷书《伯夷颂》的题跋,范氏同时代的文彦博、富弼皆以诗跋尾。这类跋文在唐人文集中尚不见,宋人文集始有收入,其原始载体也由书画作品扩大至金石碑帖、诗文作品、文集著述等。这是题跋文的一个源头,这类文字多题为"跋某"或"某跋"。题跋文的另一个源头,则是唐代古文家开创的一类标为"题后""书后""读某"的杂文④,它们大多为由原书(或原文)引申发挥、记录读书心得之作。这些短文有的或许原本题写于原作之后,有的则明显是单独撰写的札记。但这类杂文的写作在唐代尚不普遍,入宋后却由于载籍的大量刊行流布而繁盛起来,并因与跋文相类似而趋于合流,总称为题跋。综合上述两类来源,题跋文的正体应有原始载体,或书画,或载籍,而其文题之于后,其变体则包括一些独立撰写的读书短札。⑤而题跋文作为一类文体编入总集,于北宋尚未见,《文苑英华》《唐文粹》中均无其类,至南宋吕祖谦编

---

① 徐师曾《文体明辨序说》,《历代文话》第二册,第 2107 页。
② 李绰《尚书故实》,文渊阁《四库全书》本。
③ 《新唐书》卷二〇〇《褚无量传》,第 5689 页。
④ 参见本书《唐代古文家开拓散文体裁的贡献》。
⑤ 后人辑录题跋,往往将诸如标为"书事"的记人叙事的短文,题写于山川名胜、器物玩好之上的"题词"等都归于其中,虽形制略同,但体裁有别。当然若将它们视为广义的题跋文或题跋的变体亦无不可,不必严加甄别。

《宋文鉴》，始立"题跋"一类，录欧阳修、王安石、苏轼、黄庭坚等二十二家题跋之作四十六首为两卷，其中即包括跋、题后、书后、读诸体。此后历代总集多立此类，文体论著也多论及此体。从上述题跋文的缘起来看，这类文体的源头虽可追溯到唐代甚至六朝，但其定型并大量产生则要到宋代，可以说，题跋文是勃兴于宋代的一类新兴文体。

北宋前期作家的别集中，还很少见到题跋文的踪影，偶有也不过寥寥数首。文坛领袖欧阳修是大量写作题跋文的开山鼻祖。其文集中有"杂题跋"一卷，收文二十七首，数量大大超过前人。他又集录自古以来的金石文字编为《集古录》，并撰成《集古录跋尾》十卷四百余首，开学术类题跋的先河，并奠定了宋代题跋文的基础。此后，题跋文的写作蔚然成风，曾巩、王安石、苏颂等多有所作。苏轼在题跋文的发展中贡献最大，毛晋所辑《东坡题跋》六卷收文近六百首，这些文章题材广泛，表达方式多样，行文如行云流水，自然畅达，富于才情，长于理趣，名篇迭出，大大开拓了题跋文的境界，提高了这类文体的文学性，使之成为宋代散文的重要体类。苏门弟子亦多擅长此体，秦观、张耒、晁补之等所作颇富，而黄庭坚《山谷题跋》九卷四百余首尤为其中翘楚。黄作思致细密，长于抒情，挥洒自如，足以追踪东坡。此外，李之仪《姑溪题跋》亦有近百首，其中诗词题跋时有卓见，为后人所重。

南渡前后有两位题跋大家。一是书画家董逌，其《广川书跋》十卷对"古器款识及汉唐以来碑帖"鉴别尤精，"论断考证，皆极精当"；又有《广川画跋》六卷，皆考证绘画之文，"引据皆极精核"。① 一是金石家赵明诚，他与妻子李清照一起广收彝器、石刻，仿欧阳修《集古录》之例，编为《金石录》三十卷，其中二十卷为跋尾，共五百余首，亦精于考辨，多有超出《集古录》之处。

南宋题跋文的发展更迅速，作者更普遍，作品更繁富。南宋文人的别集中几乎多有此体，有题跋文二卷以上的作者达一二十家，其中十卷以上的也有多家。南渡之初，李纲、王庭珪、汪应辰等作品颇富；而孝宗乾道、

---

① 《四库全书总目》卷一一二《广川书跋》《广川画跋》提要，第959页。

淳熙以降,更是名家蜂起,争奇斗艳。陆游的题跋文有六卷二百五十余首,题材广泛,文体雅洁凝练;它们评文论艺,每有独到见解,字里行间,流淌作者真情;其中不少篇章感念时事,寄慨遥深,最为后人称道。理学宗师朱熹的题跋之作,虽未能摆脱高谈性理的习气,却更多地表现出其作为文人的一面,所作共有四卷二百余首。其中时有清新流利的篇章。洪适精于汉唐碑版,作《隶释》二十七卷、《隶续》二十一卷,撰有跋尾近三百首,考核史事,详加论证,"自有碑刻以来,推是书为最精博"①,其《盘洲集》中另有题跋二卷。楼钥《攻媿集》中题跋占十卷三百余首,亦精于考据,《四库全书总目》称"尤多元元本本,证据分明"②,近人张钧衡将其辑入《适园丛书》,并称其"综贯今古,折衷考较,于中原师友传授,类能洞悉源流,南渡诸君子中,与放翁、平园不相上下"③。周必大为南渡词臣之冠,所作题跋亦最富,达十二卷四百五十余首,其中既有考据精审的篇章,也有述事抒慨、评文论艺的率性之作,大力推崇庐陵欧文传统,亦为其题跋一大特色。除上述五大家之外,杨万里、洪迈、陈傅良、叶适、真德秀、魏了翁等,所作都在数十首至百余首不等,且各具特色,各自成家。南宋后期的题跋大家则首推刘克庄,其《后村先生大全集》中此体有十三卷四百余首,故《四库提要》称其"题跋诸篇,尤为独擅"④,近人张钧衡更称其"考据精详,文词尔雅,在宋人中不在楼攻媿、周益公之下,实为宋末一大家"⑤。其他如黄震、文天祥、戴表元诸家,也都擅长此体。叶绍翁则撰有考据古物的《保姆砖跋尾》⑥。可见直至宋末,题跋一体绵延不绝,并成为古代散文中不可或缺的重要体裁之一。

---

① 《四库全书总目》卷八六《隶释》提要,第735页。
② 《四库全书总目》卷一五九《攻媿集》提要,第1373页。
③ 张钧衡《跋攻媿题跋》,《适园丛书》第三集。
④ 《四库全书总目》卷一六三《后村集》提要,第1401页。
⑤ 张钧衡《跋后村先生题跋》,《适园丛书》第三集。
⑥ 叶绍翁《保姆砖跋尾》,《知不足斋丛书》本。

## 二

今存宋人题跋文的总数当不少于六千首①,这批数量巨大的题跋作品大致可分为两大类,即以研讨学问为主的学术类题跋和以抒写性情为主的文学类题跋。

由于题跋文源于书画的跋尾和读书的札记,因此,研讨学问可以说是题跋文缘起的初衷,故学术类题跋可视为题跋文体的正宗。此类题跋可以其奠基之作欧阳修的《集古录跋尾》为典型。欧阳修不但是北宋文坛领袖,而且是著述丰富的经学家、史学家和金石学家。他自称"性颛而嗜古,凡世人之所贪者,皆无欲于其间,故得一其所好"②于金石刻辞。他长期搜罗,积至千卷,"上自周穆王以来,下更秦、汉、隋、唐、五代,外至四海九州,名山大泽,穷崖绝谷,荒林破冢,神仙鬼物,诡怪所传,莫不皆有"③,并在此基础上载录考订,撰成跋尾四百余首。这些跋尾的主要体式有三种。一、载录彝器、碑版的形制、来历以及铭词碑文的文辞、书体、磨损情况等,为后世留下这些金石器物的原始资料。如《终南古敦铭》云:

> 右终南古敦铭。大理评事苏轼为凤翔府判官,得古器于终南山下,其形制与今《三礼图》所画及人家所藏古敦皆不同,初莫知为敦也。盖其铭有"宝尊敦"之文,遂以为敦尔。④

此项内容各首跋尾中几乎都有,且往往置于篇首。二、以金石文字考订、补正史传缺漏,所谓"载夫可与史传正其阙谬者,以传后学"⑤。如《唐孔

---

① 统计毛晋所辑二十家宋人题跋和上述其余题跋"大户"的作品,总计约五千首。宋人别集仅《四库全书》就收录三百九十九部(北宋一百二十二部,南宋二百七十七部),而据《现存宋人别集版本目录》著录,有诗文集传世的作家共有六百三十二人。除上述已统计者外,其余别集中题跋之作估计不会少于一千首。
② 欧阳修《集古录目序》,李之亮笺注《欧阳修集编年笺注》第七册,巴蜀书社 2007 年版,第 297—298 页。
③ 同上书,第 298 页。
④ 欧阳修《终南古敦铭》,《六一题跋》卷一。本文所引题跋,除注明外,均引自《丛书集成初编》影印毛晋《津逮秘书》所集各家题跋。
⑤ 欧阳修《集古录目序》,《欧阳修集编年笺注》第七册,第 298 页。

颖达碑》云：

> 右《孔颖达碑》，于志宁撰。其文磨灭，然尚可读。今以其可见者质于《唐书》列传，传所阙者，不载颖达卒时年寿，其与魏郑公奉敕共修《隋书》亦不著，又其字不同。传云字仲达，碑云字冲远。碑字多残缺，惟其名字特完，可以正传之缪不疑。以冲远为仲达，以此知文字转易失其真者，何可胜数？幸而因余《集录》所得，以正其讹舛者，亦不为少也。乃知余家所藏，非徒玩好而已，其益岂不博哉！治平元年端午日书。①

这首跋尾的重点已不是客观载录，而是比较碑文与史传的异同，并作出自己的判断。这类题跋带有研究的性质，学术价值更高一筹。三、由载体生发议论，对某一领域的学术问题进行较深入的探讨。如《隋太平寺碑》云：

> 右《太平寺碑》，不著书撰人名氏。南、北文章至于陈、隋，其弊极矣。以唐太宗之致治，几乎三王之盛，独于文章，不能少变其体，岂其积习之势，其来也远，非久而众胜之，则不可以骤革也？是以群贤奋力，垦辟芟除，至于元和，然后芜秽荡平，嘉禾秀草争出，而葩华美实，灿然在目矣。此碑在隋，尤为文字浅陋者，疑其俚巷庸人所为。然视其字画，又非常俗所能，盖当时流弊，以为文章止此为佳矣。文辞既尔无取，而浮图固吾侪所贬，所以录于此者，第不忍弃其书尔。治平元年三月十六日书。②

显然，这首题跋的中心在阐述唐代文体的变迁，肯定古文兴起的意义，体现了作者对唐文发展的认识，后半部分才指出碑文的"文字浅陋"和书法价值。可见，此类跋文的价值主要在于由载体引发的议论，实际上已成为一种短篇的学术札记。

---

① 欧阳修《唐孔颖达碑》，《六一题跋》卷五。
② 欧阳修《隋太平寺碑》，《六一题跋》卷五。

上述载录、考订、议论三者,可视为学术类题跋的基本体式,而每一首题跋则可以有各自的侧重点。这类题跋与载体的联系较为紧密,主要运用说明、考辨、论述的表达方式,追求客观真实、谨严详审的风格。或立论精警,凝练透辟;或引据详博,辨析细微。学术类题跋的形式除单篇外,又常辑集为题跋专集,如《广川书跋》《广川画跋》《金石录》《隶释》等,因此,它们往往被视为学术专著①,不少丛书、目录都将它们列入"艺术类"。但究其根本,这些题跋仍是单篇撰成的散文,其文体特征表现得尤为明显和稳定,它们在宋代迅速发展起来,蔚成大国,在宋代题跋文中占有极大的比重和重要的地位。

　　相对于学术类题跋,文学类题跋可看作是题跋文发展中衍生出的变体。这类题跋与其载体的联系较为松散,载体在文中往往只是一种触媒,一个引子,文章由此生发开去,主旨也由探讨学术变为抒写作者性情。因此,文学类题跋实际上已演变为一种新的随笔小品文体。这类文字在欧阳修的题跋文中已初露端倪,但大力开拓并使之成熟者,则不能不推苏轼和黄庭坚两家。苏、黄题跋,历来为世所重。毛晋称:"元祐大家,世称苏、黄二老……凡人物书画,一经二老题跋,非雷非霆,而千载震惊,似乎莫可伯仲。"②可见两家在当时的影响。东坡题跋中,并非没有研讨学术之作,但他更以散文大家的风范开拓创新,为题跋文开辟出一片崭新的天地,同时,也使题跋文成为其行云流水般的散文创作的重要组成部分。黄庭坚追踪东坡题跋的神韵,他曾自述书法体会称:"老夫之书本无法也,但观世间万缘如蚊蚋聚散,未尝一事横于胸中,故不择笔墨,遇纸辄书,纸尽则已,亦不计较工拙与人之品藻讥弹。"③毛晋认为"此数语即可以跋《山谷题跋》矣"④。可见山谷与东坡是同一机杼。

---

①　宋代以后,这类题跋的传统绵延不绝,至清代更得到发扬光大,作品丰繁,如朱彝尊《曝书亭金石文字跋尾》、钱大昕《潜研堂金石文跋尾》、翁方纲《苏斋题跋》、王澍《虚舟题跋》等,不胜枚举。清代又由此衍生出藏书题跋一类,为学者和藏书家所青睐,作品亦洋洋大观,并成为版本学的重要文献。
②　毛晋《跋东坡题跋》,《东坡题跋》卷末。
③　黄庭坚《书家弟幼安作草后》,《山谷题跋》卷五。
④　毛晋《跋山谷题跋》,《山谷题跋》卷末。

以苏、黄题跋为代表的文学类题跋的特征主要表现在四方面。一曰题材广泛。考察苏、黄题跋的载体，遍及经籍、史传、诸子、文集、道书、佛典、诗词、文赋、法帖、图画，而一些题词、书事之作更广及笔墨、纸砚、琴棋、古玩，乃至山川形胜、亭台楼阁，可谓无所不包，其题材则论艺评文、记人怀旧、怡情遣兴、抒怀寄慨，几乎遍及文人精神生活的各个领域。二曰表达丰富。文学类题跋的表达方式，较之学术类题跋有了很大发展，状人、记事、描写、抒情、议论，无所不用，且往往交错运用，浑然一体。如苏轼《跋〈石钟山记〉后》有云："自灵隐下天竺而上，至上天竺，溪行两山间，巨石磊磊如牛羊，其声空砻然，真若钟声，乃知庄生所谓天籁者，盖无所不在也。"①状景摹声，如在目前，引发联想，点到即止。又如黄庭坚《题自书卷后》：

> 崇宁三年十一月，余谪处宜州半岁矣。官司谓余不当居关城中，乃以是月甲戌抱被入宿于城南。予所僦舍喧寂斋，虽上雨傍风，无有盖障，市声喧愦，人以为不堪其忧，余以为家本农耕，使不从进士，则田中庐舍如是，又可不堪其忧邪？既设卧榻焚香而坐，与西邻屠牛之机相直。为资深书此卷，实用三钱买鸡毛笔书。②

自述谪居生涯的艰辛，抒写坦然自得、超然物外的心境，"用三钱买鸡毛笔书"的细节交代，尤为隽永传神。这类题跋，已全然是抒写性情之作。三曰体式灵活。文学类题跋没有固定的体式，轻巧灵活，不拘一格，而且尤多一二百字的短篇，甚至四五十字亦成一首，《东坡题跋》中特多此类，如：

> 少游近日草书，便有东晋风味，作诗增奇丽，乃知此人不可使闲，遂兼百技矣。技进而道不进，则不可，少游乃技道两进也。③

> 黄州今年大雪盈尺，吾方种麦东坡，得此，固我所喜。但舍外无

---

① 苏轼《跋〈石钟山记〉后》，《东坡题跋》卷一。
② 黄庭坚《题自书卷后》，《山谷题跋》卷一。
③ 苏轼《跋秦少游书》，《东坡题跋》卷四。

薪米者,亦为之耿耿不寐,悲夫!①

前者既评书,又评人,寥寥数语,人物毕现;后者既喜雪,又忧民,一喜一悲,真情坦露。《山谷题跋》中间有篇幅较长者,但亦无定体。此类题跋真可谓随物赋形,因情立体。四曰趣味盎然。文学类题跋往往语短意深,注重情趣,追求理趣,一些佳作写得情致婉曲,趣味盎然。以下举黄、苏文各一例:

> 东坡居士极不惜书,然不可乞,有乞书者,正色诘责之,或终不与一字。元祐中锁试礼部,每来见过,案上纸不择精粗,书遍乃已。性喜酒,不能四五龠已烂醉,不辞谢而就卧,鼻鼾如雷。少焉苏醒,落笔如风雨,虽谑弄皆有义味,真神仙中人。此岂与今世翰墨之士争衡哉?②

> 砚之发墨者必费笔,不费笔则退墨。二德难兼,非独砚也。大字难结密,小字常局促;真书患不放,草书苦无法;茶苦患不美,酒美患不辣:万事无不然。可一大笑也。③

黄跋几笔勾勒,将东坡的脾性习惯、情趣神韵,表现得惟妙惟肖;苏跋则由砚与笔的矛盾引发联想,由书法而及世间万事,揭示出生活中的"两难"境况,可谓深得人情物理。这样的笔法,这样的文章,已纯是抒情说理的小品了。

"自坡仙、涪翁联镳树帜,一时无不效颦。"④尤其到南宋,文学类题跋又有新的发展。一是题材有新的拓展,如不少南宋作家都将忧国伤时的深沉情怀倾吐于题跋之中,这可以陆游、辛弃疾二跋为代表:

> 大驾南幸,将八十年,秦兵洮马,不复可见,志士所共叹也。观此

---

① 苏轼《书雪》,《东坡题跋》卷六。
② 黄庭坚《题东坡字后》,《山谷题跋》卷五。
③ 苏轼《书砚》,《东坡题跋》卷五。
④ 毛晋《跋容斋题跋》,《容斋题跋》卷末。

画使人作关辅河渭之梦,殆欲霣涕矣。①

使此诏出于绍兴之初,可以无事仇之大耻;使此诏行于隆兴之后,可以卒不世之大功。今此诏与此虏犹俱存也,悲夫!②

陆跋由韩幹马联想到"秦兵洮马",再引发出"关辅河渭之梦",真是魂萦梦绕,不能自已;辛跋两用假设,痛惜坐失良机,凝练警策,深沉有力。而抒写爱国之情,二跋可谓同工异曲。二是主旨有新的开掘。一些题跋作品在抒发作者个人性情的基础上,将笔触深入到对社会人生的剖析,如叶适晚年的题跋多在世态人情的记写中表现对人生的感悟,别具一种境界。其《题周子实所录》叙写家居生活和士风民俗,鄙弃举业为"敝帚",批评道学"狭而不充"③,体现出一种历经沧桑之后的觉悟和智慧。《题林秀才文集》则刻画了一个科场牺牲品的形象:

林君自言贤良宏词、杂论著凡三千篇,时文亦三千篇。然犹不得与黄策中所谓一冒子者较其工拙,鬓发萧然,奔走未已,可叹也!昔东方朔上书亦至三千牍,汉武帝览之,辄乙其处,君倘有是意乎?④

寥寥数笔,寄托了作者深深的同情和慨叹。三是创作更为普遍。文学类题跋在南宋成为文人广泛采用的体裁,在文坛上可与学术类题跋平分秋色。南宋的题跋大家如陆游、周必大、楼钥、刘克庄等都有不少佳作,一些创作数量不多的作家也常能写出精品。如宋末文人舒岳祥《跋陈荩自画梅作诗》有云:

见梅山此轴,忽忆承平盛时,行孤山之麓,沿马塍之隅,朝触雪而往,暮踏月而还,所见梅往往联跗叠萼,拗枝摺干,嫣然入官苑标律,非三家市上篱落间物也。又移百梅于平皋之上,桥断岸绝,蹇驴策

---

① 陆游《跋韩幹马》,《放翁题跋》卷五。
② 辛弃疾《跋绍兴辛巳亲征诏草》,辛弃疾著,辛更儒笺注《辛弃疾集编年笺注》卷上,中华书局2015年版,第446—447页。
③ 叶适《题周子实所录》,《水心题跋》。
④ 叶适《题林秀才文集》,《水心题跋》。

风,戢戢吹面,翛然独往,香低影压,自有一种瘦硬风格。迩来避地芗岩石蹬,数梅出于潇风晦雨,摧剥之余,泯默相唁,意趣惨淡,非前时比矣。①

追昔抚今,在对比中衬托出国破家亡之时遗民的凄凉心境,情景交融,意境幽远,文辞雅洁,堪称佳作。可见,随着文人的大量创作,文学类题跋已成为作者精心结撰的一类重要文体。

综合上述,在宋代题跋文中,学术类题跋和文学类题跋可谓各有优长,各领风骚。学术类作品讲究谨严博洽,以学养、识见取胜;文学类作品则追求挥洒自如,以性情、意趣见长。两类题跋同源而异流,同体而异趣,但又互为补充,互相映衬,以其多姿多彩的作品在宋文的园囿中争奇斗艳,蔚成大观。宋代的题跋大家也往往于二类并重兼擅,佳作迭出,尽显其学术、文章的风采。

## 三

题跋文在宋代散文中的异军突起,不仅展现了一种新兴文体发展、成熟的历程,而且包含着更为丰富的文化意蕴。

第一,宋代题跋文的勃兴折射出宋代学术文化的全面昌盛。如前所述,题跋文的创作必须依托于相应的载体,载体的发展是题跋之作繁荣的前提,而如此大量的题跋作品在宋代涌现,正反映出宋代各类载体以及与之相关的学术文化的发达。题跋文所折射的学术文化领域,举其要者,有如下几项:(一) 金石之学的发达。王国维称:"自宋人始为金石之学,欧、赵、黄、洪各据古代遗文以证经考史,咸有创获。"②以《集古录跋尾》《金石录》《隶释》诸书为代表的金石题跋,著录、考证了大量器物和石刻,反映出金石之学在宋代的崛起和发达的情况。(二) 各类学术的昌明。柳诒徵《中国文化史》论宋代学术云:"有宋一代,武功不竞,而学术特昌。上

---

① 舒岳祥《跋陈苾自画梅作诗》,《阆风集》卷一二,文渊阁《四库全书》本。
② 王国维《齐鲁封泥集存序》,《观堂集林》卷一八,中华书局1959年版,第920页。

承汉、唐,下启明、清,绍述创造,靡所不备。"①除上述金石学外,各派儒学、理学、小学、史学、子学、目录学,乃至方志、谱录等学,都有突出成就。各类学术著述多载有题跋,大量的载籍题跋展现出宋代学术全面昌明的景象。(三)书画艺术的兴旺。宋代的书法、绘画艺术有长足的发展,并多有开宗立派者,如苏轼、黄庭坚、米芾、蔡襄四大家的书法,李公麟的人物画,黄筌的花鸟画,米芾的山水画,等等,皆卓绝于世。朝廷更设立书画之学,召聘书画博士。大量的书跋、画跋,鉴赏前代作品,评论当代作家,陈述创作心得,阐发艺术理论,充分展示了宋代书画艺术高度繁荣的局面。(四)文学创作的繁盛。宋代诗、词、文三类文体的创作都达到了极盛,《全宋词》收词作近二万首,《全宋文》收各体文章十七万余篇,《全宋诗》收诗数量尚无准确统计,但其作者则为《全唐诗》作者的四倍,而今存宋人别集尚有七百余家(据《现存宋人别集版本目录》著录,巴蜀书社1990年版)。文学创作的繁盛在题跋文中也有鲜明的体现,众多诗文作品和诸家别集的题跋,或品评作品的优劣,或叙述编集的缘起,或记录作者的轶事,留下了许多文学发展的珍贵史料和评骘作品的精彩论断。(五)雕版印书的盛兴。雕版印刷之法兴起于五代,入宋而大盛,各种官刻本、家刻本、坊刻本层出不穷,刻书范围遍及经、史、子、集。苏轼《李氏山房藏书记》称:"近岁市人转相摹刻诸子百家之书,日传万纸,学者之于书,多且易致如此。"②宋代题跋文的繁兴,直接依托于版刻书籍的大量流布,也直接反映出雕版印书的兴盛情况。上述几方面涵盖了宋代学术文化的主要部分,宋代题跋文则全面而具体地折射出这些领域的昌盛景象。陈寅恪曾提出:"华夏民族之文化,历数千载之演进,造极于赵宋之世。"③当我们披阅一首首宋人题跋时,就能强烈地感受到这种达于极致的宋文化的勃勃生机。

第二,宋代题跋文的勃兴展示出宋代文人士大夫丰富的精神世界。

---

① 柳诒徵《中国文化史》,中国大百科全书出版社1988年版,第503页。
② 苏轼《李氏山房藏书记》,《苏轼文集》卷一一,第359页。
③ 陈寅恪《邓广铭宋史职官志考证序》,《金明馆丛稿二编》,上海古籍出版社1980年版,第245页。

宋代统治者从立国开始，就确立了兴文教、抑武事、以文化成天下的右文政策。他们尊师重道，优礼儒臣学士，改革科举，大量网罗人才，发展各类学校教育，完善馆阁制度，大规模编修类书，所有这一切，使宋代社会很快形成了一个人数庞大的文人士大夫阶层。宽松的社会环境，浓郁的文化氛围，优厚的生活待遇，使这一阶层的文化素养普遍提高，其精神世界也表现得极为丰富。这些，都在宋代题跋文中有全面生动的体现。由题跋之作展露的宋代文人士大夫多姿多彩的精神生活主要有以下七方面。一曰藏书苦读。宋代文人私家藏书风气极盛，校勘研读，蔚然成风。如陆游《跋京本家语》云："本朝藏书之家，独称李邯郸公、宋常山公，所蓄皆不减三万卷，而宋书校雠尤为精详。"①而黄庭坚则谓："士大夫三日不读书，则义理不交于胸中，对镜觉面目可憎，向人亦语言无味。"②宋人的藏书苦读，从中可见一斑，而大量题写于各类载籍上的题跋文正是文人士大夫焚膏继晷、刻苦攻读的具体记录。二曰吟咏诗文。赋诗、填词、作文，是宋代文人士大夫生活的重要内容。至今存有作品的宋代诗人不下九千家，词家一千三百余人，宋文作者更逾一万之多。这些数字充分显示出诗文创作在宋代社会生活中的普遍性，而大量有关诗文作品和文集的题跋正表现出文人士大夫对文学创作的潜心执着和精益求精。三曰鉴赏书画。宋代书画创作名家辈出，朝廷设立画院、画学，刊印阁帖，倡导书学，士大夫则热衷于收藏名画法帖，并普遍具有很高的艺术鉴赏力。宋人题跋中书跋、画跋数量极夥，创作面也最广，所论颇多艺术创作的精髓，它充分表明艺术鉴赏已成为士大夫生活中不可或缺的组成部分。四曰考证金石。宋人搜集古器、石刻蔚成风尚，叶梦得《避暑录话》甚至载时人"搜剔山泽，发掘冢墓，无所不至"③。不少学者在搜集的基础上整理编纂，证经考史，从事研究，甚至多有将此作为终生嗜好或毕生事业者。金石题跋在宋代题跋文中比重甚大，反映出士大夫这一将考古、经史、艺文结合在一起的特殊兴趣爱好。五曰参禅悟道。宋代儒、释、道三教融合，文人士大夫在

---

① 陆游《跋京本家语》，《放翁题跋》卷三。
② 苏轼《记黄鲁直语》，《苏轼文集》"佚文汇编"卷五，第 2542 页。
③ 叶梦得《避暑录话》卷下，文渊阁《四库全书》本。

精研儒学的同时,参禅悟道,出入释、老,也成为其精神生活的重要侧面。宋人题跋中多有关于佛道经藏、寺观碑铭、僧道著述的篇章,记录佚事,阐发义理,展示了士大夫多方面的精神追求。六曰徜徉山水。宋代记游山水的诗文甚为发达,展现了文人士大夫观览形胜、寄情山水的生活情趣。而宋代题跋文中,也有不少山川胜迹的题词、题记,状摹胜景,抒写情志,留下了作者们徜徉山水的行行足迹。七曰广泛交友。宋代文人士大夫多有在前贤名作之后留下题跋的爱好,又有求请当代名家品题的习惯,还有朋友间相互题写、以文交友的风俗,而题跋文中追昔忆旧、怀念故交、抒写友情的内容也随处可见,这些都反映出文人士大夫之间珍惜友情、广泛交往的风气。以上诸方面,颇为全面地展示出宋代文人士大夫阶层丰厚的文化素养、高雅的生活情趣和多彩的精神世界,而这样的文章功能由题跋文这种短小的新兴文体承担,则很值得玩味。从某种意义上说,宋代题跋文的勃兴正是顺应了文人士大夫阶层展示其文化素养和精神生活的需要。因此,一方面,宋代的题跋大家几乎都是学养丰富、艺文精通、思想圆融、情趣高雅的文人士大夫典型,苏轼就是其中最杰出的代表;另一方面,题跋之体受到了绝大多数宋代文人的普遍青睐,以至作品丰繁,佳作迭出。当我们徜徉于宋人题跋文的海洋中,我们也就实实在在地进入了宋代文人士大夫的精神天地。

第三,宋代题跋文的勃兴标志着传统散文体裁新的开拓,也成为宋代散文成就的重要组成部分。从古代散文体裁发展的角度着眼,传统文体经过唐代古文家的大力拓展,已基本完备,后人很难再有新的突破。面对这样的局面,宋代散文家根据宋代社会生活的需要,采取了两种对策。一是所谓"破体为文",即突破原有的文体规范,采用其他文体的手法来适应表达的需要、扩大文体的功能。如宋人称苏轼《醉白堂记》"乃是《韩白优劣论》"、欧阳修《醉翁亭记》当"目为《醉翁亭赋》"等。① 二是努力开拓创新,题跋之体即是一个成功的范例。这种新兴的文体,题材包容之广泛和体式变化之灵活,都为其他传统文体所不及,它全方位地顺应了宋代学术文化全面繁荣和文人士大夫精神活动的需要,因而得到了滋生繁衍的

---

① 参见《宋代文学通论》"尊体与破体"章,第62页。

丰饶土壤,从而获得了长足的发展。作为文体创新的典范,题跋在宋代几乎是唯一的特例①,在宋以后也基本再无续响,因而,它可以作为探讨文体滋生、发展、成熟全过程的一个典型个案,从而在文体学研究中起到示范作用。

作为宋代散文创作的一部分,宋人题跋作品取得的总体成就是令人瞩目的。这些形制短小、内容丰富的篇章不仅充分体现了宋文平易流畅、挥洒自如的基本特点,而且大大弥补了宋文中记叙、抒情类作品的相对不足。宋人普遍擅长议论,论政言事、传道说理之文占据了传统散文体裁的大部分,即使如序、记类文体,不少也充斥着高谈阔论。同时,由于道学的勃兴,从北宋后期开始,文章中的道学说教气味日重。在这样的背景下,大量的题跋之作,贴近文人的生活,展露文人的情趣,记录轶事,抒写真情,绝少迂腐的道学气息,为宋代文坛注入了一股清新的源头活水。如同在韵文领域宋词专主抒情一样,在散文领域,题跋文成为文人士大夫可以卸除峨冠博带、自由自在地任情耕耘的一方园地。宋文大家、名家几乎都是题跋文创作的好手,欧、苏更是这一文体直接的开创者和成功的实践者。这些都充分表明题跋之体在宋文中的重要地位。可以说,在宋代散文史上,题跋文以其独特的魅力写下了灿烂的一章。

综上所述,包含着丰富文化意蕴的宋人题跋,不但是宋代散文的特产,也是整个宋文化的特产。它不仅本身具有作为文学作品的审美价值、认识意义,而且对宋代文学的研究(包括诗、词、文创作,文集编纂、文论思想、文坛逸事等)同样具有重要价值。甚至对于宋代学术文化诸领域(如儒学、史学、金石学、版本学、书画艺术等)的探讨,宋人题跋也提供了大量第一手的资料和许多精辟的论述。本文只是对这份特殊的文学、文化遗产作了初步的考察和探索,它的价值还远未被开发利用。系统整理、深入发掘这一丰富的宝藏,必会使宋代文化在我们面前呈现出一片新天地。

《文学遗产》2000年第4期

---

① 宋代的日记、笔记、诗话、语录等也有长足发展,但它们一般被视为用散文撰写的著述,是宋代散文发展的流衍,而不属于严格意义上的散文文体。

# 科举文体的演变和宋代散文的议论化

自科举制度确立之后,科举考试对历代文学就产生着重要的影响,其中科举文体对历代文学的发展更是起着直接的导向作用。唐代科举以"诗赋取士",直接促进了唐诗的繁荣,这已为许多学者所认同,对此已有深入的研究。明清科举以"八股取士"影响明清各体文学的状况,近年正引起学者的关注和研讨。而宋代科举以"策论取士"的体制则少见有专题论述。本文拟全面考察宋代科举文体的演变过程,并进而探讨"策论取士"的成因及其对宋代散文议论化倾向的影响。

## 宋代科举文体的演变

宋代科举考试的科目,"有进士,有诸科,有武举。常选之外,又有制科,有童子举,而进士得人为盛。神宗始罢诸科,而分经义、诗赋以取士,其后遵行,未之有改"①。这是宋代科举设科的大致情况,其中最具代表性的科目就是进士和制科,所谓"贡举虽广,而莫重于进士、制科"②。上述两科的考试内容和形式各有不同,以下分别述之。

(一) 进士科

宋代科举的常科是贡举,其考试文体的演变大致经历了三个阶段。

第一阶段:北宋熙宁变法之前,进士与诸科并举,考试文体由重诗赋

---

① 《宋史》卷一五五《选举一》,第 3604 页。
② 同上书,第 3603 页。

转向重策论。

宋初,"礼部贡举,设进士、《九经》、《五经》、《开元礼》、《三史》、《三礼》、《三传》、学究、明经、明法等科,皆秋取解,冬集礼部,春考试。合格及第者,列名放榜于尚书省"①。这大体是承袭唐代科举之制。其考试形式,诸科考帖经和墨义,即主要考核考生的记诵能力,因而不受重视;而进士科主要考诗赋,后来又增策论,能检验考生的才情学识,因此普遍受到青睐。这与唐代科举的情况也大体相似。

在进士科考试中,宋初沿袭唐代重视诗赋的传统,同样主要考察诗赋。真宗咸平年间,省试增考策论,但仍是先考诗赋,后考策论,并实行"逐场去留"之法,即诗赋合格才能继续考策论,而且在最终评定等级时,往往"但以诗赋进退,不考文论"②。而宋初开始的殿试,也只是"别试诗赋"。可见诗赋成绩仍是宋初太祖、太宗、真宗三朝进士科录取的主要依据。

针对诗赋考试只重声律章句、较少关系国计民生,仁宗于天圣间诏称"进士以诗赋定去留,学者或病声律而不得骋其才",要求"以策论兼考之"③。又"诏贡院,将来考试进士,不得只于诗赋进退等第,今后参考策论以定优劣"④。宝元中,李淑"侍经筵,上访以进士诗、赋、策、论先后,俾以故事对",并详细介绍了唐代科举内容和形式的沿革,称:"今陛下欲求理道而不以雕琢为贵,得取士之实矣。然考官以所试分考,不能通加评校,而每场辄退落,士之中否,殆系于幸不幸。愿约旧制,先策,次论,次赋及诗,次帖经、墨义,而敕有司并试四场,通较工拙,毋以一场得失为去留。"⑤可见,仁宗前期已在酝酿科举考试的改革,指导思想是"求理道而不以雕琢为贵",目标则是由先诗赋、后策论向先策论、后诗赋转变。

庆历新政期间,进士科考评的改革继续推进。仁宗令臣僚详议诗赋、

---

① 《宋史》卷一五五《选举一》,第 3604 页。
② 《续资治通鉴长编》卷六八真宗大中祥符元年正月癸未,上海师范大学古籍整理研究所、华东师范大学古籍整理研究所点校,中华书局 1980 年版,第 1522 页。
③ 《续资治通鉴长编》卷一〇五仁宗天圣五年正月己未,第 2435 页。
④ 《宋会要辑稿·选举》三之一五。
⑤ 《宋史》卷一五五《选举一》,第 3612—3613 页。

策论先后顺序的问题,翰林学士宋祁等奏称:"有司束以声病,学者专于记诵,则不足尽人材……先策论,则文词者留心于治乱矣;简程式,则闳博者得以驰骋矣;问大义,则执经者不专于记诵矣。"①知谏院欧阳修上《论更改贡举事件札子》,提出分三场考试(首策、次论、次诗赋)按比例随场去留的意见。② 庆历四年(1044),朝廷颁布了由欧阳修执笔的《详定贡举条制》,其中将进士科省试分为三场:第一场考策三道(一道问经旨,两道问时务),第二场考论一首,第三场考诗赋各一首,罢帖经、墨义。③ 虽然这一条制因范仲淹下台曾被废止,但从中可见重策论、轻诗赋已成为当时的共识,通时务、能议论已成为一代士风。嘉祐二年(1057)欧阳修以翰林学士权知贡举,主持省试,推行庆历时颁布的贡举条制。这一年,苏轼、苏辙、曾巩、程颢、张载等一批优秀的文士学者同榜登第。至仁宗末年,"南省考校,始专用论、策升黜,议者颇以为当"④。

第二阶段:熙宁变法至北宋末,罢诸科,存进士科;罢诗赋、帖经、墨义,专以经义、策论试士。

熙宁初年,在酝酿变法的背景下,贡举之法的改革也成为朝廷议论的中心之一。苏轼在《议学校贡举状》中列举当时众说纷纭之状称:"或曰乡举德行而略文章,或曰专取策论而罢诗赋;或欲举唐室故事,兼采誉望,而罢封弥;或欲罢经生朴学,不用贴、墨,而考大义。"⑤针对"罢诗赋"的议论,苏轼明确表示反对,他认为祖宗之法不必变,考试形式并非关键,"自文章而言之,则策论为有用,诗赋为无益,自政事言之,则诗赋、策论均为无用矣,虽知其无用,然自祖宗以来莫之废者,以为设法取士,不过如此也……自唐至今,以诗赋为名臣者,不可胜数,何负于天下,而必欲废之!"⑥

然而,苏轼的奏状未能阻挡变法的潮流。熙宁四年(1071),王安石

---

① 陈邦瞻《宋史纪事本末》卷三八《学校科举之制》,中华书局1977年版,第369页。
② 参见欧阳修《欧阳文忠公集》卷一〇四,文渊阁《四库全书》本。
③ 参见《宋会要辑稿·选举》三之二七。
④ 司马光《贡院定夺科场不用诗赋状》,《传家集》卷三〇,文渊阁《四库全书》本。
⑤ 苏轼《议学校贡举状》,《苏轼文集》卷二五,第724页。
⑥ 同上。

上《乞改科条制札子》,得到神宗的支持,"于是改法,罢诗赋、帖经、墨义,士各占治《易》、《诗》、《书》、《周礼》、《礼记》一经,兼《论语》、《孟子》。每试四场,初大经,次兼经,大义凡十道,次论一首,次策三道,礼部试即增二道。中书撰大义式颁行"①。这次变法的中心是"变声律为议论",即用策论取代诗赋;"变墨义为大义",即用考经书大义取代帖经墨义。② 此后,王安石又编纂、颁行《三经新义》,作为考试经义的统一标准。与此同时,殿试"始专以策,定著限以千字……帝谓执政曰:'对策亦何足以实尽人才,然愈于以诗赋取人尔。'"③诗赋终于遭到罢废。

元祐更化期间,"尚书省请复诗赋,与经义兼行"。元祐四年(1089),进士科分立诗赋、经义两类:诗赋进士"听习一经","初试本经义二道,《语》、《孟》义各一道,次试赋及律诗各一首,次论一首,末试子、史、时务策二道";专经进士"须习两经","初试本经义三道、《论语》义一道,次试本经义三道、《孟子》义一道,次论策,如诗赋科"。④ 但这次恢复诗赋极为短暂,至绍圣初,又"诏进士罢诗赋,专习经义,廷对仍试策"⑤,并一直延续到北宋末。

第三阶段:南宋朝,进士科分诗赋、经义取士,恢复试诗赋,继续试经义,同时并试策、论。

高宗建炎初,承元祐之制,"定诗赋、经义取士,第一场诗赋各一首,习经义者本经义三道,《语》、《孟》义各一道;第二场并论一道;第三场并策三道。殿试策如之。自绍圣后,举人不习诗赋,至是始复"⑥。绍兴十三年,依国子司业高闶的奏状,"取士当先经术,请参合三场,以本经、《语》、《孟》义各一道为首,诗赋各一首次之,子史论一道、时务策一道又次之,

---

① 《宋史》卷一五五《选举一》,第 3618 页。
② 《文献通考》卷三一《选举考四》云:"但变声律为议论,变墨义为大义,则于学者不为无补。"第 908 页。
③ 《宋史》卷一五五《选举一》,第 3619 页。
④ 同上书,第 3620—3621 页。
⑤ 同上书,第 3622 页。
⑥ 《宋史》卷一五六《选举二》,第 3625 页。

庶几如古试法"①,同时又将两科合一。至三十一年,礼部侍郎金安节奏:"熙宁、元丰以来,经义诗赋,废兴离合,随时更革,初无定制。近合科以来,通经者苦赋体雕刻,习赋者病经旨渊微,心有弗精,智难兼济。又其甚者,论既并场,策问太寡,议论器识,无以尽人……请复立两科,永为成宪。"②这样,建炎分科取士之制得以恢复,"于是士始有定向,而得专所习矣"③。其后,虽稍有异议,如朱熹曾主张分年考核,"罢诗赋,而分诸经、子、史、时务之年"④等,但终南宋一朝,进士科取士的形式再未有改变。

兹将上述宋代进士科考试文体的演变情况列为表2(见下页):

考察上述演变过程可以看到,宋代进士科考试先后使用过四大类文体(形式),即帖经、墨义、诗、赋、策、论和经义。其中帖经、墨义这两种简单的考核形式,由于只能考核对经书的记诵能力,难以适应统治者对人才的要求,因而在仁宗朝末年即被淘汰,故可以不论。而诗赋、策论、经义三类文体以及它们相互之间的轻重消长,则构成了宋代进士考试形式(也包括内容)演变的基调。

首先,诗赋和策论之间孰轻孰重、孰先孰后之争贯穿于整个宋代,而总体上策论占优。二者都是沿袭唐代科举的传统文体,由宋初的"但以诗赋进退"到仁宗前期的"参考策论以定优劣",再到仁宗末年的"专用论、策升黜",可以看到策论在宋代科举中的地位不断提高,诗赋的地位则不断下降。诚然,策论较之诗赋更能体现考生经世济民的才识,所谓"试之论以观其所以是非于古之人,试之策以观其所以措置于今之世"⑤,它因此受到宋代统治者的青睐,不难理解。但诗赋作为传统科举文体考核声律才情的功能也不应抹杀。在这个问题上,苏轼认为,"诗赋将以观其志""策论将以观其才"⑥,各有其功能,但它们都只是考试的形式,"自政

---

① 《宋史》卷一五六《选举二》,第3629页。
② 同上书,第3631页。
③ 同上。
④ 同上书,第3633页。
⑤ 苏轼《谢梅龙图书》,《苏轼文集》卷四九,第1424页。
⑥ 同上书,第1425页。

科举文体的演变和宋代散文的议论化　　105

**表2　宋代进士科考试文体演变表**

| | 时期 | 分科 | 第一场 | 第二场 | 第三场 | 第四场 | 备注 |
|---|---|---|---|---|---|---|---|
| 北宋 | 太祖、太宗、真宗三朝 | | 诗、赋各一首 | 论一首 | 策五道 | 帖经十帖、墨义十条 | 逐场去留，以诗赋进退 |
| | 仁宗前期 | | 诗、赋各一首 | 论一首 | 策五道 | 帖经十帖、墨义十条 | 并试四场，通校工拙；参考策论，以定优劣 |
| | 仁宗后期 | | 策三道 | 论一首 | 诗赋各一首 | | 罢帖经、墨义、专用论、策升黜 |
| | 神宗熙宁变法 | | 经义（大经） | 经义（兼经）共十道 | 论一首 | 策五道 | 罢诗赋、帖经、墨义，变声律为议论，变墨义为大义 |
| | 哲宗元祐更化 | 诗赋科 | 本经义二道，《论》《孟》义各一道 | 诗赋各一首 | 论一首 | 子、史、时务策二道 | 绍圣初再罢诗赋，专习经义 |
| | | 经义科 | 本经义三道，《论》《孟子》义一道 | 本经义三道，《孟子》义一道 | 论一首 | | |
| 南宋 | 高宗朝至宋末 | 诗赋科 | 诗、赋各一首 | 论一首 | 策三道 | | 绍兴中曾合科，绍兴末复立两科，并成为定制 |
| | | 经义科 | 本经义三道，《论》《孟》义各一道 | | | | |

事言之","均为无用",因而主张不可偏废。事实证明苏轼的看法还是公允通达的。尽管诗赋在熙宁变法后一度被罢废,但到南宋科举中又成为与经义并列的一科而得以恢复。诗赋科进士的三场考试与仁宗后期完全相同,只是诗赋反居于首场,而策论居其次。至孝宗淳熙十一年(1184)太常博士倪思奏请"考核之际,稍以论策为重,毋止以初场定去留"①的建议被采纳,诗赋、策论在宋代科举中的地位又趋于平衡。

其次,诗赋和经义之间经历了由相互对立到并列分科的演变,诗赋一度被废,又重新恢复,经义后起,但延续不废。经义是熙宁变法中兴起的新型考试文体,它与帖经、墨义同以儒家经典作为考核对象,但变记诵文句为阐发义理。这不仅提升了考核层次,也更有利于统治者用经典统一思想,熙宁新党也正是用这种形式来推行其"新学"的。经义的登台一开始就以传统的诗赋为对立面。新党宣称"宜先除去声病偶对之文,使学者得专意经术"②,并彻底罢废了诗赋。这一措施虽依靠行政力量得以实施,但引起了士人的普遍不满。元祐时恢复诗赋,并与经义分科取士后,"士多乡习,而专经者十无二三"③,由此可见人心的向背。虽绍圣后诗赋再次遭罢,但南宋科举承袭元祐,诗赋、经义分科取士遂为定制。经义之体因适应宋代道学勃兴的需要而继续发展,诗赋作为传统文体在科举中的地位得以恢复,而"罢诗赋"则长时间内成为南宋文人诟病"新学"的一个口实。

再次,策论和经义之间虽没有直接冲突,但以他们在科举中所占的比重来看,策论仍略胜一筹。策论、经义同以议论为体,但经义的考核对象仅为所习经典,而策论的命题范围则广及经、子、史以及时务,因此两者考核范围有广狭之别。熙宁变法后经义、策论在考试中各占两场,而在南宋的三场考试中,经义仅居其一,策论占据其二,诗赋科则不试经义,可见两者在考试中的分量有轻重之别。又策论为传统文体,体制已相当完备;经

---

① 《宋史》卷一五六《选举二》,第3633页。
② 《宋史》卷一五五《选举一》,第3618页。
③ 同上书,第3621页。

义为新兴文体,尚缺少体制规范,其形态的成熟则要到明代八股文形成之后。从这些方面看,在宋代科举中,策论和经义的畸轻畸重现象还是明显的。

综合上述,纵观宋代进士科考试三类文体之间的错综关系,其主要趋势是"变声律为议论",策论之重,经义之兴,无不如此,而尤以策论为议论文体的中心。策论不但贯穿于两宋科举的始末,从未废弃,而且在总共四场或三场考试中,始终占据两场的地位。相比而言,诗赋在宋代科举中的地位下降了,不及唐代;经义新起,但至宋末犹未成熟定型。可以说,宋代进士科考试所使用的文体,是以策论为中心的。

(二) 制科

"制举无常科,所以待天下之才杰,天子每亲策之。"①作为特科,制科在宋代科举中的地位仅次于进士科。制举制度兴起于汉代,由皇帝特下制诏,令举贤良方正能直言极谏之士,以征求时政阙失,询问民间疾苦。唐代科举制度,除贡举外,也继承了制举的形式,并使之发展到极盛,科目名称多达百余种。宋代制举沿袭唐代,但多有变革。宋太祖于乾德二年(964)首次诏设贤良方正科,至真宗咸平时复开制科,并于景德二年(1005)增广为贤良方正能直言极谏、博通坟典达于教化、才识兼茂明于体用、武足安边、洞明韬略运筹决胜、军谋宏远材任边寄六科。其后曾一度罢废,至仁宗天圣七年(1029)恢复②,并再增高蹈丘园、沉沦草泽、茂材异等三科,此为"天圣九科"。神宗变法后,于熙宁七年将各科并诏停罢,至哲宗元祐初又恢复贤良方正一科,而绍圣后又罢。南渡后,高宗绍兴元年再次复置贤良方正能直言极谏科,并迄于宋季。这是宋代制科设置的基本情况。

宋代制科考试分为初审、阁试和御试三部分,所用文体则较为单纯,始终均为策论。

---

① 《宋史》卷一五六《选举二》,第 3645 页。
② 此次恢复乃酌改景德之制,原景德六科中有四科不变,"武足安边"改为"详明吏理可使从政","洞明韬略运筹决胜"改为"识洞韬略运筹决胜"。

首先是初审。应试者提前一年将所作策论五十首缴进，礼部委托知制诰等官员进行评审，选取"词理优长"者具名奏闻。这就通过了初审，可参加阁试。

阁试于朝廷庋藏图书典籍的秘阁举行，故名，阁试及格即称"过阁"。阁试试论六首，字数限每首五百字以上为合格，一日内完成。其出题范围主要为六经、十七史、七书、《国语》、《荀子》、《扬子》、《管子》、《文中子》等，正文以外，群经兼取注疏。六题之中，三经三史，三正文三笺注，各按规定比例。论文中必须引述题目的出处及其上下文。六题中以四通为合格，南宋后又增为五通。此外合格还须分等，一、二等虚设，第三等为上等，第四等为中等，第五等为下等，入三、四等的即可参加御试。

御试由皇帝亲自主持，因多在崇政殿或集英殿举行，故又称"殿试"。御试试策一道，字数限三千字以上，取文理俱优、当日内完成者为入等。策题多由知制诰拟呈皇帝选择，也常命宰臣代撰。对策的体制，必须先分段引用策题文字，然后针对策题发挥己意，展开论述。御试策评定亦分为五等，同样以第三等为上等。①

宋代制举由于多种限制，总体应试者不多。御试共举行了二十二次，入等者仅四十一人，其中三等仅四人。尽管这样，这一皇帝主持的特科考试影响极大，其采用的策论文体对宋代科举起着重要的导向作用。

综合进士科和制科这两类宋代科举主要科目的考试文体演变情况，"变声律为议论"的趋势十分明显，策论之体取代了诗赋，成为宋代统治者选拔人才的主要考核形式，因此，如果取其主导文体，将唐代科举称为"诗赋取士"的话，那么宋代科举可称为"策论取士"。

## "策论取士"的形成原因

宋代科举改变唐代科举"诗赋取士"的办法，"变声律为议论"，实行以策论为中心的人才选拔形式，这种变化是与宋代政治、学术以及文学的

---

① 参见聂崇岐《宋代制举考略》，《宋史丛考》，第171—174页。

发展趋势相同步的。

　　首先,宋代实行中央集权控制下的文官政治,广开言路,鼓励议政。宋太祖陈桥兵变夺取政权后,即采取了抑武右文的国策,大力网罗文人士大夫。太祖曾定下三条戒律,其二即"不杀士大夫",并"勒石,锁置殿中,使嗣君即位,入而跪读",因此"终宋之世,文臣无欧刀之辟"。① 此外,宋代统治者不仅优待士大夫,还鼓励他们积极议政言事,台谏制和转对、轮对制的实行即是制度上的保证。宋仁宗时亲自除授谏官,将谏院设为独立机构,扩大其职权范围,并特许谏官风闻言事,即无须查实的奏事特权。苏轼曾在著名的《上神宗皇帝书》中议及此制说:"历观秦、汉以及五代,谏诤而死,盖数百人。而自建隆以来,未尝罪一言者,纵有薄责,旋即超升,许以风闻,而无官长,风采所系,不问尊卑,言及乘舆,则天子改容,事关廊庙,则宰相待罪。"并称:"朝廷纪纲,孰大于此?"②台谏议政的力量可见一斑。宋代还实行官员的转对、轮对制。在京文班朝臣及翰林学士等,每五日依次指陈时政阙失,明举朝廷急务以及刑狱冤滥、百姓疾苦等,称"转对";在京职事官自侍从以下,五日轮一员上殿面奏时政并提出建议,称"轮对"。这就从制度上规定了官员言事论政的职责,并提供了定期的论坛。另外宋代尤其是北宋的政治生活中,党争成为重要内容,庆历党争、熙宁党争、元祐党争以及洛蜀党争等持续不断,贯穿于整个北宋。特别是新旧两党之争,开始主要表现为政见之争,两党都以"感激论天下事,奋不顾身"的姿态投入,积极议政,后来则演变为意气之争,党同伐异,甚至形成全面党锢。③ 宋代政治的这些特点,对士大夫的议事、论辩能力提出了很高的要求,科举取士以驰骋议论的策论代替讲究声律的诗赋,就是十分自然的事了。

　　其次,宋代学术思辨特点的确立,使宋文化的理性精神和宋代文学重理节情的倾向大大发展。宋代儒学超越了以经注为主要特征的汉唐儒

---

① 王夫之《宋论》卷一,舒士彦点校,中华书局1964年版,第4、6页。
② 苏轼《上神宗皇帝书》,《苏轼文集》卷二五,第740页。
③ 参见沈松勤《北宋文人与党争》,人民出版社1998年版。

学,从庆历时的疑古疑经开始,到逐步融合释、道,建构起体系庞大、思理精密的新儒学。它以儒家伦理礼法思想为核心,批判地吸收了佛学、玄学的思维方式及道家关于宇宙生成、万物化生的理论,从而建立起精致的思辨性哲学体系。而宋代士大夫往往集学者、文人、官僚于一身,因而使宋代的政治党争、文学创作乃至整个宋文化,都渗透了这种理性精神。在文学领域,宋诗创作表现出"以文字为诗,以才学为诗,以议论为诗"①的鲜明特征,从而与唐诗总体上划分了界限。哲理诗的大量涌现,乃至理学诗的产生,都使诗歌创作的思辨特点得以强化。宋文的议论化倾向更为鲜明,论道说理之文在宋文中占据了相当大的比重,不但理学家,而且一般文人都写有阐理明道的文章。在整个学术文化尚理的背景下,科举考试采用论经史、论时政的策论(也包括经义)替代重抒情、讲声律的诗赋,也就是顺理成章的了。

再次,宋代古文运动重新兴起,古文逐渐占据文坛的主导地位。唐代古文自韩、柳后就逐渐衰落,晚唐又是骈俪文体的天下,骈文大家李商隐的影响一直延续到宋初。《宋史·文苑传序》称:"国初,杨亿、刘筠犹袭唐人声律之体,柳开、穆修志欲变古而力弗逮。庐陵欧阳修出,以古文倡,临川王安石、眉山苏轼、南丰曾巩起而和之,宋文日趋于古矣。"②以杨亿、刘筠为代表的"西昆派"以李商隐为模范,其"声律之体"包括近体诗和骈体文两方面。科举试诗赋,采用的也正是律诗、律赋这样的"声律之体",这就是宋初科举"以诗赋进退"的背景。欧阳修标举韩愈,重倡古文,正与"声律之体"相对立。策论主议论,以散体行文,而诗赋仍是"声律之体",这样,欧阳修自然就力主"先策论而后诗赋",并运用行政力量在科举考试中推行古文,取得了很好的成效。由此可见,宋代科举"变声律为议论"的过程与欧阳修倡导古文的过程正是同步的。苏轼曾这样描述这一过程:"昔祖宗之朝,崇尚辞律,则诗赋之士,曲尽其巧。自嘉祐以来,以

---

① 严羽《沧浪诗话·诗辩》,《历代诗话》,第 688 页。
② 《宋史》卷四三九《文苑传》,第 12997 页。

古文为贵,则策论盛行于世,而诗赋几至于熄。"①可以说,古文的倡导并盛行,是"策论取士"得以推行的文体基础。

总之,"策论取士"的实行,是宋代政治、学术、文学发展的必然结果,也是宋文化区别于唐文化的标志之一。它为中国封建时代后期以议论为主的考试形式奠定了基础。

## "策论取士"对宋代散文发展的影响

由于科举考试的"指挥棒"作用,以策论为中心的科举文体对宋代散文的发展起着重要的导向作用。它使议论性文体在宋文中占据了极大的比重,并使议论化倾向在宋文中大大发展,其主要表现为策论的发达、奏议的繁盛和各体散文的议论化。

(一) 策论的发达

策论是应试进士科和制科的必考文体,备考进士科要练习写作策论,备考制科更要准备五十首进策、进论以备初审。因此,策论写作成为宋代士子的"基本功",考生往往花大量精力进行习作。今存宋人文集中仍保留着大量的策论作品,其中一部分是应试贡举或制举的考卷,作者将其收入文集以作纪念,考试高中的更以此为荣耀;更多的策论之作是为应试而准备的习作,最为典型的是应试制科的考生所上的进策、进论。至今完整保存下来的这类进卷尚有多家,现以北宋苏轼、南宋叶适为例。

苏轼继嘉祐二年登进士第后,又于嘉祐六年应试制科,并高中第三等。他的文集中不但收入了应试制科的六论一策,而且完整保存着五十首进卷,其中进策、进论各二十五首:

> 进策:《策略》一、二、三、四、五;《策别课百官》(厉法禁、抑侥幸、决壅蔽、专任使、无责难、无沮善),《策别安万民》(敦教化、劝亲睦、均户口、较赋役、教战守、去奸民),《策别厚货财》(省费用、定军制),

---

① 苏轼《拟进士对御试策》,《苏轼文集》卷九,第301页。

《策别训兵旅》(蓄材用、练军实、倡勇敢);《策断》一、二、三①

进论:《中庸论》上、中、下,《大臣论》上、下,《秦始皇论》《汉高帝论》《魏武帝论》《伊尹论》《周公论》《管仲论》,《孙武论》上、下,《子思论》《孟子论》《乐毅论》《荀卿论》《韩非论》《留侯论》《贾谊论》《晁错论》《霍光论》《扬雄论》《诸葛亮论》《韩愈论》②

叶适曾应制举,但未得中,其进卷载《水心别集》。陈振孙《直斋书录解题》称:"《外集》(即指《水心别集》——引者按)者,前九卷为制科进卷。"③其进策、进论亦各为二十五首:

进策:《君德》一、二,《治势》上、中、下,《国本》上、中、下,《民事》上、中、下,《财计》上、中、下,《官法》上、中、下,《士学》上、下,《兵权》上、下,《外论》一、二、三、四

进论:《总义》《易》《书》《诗》《春秋》《周礼》《管子》《老子》《孔子家语》《庄子》《扬雄太玄》《左氏春秋》《战国策》《史记》《三国志》《五代史》《总述》《皇极》《大学》《中庸》《傅说》《崔寔》《诸葛亮》《苏绰》《王通》④

其他完整保存下来的进卷尚有苏辙的进策、进论各二十五首⑤,秦观的进策三十首、进论二十首⑥,杨万里的《心学论》二十首、《千虑策》三十首⑦,李觏的进策《富国强兵安民策》三十首⑧,陈舜俞的进策《太平有为策》二十五首⑨,等等。至于如《直斋书录解题》著录的《刘汝一进卷》十

---

① 参见《苏轼文集》卷八—九。
② 参见《苏轼文集》卷二—四。
③ 《直斋书录解题》卷一八,第547页。
④ 参见叶适《叶适集》之《水心别集》卷一—八,刘公纯、王孝鱼、李哲夫点校,中华书局1961年版。
⑤ 参见苏辙《栾城集》之《栾城应诏集》卷一—一〇,文渊阁《四库全书》本。
⑥ 参见秦观《淮海集》卷一二—二二,文渊阁《四库全书》本。
⑦ 参见杨万里《诚斋集》卷八五—九〇,文渊阁《四库全书》本。
⑧ 参见李觏《盱江集》卷一六—一八,文渊阁《四库全书》本。
⑨ 参见陈舜俞《都官集》卷一—三,文渊阁《四库全书》本。

卷则已亡佚。① 而《郡斋读书志》和《宋史·艺文志》著录的单行进卷还有孙洙、钱公辅、夏竦、齐唐、钱藻、田况、张方平、李清臣、张耒、吴正肃、王发等十余家，其中有些还零星保存在文集中，如夏竦《文庄集》、张方平《乐全集》等。

从上列苏轼、叶适进卷的细目看，进策的论述对象主要是时政，其内容广泛，涉及政治、经济、军事、法律、教育、人事等各方面；进论则主要包括经论、史论、子论几类，其中尤以史论（又有人物论、朝代论、史著论等）占的比重为大。可见，五十首进卷不但系统阐述了作者对当前时势、治国方略及传统经典、历史文化（重点似在以史为鉴）的观点，而且充分体现出作者的议论能力和文学才华。这的确是一种对人才综合知识和能力的全面考核，也是一种难度极高的考试形式。

策论成为主要的考试文体，因而也成为新的"时文"，为配合考试而编写的各种读本就应运而生，且层出不穷。如当时为应试而编纂的分类材料汇编称为"策括"，苏轼《议学校贡举状》谓："近世士人纂类经史，缀缉时务，谓之策括，待问条目，搜抉略尽，临时剽窃，窜易首尾，以眩有司，有司莫能辨也。"②可谓明确揭示了这类"策括"的功用和弊端。马端临《文献通考》引巽岩李氏《制科题目编序》曰："乘此暇日，取五十余家之文书，掇其可以发论者，各数十百题，具如别录。间亦颠倒句读，窜伏首尾，乃类世之覆物谜言……实非制科本意也。"③则为备考制科，当时论也有"括"。除"策括""论括"之外，还有这类策论时文的总集流传。《直斋书录解题》卷一五总集类著录有：

《指南论》十六卷。又本前后二集，四十六卷
　　淳熙以前时文。
《擢犀策》一百九十六卷、《擢象策》一百六十八卷

---

① 《直斋书录解题》卷一八："谏议大夫吴兴刘度汝一撰。度尝应大科，此其所业也。策曰《传言》，论曰《鉴古》，各二十五篇。"第553页。按：大科即制科。
② 苏轼《议学校贡举状》，《苏轼文集》卷二五，第724页。
③ 《文献通考》卷三三《选举考六》，第979页。

《攫犀》者,元祐、宣、政以及建、绍初年时文也,《攫象》则绍兴末。大抵科举场屋之文,每降愈下,后生亦不复识前辈之旧作,姑存之以观世变。①

时文总集动辄数十上百卷,可见当时写作的繁盛。

在这样的时代氛围中,名家的策论作品自然就成为仿效的范本。陆游《老学庵笔记》所载两首民谣颇能说明问题:"国初尚《文选》,当时文人专意此书……方其盛时,士子至为之语曰:'《文选》烂,秀才半。'建炎以来,尚苏氏文章,学者翕然从之,而蜀士尤盛。亦有语曰:'苏文熟,吃羊肉。苏文生,吃菜羹。'"②宋初尚《文选》,是因为其时科举仍承袭唐制,以诗赋为主;建炎尚苏氏,是因为其时科举已"变声律为议论",以策论为主,而三苏都是策论高手,苏轼更是制科魁首,因此对其文章的熟悉与否,就直接关系到科举的成败。再如明初黎谅刻《水心文集》时所作跋语称:"余幼时,先君东皋处士以遗书一帙名曰《策场标准集》授谅,谓是书乃水心叶先生适在宋时所著也。"③则叶适的进卷当时曾被编为《策场标准集》单行,作为策论的典范作品供士子揣摩效仿。《四库全书》集部总集类著录有南宋魏天应编《论学绳尺》十卷,《四库全书总目》称该书"辑当时场屋应试之论,冠以《论诀》一卷。所录之文,分为十卷,凡甲集十二首,乙集至癸集俱十六首。每两首立为一格,共七十八格。每题先标出处,次举立说大意,而缀以评语,又略以典故分注本文之下……是当时每试必有一论,较诸他文应用之处为多,故有专辑一编以备揣摩之具者。天应此集,其偶传者也"④。这部"偶传"的评点本,更是详尽具体的写作指导,名为"绳尺",可见其工具书的性质。宋代策论的繁盛由上可见一斑。

凭借纵横捭阖的策论之作连中进士、制科的苏轼,曾在被贬黄州后回顾自己的经历时说:"轼少年时,读书作文,专为应举而已。既及进士第,

---

① 《直斋书录解题》卷一五,第458页。
② 陆游《老学庵笔记》卷八,李剑雄、刘德权点校,中华书局1979年版,第100页。
③ 黎谅《黎刻水心文集跋》,《叶适集》卷首。
④ 《四库全书总目》卷一八七《论学绳尺》提要,第1702页。

贪得不已,又举制策,其实何所有。而其科号为直言极谏,故每纷然诵说古今,考论是非,以应其名耳……妄论利害,揿说得失,此正制科人习气。譬之候虫时鸟,自鸣自已,何足为损益。"①其中虽然主要是反思人生教训,但同时也指出了策论类文章"诵说古今,考论是非""妄论利害,揿说得失"的特点和"无足损益"的实质。前引苏轼所谓"自文章而言之,则策论为有用,诗赋为无益,自政事言之,则诗赋、策论均为无用"的看法,也是相似的意思。叶适后来也猛烈批评制科称:"当制举之盛时,置学立师,以法相授,浮言虚论,披抉不穷,号为制举习气。"②这些都应是十分中肯的意见。

虽然策论从根本上而言只是并无多大实用价值的书生议论,但"策论取士"引导士子关心国家的治理,训练士子论史议政的能力,可以为他们进入仕途打下基础,而朝廷亦可据此选拔有政治识见并兼具文采的人才。因此,策论在宋代政治生活中发挥了极为重要的作用,同时,它也为古代议论性散文提供了丰富的创作经验和大量的典范作品。

### (二) 奏议的繁盛

宋代与策论同步繁荣的文体是奏议。如果说策论主要是士子用以应试、争取进入仕途的"敲门砖",奏议则是进入仕途的士大夫们履行职责、施展抱负、用以言事论政的主要工具。二者虽功用不同,但驰骋议论的本质是一致的,故《四库全书简明目录》称:"宋儒奏议,动至万言,名曰疏章,实则策论。"③而士大夫纵论时政的议论能力,则是在应试策论时就已锻炼出来的。奏议和策论,共同构成了宋代议论性散文的主体。

南宋吕祖谦曾编有《国朝名臣奏议》十卷,收文"凡二百篇"④。稍后,宁宗朝丞相赵汝愚又编成《皇朝名臣奏议》一百五十卷(《宋史》本传又称其有《类宋朝诸臣奏议》三百卷,不知是否同一书),其自序云:

---

① 苏轼《答李端叔书》,《苏轼文集》卷四九,第1432页。
② 叶适《水心别集·外稿》卷一三《制科》,《叶适集》,第801页。
③ 《四库全书简明目录》卷一六《应斋杂著》提要,第675页。
④ 《文献通考》卷二四九《经籍考七十六》,第6705页。

恭惟我宋,艺祖开基,累圣嗣业,深仁厚泽,相传一道。若夫崇建三馆,增置谏员,许给舍以封还,责侍从以献纳,复唐转对之制,设汉方正之科,凡以广聪明,容受谠直,海涵天覆,日新月益,得人之盛,高掩前古……臣伏睹建隆以来诸臣章奏,考寻岁月,盖最盛于庆历、元祐之际,而莫弊于熙宁、绍圣之时。方其盛也,朝廷庶事,微有过差,则上自公卿大夫,下及郡县小吏,皆得尽言极谏,无所违忌,其议论不已,则至于举国之士,咸出死力而争之。当是时也,岂无不利于言者,谓其强聒取名,植党干利,期以动摇上心。然而圣君贤相,率善遇而优容之,故其治效卓然,士以增气。①

文中对宋代奏议繁盛的原因作了深入分析,对士大夫"尽言极谏,无所违忌"的精神作了形象描述,这些都是大致符合实际的。

宋代奏议的繁盛,具体表现在作品数量多、名篇影响大两方面。

宋元书目中,著录有不少宋人单行的奏议集。以陈振孙《直斋书录解题》为例,其卷二二"章奏类"著录有:

范仲淹《范文正公奏议》二卷　　韩琦《谏垣存稿》三卷
富弼《富文忠札子》十六卷　　欧阳修《从谏集》八卷
赵抃《南台谏垣集》二卷　　范镇《范蜀公奏议》二卷
包拯《包孝肃奏议》十卷　　吕诲《吕献可章奏》十六卷
孙抃《经纬集》十四卷　　傅尧俞《傅献简奏议》四卷
范纯仁《范忠宣弹事》五卷、《国论》五卷
范纯粹《范德孺奏议》二十五卷　　刘安世《尽言集》十三卷
王觌《王明叟奏议》二卷　　丁骘《丁骘奏议》一卷
陈瓘《谏垣集》二卷　　陈师锡《闲乐奏议》一卷
任伯雨《得得居士戆草》一卷　　龚夬《龚彦和奏议》一卷
叶梦得《石林奏议》十五卷　　连南夫《连宝学奏议》二卷
刘班《若溪奏议》一卷　　张守《毗陵公奏议》二十五卷

---

① 《文献通考》卷二四九《经籍考七十六》,第6705—6706页。

陈公辅《陈国佐奏议》十二卷　　胡铨《胡忠简奏议》四卷

汪应辰《玉山表奏》一卷　　龚茂良《龚实之奏稿》六卷

陈俊卿《陈正献奏议》二十卷、《表札》二十卷

张栻《南轩奏议》十卷　　王十朋《梅溪奏议》三卷

胡沂《胡献简奏议》八卷、《台评》二卷

周必大《省斋历官表奏》十二卷　　王蔺《轩山奏议》二卷

王遘《北山戆议》一卷　　李祥《李祭酒奏议》一卷

倪思《齐斋奏议》三十卷、《掖垣缴论》四卷、《银台章奏》五卷、《台谏论》二卷、《昆命元龟说》一卷①

以上共三十六家三百二十卷。再如《宋史·艺文志》别集类著录七十五家奏议共一千二百余卷(量多不列)，而晁公武《郡斋读书志》、马端临《文献通考·经籍考》也各有著录。综合上述四家著录，去其重复，共有奏议集近一百家约一千四百卷。这是一个庞大的数字。此外，翻检宋人文集，可看到大部分都载有奏议之文，少则几卷，多则数十卷，数量亦极为可观。两者相加，宋人奏议的总量是十分惊人的。

宋人奏议不但数量繁多，而且其中的名篇对后世影响巨大。如北宋庆历新政时期，范仲淹的奏议充满以天下为己任的崇高精神，其天圣五年《上执政书》滔滔万言，"已有忧天下致太平之意"，"天下传诵"②；《答手诏条陈十事》为仁宗条上十事，成为新政的纲领。欧阳修当时亦积极参与新政，其庆历三年知谏院时的奏疏多达十卷，《论按察官吏札子》等篇都切中时弊，论理透辟。又如熙宁变法前后，王安石的《上仁宗皇帝言事书》《本朝百年无事札子》《上五事札子》等篇，详细阐述变法的根据和具体方案，是变法的重要文献；而苏轼的万言《上神宗皇帝书》以"结人心，厚风俗，存纪纲"为中心，指出新法的弊端，表达了与变法派不同的观点。再如南渡前后，议政论事的奏议集中于和战之争，大量主战斥和的奏疏唱

---

① 参见《直斋书录解题》卷二二，第635—640页。
② 苏轼《范文正公文集叙》，《苏轼文集》卷一〇，第312页。

响了时代的最强音。陈东的《登闻检院上钦宗皇帝书》理直气壮,义正词严;宗泽屡请高宗回銮汴京的奏疏,诚挚恳切,忠心赤胆;李纲《议国是》等"十议",剖析时局,力斥和议;胡铨《戊午上高宗封事》乞斩秦桧,正气浩然。其他如张守、赵鼎、李光、张浚、岳飞、王之道、虞允文等,都有名奏传世。至南宋中期,陈亮的《上皇帝四书》《中兴五论》,辛弃疾的《美芹十论》《九议》等奏议名篇,继续力主恢复,笔力雄健,激情奔放,延续着抗战的呼声。其他如陆游、杨万里、叶适等,也以抗战的奏疏著称。

宋代诸名家的奏议,大都以剀切详尽、条畅明白为特色,至于南宋抗敌的奏疏,更有一股浩然正气,英伟磊落,千古传诵,成为历代奏议文中的精华。当然,宋人奏议也有冗长的弊病,四库馆臣批评的"浮文妨要,动至万言,往往晦蚀其本意"①的情况也是存在的。但宋代士大夫普遍议政言事的风气,在封建政治中是不可多见的,宋文中的大量奏议之作,为后人留下了丰富的历史文献和精彩的议论篇章。

(三)各体散文的议论化

除了策论、奏议之类专主议论的文体极度繁盛外,宋代各体散文都表现出明显的议论化倾向,举凡杂记、序文、碑志、题跋、书简、笔记、诗词文话,乃至诗、赋、词等韵文体裁,无不如此。这一特点,多种文学史著述中阐述甚详②,此不复赘;而这种倾向的形成,与以策论为中心的科举文体的发展有着直接的关系。对此,宋代文人当时就已注意并予以揭橥。

一曰"记乃策论"。起源于记事之文的杂记体,始盛于唐代,宋代的杂记文创作,更是全面繁盛,在题材、体式等方面都有新的开拓。其中以策论为记是宋代杂记文发展的重要趋势。陈师道《后山诗话》称:"退之作记,记其事尔,今之记乃论也。"③相传王安石"尝观苏子瞻《醉白堂记》,戏曰:'文词虽极工,然不是《醉白堂记》,乃是《韩白优劣论》耳。'"④而

---

① 《四库全书总目》卷一六〇,第1379页。
② 参见程千帆、吴新雷《两宋文学史》,上海古籍出版社1991年版;王水照主编《宋代文学通论》。
③ 陈师道《后山诗话》,《历代诗话》,第309页。
④ 黄庭坚《书王元之竹楼记后》,《山谷题跋》卷二。

《西清诗话》则载:"王文公见东坡《醉白堂记》,云:'此是韩白优劣论。'东坡闻之,曰:'未若介甫《虔州学记》,乃学校策耳。'"①这里,王安石称苏记为论,苏轼称王记为策,考之二文,信然不误。《醉白堂记》是苏轼为北宋已故重臣韩琦"醉白堂"所作厅堂记,记文围绕堂名出典,对比辨析韩琦、白居易两人身世的异同,称颂韩琦"文致太平,武定乱略","相三帝安天下"的功业及功成身退,不求虚名,"羡于乐天"的胸襟,②全文完全是一篇主旨鲜明、纵横驰骋的议论之文,仅在末尾简略交代作记的缘由。《虔州学记》则是王安石为地处偏僻的虔州建成州学而作的学记,文章以简述虔州建学经过开篇,主干则为阐述尧、舜兴学以教化百姓的根本宗旨,得出"先王之道德,出于性命之理,而性命之理,出于人心"③的结论,全文确像一篇阐发儒家教育思想的对策。其实,纵览苏、王两家的所有杂记文,这种似论似策的现象比比皆是,《醉白堂记》《虔州学记》只是两个典型而已。苏、王在相互嘲谑之时,自觉不自觉地揭示了宋代杂记文发展的重要趋向及其直接受策论影响的事实。从宋代杂记文整体来看,纯粹记事的已不多见,夹叙夹议的增多,也有专主议论的,而立意警策,并将叙事、状景、抒情、议论多种手法融为一体的,更是杂记文中的上品。以策论为记给宋代杂记文创作带来了新的生命力。

二曰"碑记似策"。碑志是古代散文中记叙类文体的大宗,向来以叙事写人为主体,《文心雕龙·诔碑》篇称:"属碑之体,资乎史才,其序则传,其文则铭。"④韩愈的碑志文以饱含情感、行文富于变化著称,也偶有如《柳子厚墓志铭》之类间以少量议论的。宋代碑志中杂以议论的渐多,体现了这一传统文体的新变化。欧阳修的《石曼卿墓表》《尹师鲁墓志铭》等都运用夹叙夹议的手法。苏轼为数不多的碑志更有创新,其《表忠

---

① 李之亮笺注《苏轼文集编年笺注》,第98页。
② 苏轼《醉白堂记》,《苏轼文集》卷一一,第344—345页。
③ 王安石《虔州学记》,《王文公文集》卷三四,唐武标校,上海人民出版社1974年版,第402页。
④ 《文心雕龙·诔碑》,《文心雕龙注》,第214页。

观碑》全篇是赵汴的一篇奏议之文,而《潮州韩文公庙碑》《富郑公神道碑》等,则都以大段议论开篇。王安石的《泰州海陵县主簿许君墓志铭》《王深父墓志铭》等,都"以议论行序事,而感叹深挚,跌宕昭朗"①。这些都显示出碑志文的新格局。南宋叶适所作碑志近一百五十首,占《水心文集》一半篇幅,文中运用议论之法更为普遍,不少作品都有对碑主身世的大段感慨议论,而如《徐道晖墓志铭》更是叙碑主行事仅寥寥数语,主要篇幅都在阐发诗歌的韵律辞采,俨然一篇诗论。魏了翁以雄赡雅健的奏议著称,又多作碑志,《鹤山集》中碑志行状达二十一卷之多。时人杨东山评曰:"魏华甫奏疏亦佳,至作碑记,虽雄丽典实,大概似一篇好策耳。"②这里将魏氏碑记"雄丽典实"的风格拟之其奏疏,更将其议论之体比之"好策",明确揭示出宋代碑志文"以议论行序事"的变革受到对策奏疏的直接影响。

三曰"诗皆经义策论之有韵者"。宋代散文的这种议论化倾向,甚至在韵文领域也"顽强"地表现出来。"以文字为诗,以才学为诗,以议论为诗"的宋调,其核心还是"以议论为诗"。这一倾向自梅尧臣、苏舜钦、欧阳修已肇其端,经苏轼、王安石等的发展,至江西诗派达于成熟定型,遂开一代诗风,并延续至南宋。宋末刘克庄有言:"本朝则文人多,诗人少。三百年间,虽人各有集,集各有诗,诗各自为体;或尚理致,或负材力,或逞辨博;少者千篇,多至万首:要皆经义策论之有韵者尔,非诗也。"③刘氏之言或有偏激之处,却准确地概括了宋诗尚理致、负材力、逞辨博的基本特点,与严羽之说可谓不谋而合;而将宋诗的这些特点与科举考试联系起来,则更是刘氏的独到见解,从中也可见宋代科举文体在当时影响力之大。从某种意义上说,身处宋末的刘克庄对科举文体推动宋代文学议论化的倾向作了总结。

宋代科举文体演变与宋代散文议论化之间的关系是十分复杂的,而

---

① 《唐宋文举要》注引刘评,第940页。
② 《鹤林玉露》丙编卷二"文章有体"条,第265页。
③ 刘克庄《竹溪诗》,《后村先生大全集》卷九四,《四部丛刊》本。

且应该是互动的。本文主要考察探讨了"策论取士"的形成及其对宋文中策论、奏议繁盛和各体文章议论化的影响。至于宋代科举制度与宋代文学发展的整体性考察,则有待更为全面深入的研究。

《宋文论稿》(上海财经大学出版社2003年版)

# 宋代科举试论考述

宋代科举承袭唐代,但又有新的发展,从而使整个科举制度更为完善和规范。从考试形式看,宋代科举除了沿用唐代帖经、墨义、试诗赋、试策诸项之外,一是大力发展了试论,二是以经义替代了帖经、墨义。其中试论的形式在宋代发展得最为成熟,并日趋程式化,它与经义一起,实际已开启了后世八股文的先河,并奠定了我国考试制度以测试议论能力为中心的基础。本文对宋代科举中试论的由来、范围、体制和题材、研究著述及其与试策、试经义的关系等逐一考述,以厘清这一关系科举史、文学史的重要文化现象。

## 试论的由来

与试策一开始就专用于考试不同,"论"原先并不用于考试。论是形成很早的一种传统议论文体,《文心雕龙·论说》述其特征为"弥纶群言,而研精一理",并称:"原夫论之为体,所以辨正然否,穷于有数,追于无形,钻坚求通,钩深取极,乃百虑之筌蹄,万事之权衡也。故其义贵圆通,辞忌枝碎,必使心与理合,弥缝莫见其隙;辞共心密,敌人不知所乘:斯其要也。"[1]魏晋六朝是论体文极为发达的时代,多有"师心独见,锋颖精密"[2]的名篇传世,而《文选》所载论体范文,则多为洋洋洒洒的长篇大论。

---

① 《文心雕龙·论说》,《文心雕龙注》,第328页。
② 同上。

继承这一传统,唐代犹有柳宗元《封建论》、刘禹锡《天论》之类的宏论诞生,但这种传统的长篇论文,显然不适于用作考试文体。

论体用于科举考试,始于初唐。高宗永隆二年,根据主持科举的考功员外郎刘思立的建言,高宗在《条流明经进士诏》中提出:

> 自今已后,考功试人,明经每经帖试,录十帖得六已上者,进士试杂文两首,识文律者,然后并令试策日仍严加捉搦。①

清代徐松《登科记考》在"进士试杂文两首"下加注谓:"按杂文两首,谓箴、铭、论、表之类。开元间,始以赋居其一,或以诗居其一,亦有全用诗赋者,非定制也。杂文之专用诗赋,当在天宝之季。"②这应是省试试论的最早尝试。天宝末杂文专用诗赋以后,德宗建中四年和文宗大和八年都曾短暂实行过罢诗赋而试论的形式③,但旋即停止,恢复试诗赋。

在礼部省试偶尔以论替代诗赋的同时,吏部的"科目选"却一直使用试论。唐代吏部在常规铨选制度的基础上,为选拔杰出官员,又推行通过科目考试的"科目选",如书判拔萃科、博学宏词科等,"选未满而试文三篇,谓之'宏辞';试判三条,谓之'拔萃'。中者即授官"④。博学宏词科的"试文三篇",即试诗、赋、论各一首。⑤ 此科开科于开元十九年,王昌龄、李华、裴度、柳宗元、吕温等著名文人都曾考中此科。韩愈于贞元八年进士及第后,曾三次参加博学宏词科考试,都未得中,其中一次曾为礼部录取,却被中书省驳下。但是,他却为后人完整地留下了一篇应试论文,即贞元九年的《颜子不贰过论》。⑥ 韩愈此论,论点鲜明,紧紧围绕孔子对颜渊"不贰过"的评价,阐发其内涵;文章结构注重起、承、转、合,层层推进,引述经典,说理有力,可看作唐代试论的一个范本。它的体制,与《文

---

① 唐高宗《条流明经进士诏》,《唐大诏令集》卷一〇六,第549页。
② 《登科记考》卷二,第70页。
③ 参见《新唐书·选举志》及《登科记考》卷一一、卷二一。
④ 《新唐书》卷四五《选举志下》,第1172页。
⑤ 参见王勋初《唐代铨选与文学》第八章"科目选"。
⑥ 参见本书《唐代科举试论小考》。

选》中长篇论体范文不同,应是为适应考试要求而产生的一种变体,并已形成了某些规范。此外,韩愈又有《省试学生代斋郎议》①,为贞元十年应宏词试而作(议、论相通);欧阳詹则有《片言折狱论》②,为其怀州应宏词试之作,体制也都与《颜子不贰过论》略同,可以参看。由于博学宏词科自开元至唐末几乎年年举行,故唐文中估计还有此类试论之作存在。虽然博学宏词科并非严格意义上的科举,但选、举之间毕竟相互关联,这些选举程文及其规范,对科举试论无疑有直接的影响。

科举全面试论始于五代末期。《旧五代史》于后周世宗显德二年三月有"尚书礼部贡院进新及第进士李覃等一十六人所试诗赋、文论、策文等"③的记载,该年五月礼部侍郎、知贡举窦仪在奏文中则称:

> 其进士请今后省卷限纳五卷以上,于中须有诗、赋、论各一卷,余外杂文、歌篇,并许同纳,只不得有神道碑、志文之类。④

新及第进士试有"文论",贡生所纳省卷中必须有论一卷,可见至后周科举中,论才与诗赋等并列,同时进入了省试文体,这也为宋代试论开辟了道路。

## 试论的范围

宋代科举试论发展迅速,其范围几乎遍及科举的各种科目。

### (一) 贡举试论

宋初科举沿袭后周之制,"凡进士,试诗、赋、论各一首,策五道,帖《论语》十帖,对《春秋》或《礼记》墨义十条"⑤。试论与试诗赋、试策等并列,这是与唐代科举最明显的区别。当然,此时仍是先考诗赋,后考策论,

---

① 韩愈《省试学生代斋郎议》,《文苑英华》卷七六五。
② 欧阳詹《片言折狱论》,《文苑英华》卷七四九。
③ 《旧五代史》卷一一五《周书六》,第1527页。
④ 《文献通考》卷三〇《选举考三》,第870页。
⑤ 《宋史》卷一五五《选举一》,第3604页。

并实行"逐场去留"之法,即诗赋合格才能继续考策论;在最后评定等级时,也往往"但以诗赋进退,不考文论"①。可见唐代重诗赋的传统入宋后仍有很大影响,但试论毕竟在省试中占据了一席之地。

开宝六年(973)起,贡举在省试的基础上再增设殿试(御试)。开始仅"别试诗赋"②,太平兴国三年(978)起增论一首,此后,殿试固定为诗、赋、论各一首,略同于唐代博学宏词科的"试文三篇"。这样,试论在殿试中也取得了同试诗赋并列的地位,而在对"特奏名进士"的殿试中,更是不试诗赋,仅试论一首。这种状况,一直延续至熙宁变法时"三篇"同为试策所替代。

仁宗时,根据"求理道而不以雕琢为贵"③的指导思想,进士科省试开始酝酿由先诗赋、后策论向先策论、后诗赋的方向转变。庆历四年颁布的《详定贡举条制》,将这一趋势制度化:"进士试三场,并依旧封弥誊录,先试策三道,一问经旨,二问时务;次论一道;次诗、赋各一道。旧试帖经、墨义,今并罢。"④可见,重策论、轻诗赋已成为当时的共识,通时务、能议论已成为一代士风。至仁宗末,"南省考校,始专用论、策升黜,议者颇以为当"⑤。

熙宁变法在科举领域的重大变革是"变声律为议论""变墨义为大义"⑥,即用策论取代诗赋,用考经书大义取代帖经墨义。诗赋、帖经、墨义均遭罢废,经义、论、策三项议论性文体占据了统治地位。元祐更化中,进士科曾分立诗赋、经义两科取士,部分恢复了试诗赋,但两科试论、试策相同。而至绍圣,诗赋再遭罢废。南宋科举体制基本承袭元祐,分诗赋、经义两科取士,两科首场分别试各自专业,互不相重,而二、三场则同试论一首、策三道。这一考试形式至宋末再未变更。

---

① 《续资治通鉴长编》卷六八:"冯拯曰:'比来省试,但以诗赋进退,不考文论。江浙士人,专业诗赋,以取科第,望令于诗赋人内兼考策论。'"第1523页。
② 《宋史》卷一五五《选举一》,第3606页。
③ 同上书,第3612页。
④ 《宋会要辑稿·选举》三之二七。
⑤ 司马光《贡院定夺科场不用诗赋状》,《传家集》卷三〇,文渊阁《四库全书》本。
⑥ 参见《文献通考》卷三一《选举考四》,第908页。

纵观贡举形式的演变,试论的地位在宋代呈稳步提升之势。在多种形式的竞争消长之中,试论始终未被罢废,并牢牢占据着总共四场或三场考试中一场的位置。从数量上看,经义少则五道、多至十道,试策至少二道、多达五道,而试论始终为一首,以一首之量占据一场的位置,可见试论这一新兴体裁在宋代贡举中的分量。

(二) 制举试论

作为选拔人才的特科,制举在宋代科举中处于特殊的地位,也受到人们特别的关注。北宋前期制科科目多有变化,熙宁变法中一度停罢,元祐初仅恢复贤良方正能直言极谏一科,至南渡后再次恢复该科,并迄宋末。①

继承汉代制举的传统,历代制举都以试策为唯一试项,唐代名目多达百余种的制举考试,也都如此。宋代制举考试的一个重要变化,就是增加了试论的项目。

首先,应制举者须提前一年缴进"词业"(亦称"进卷"),内容是策、论五十首,以接受礼部的初审,"词理优长"者即被具名奏闻,取得参试的资格。"词业"五十首多为策、论各半,如今存苏轼、苏辙、叶适等的制科进卷,策论各为二十五首;也有数量不等的,如秦观进卷中进策三十首,进论二十首。

其次,在御试策之前,应试者要参加在秘阁(朝廷庋藏图书典籍之地)举行的"阁试",内容是试论六首,每首五百字以上为合格,限一日内完成;每首须引述题目出处及其上下文,始得为"通",六论中四通为合格,南宋后又增为五通。制举一日六论的"阁试"难度极高,终宋一朝,通过阁试进入御试的总共才六十余人,其中御试入等的仅四十一人,南宋入等的仅一人,后基本无人应试。

制举试论项目的增加及其高难度,进一步提高了宋代科举中试论的重要性,引起了人们对这一新兴考试文体的更多关注。

---

① 参见《宋史》卷一五六《选举二》,第3645—3651页。

### (三) 学校、取解、铨选试论

贡举是宋代科举中的典范考试,与此相关的,还有学校试和取解试,二者也都有试论的项目。

学校试的核心是太学考试。宋代太学实行完备的"三舍选察升补之法",简称"三舍法",即将国子监的太学生分为外舍生、内舍生、上舍生三等,通过严格考试,择优递补升等;上舍生完成学业后,优秀的直接授官,中、下等的可直接参加殿试或省试。① 与此同时,各州、县也纷纷建学,州学、县学也实行"三舍法",并与太学相衔接,通过考试向上一级学校推荐生源。由此,宋代的学校教育达到了空前繁盛。

各级学校每月、每季、每学年都要举行考试,月末和季末的小考、中考称为"私试",年终的大考称为"公试"。"凡私试,孟月经义,仲月论,季月策。凡公试,初场经义,次场论策。试上舍,如省试法。"②可见,无论"私试""公试",都离不开试论的项目。

此外,为贡举选拔举子的各州、府的取解试(乡试),由州判官、录事参军主持,按解额择优录取合格举人赴省试。由于取解试的目标是省试,故其试项自然以省试为范本,因而也都包含试论的项目。

科举之外,宋代选任官员的铨选也曾试论。针对荫补入官人数日增,宋代实行了测验荫补人的"铨试"(入官试)。仁宗庆历三年颁布的规定称:"凡选人年二十五以上,遇郊,限半年赴铨试,命两制三员锁试于尚书省,糊名誊录。习辞业者试论、试诗赋,词理可采、不违程式为中格。"③这样,试论又由科举进入了铨选的领域。

综合上述,试论在宋代科举中已被普遍采用,甚至延伸到部分铨选考试,其范围之广、发展之快,超过了其他文体。诚如《四库全书总目》所云:"当时每试必有一论,较诸他文应用之处为多。"④

---

① 参见《宋史》卷一五七《选举三》,第 3657 页。
② 同上。
③ 《宋史》卷一五八《选举四》,第 3703—3704 页。
④ 《四库全书总目》卷一八七《论学绳尺》提要,第 1702 页。

## 试论的题材和体制

虽然试论肇始于唐代,但唐代留下的相关文献极少。前引韩愈应博学宏词试的《颜子不贰过论》是一篇典范的试论文,又大和七年礼部以议论代诗赋的科举改革方案中规定:"其所试议论,请限五百字以上为式。"① 从这些材料中只能大致了解当时试论的体式,详情则尚难考知。

随着宋代科举考试中试论的迅速发展,其题材、体制等方面的规定也逐渐完备起来。北宋前期科举试论的文献仍不多见,较早的如夏竦景德四年应贤良方正科阁试六论中的《定四时别九州圣功孰大论》《九功九法为国何先论》《舜无为禹勤事功德孰优论》《曾参不列四科论》四首,他另有《开封府试三正循环宜用何道论》一首,则当作于阁试之前。② 稍后如张方平宝元元年(1038)应贤良方正科的阁试六论也全存于其《乐全集》中。③

宋仁宗庆历四年,由宋祁、欧阳修主持制定的《详定贡举条制》对试论的题材、体制作出了一系列规定:

> 诗、赋、论于九经、诸子、史内出题。
> 诗、赋、论题目,经史有两说者,许上请。
> 论限五百字以上。

又"策论诗赋不考式十五条"中涉及论的有:

> 论、诗、赋不识题;策、论、诗、赋文理纰缪;不写官题;用庙讳、御名;论少五十字。

又省试"逐场去留法"规定:

---

① 《唐会要》卷七六,第1381页。
② 参见夏竦《文庄集》卷二〇,文渊阁《四库全书》本。
③ 参见张方平《乐全集》卷一六,文渊阁《四库全书》本。

> 论内有不识题者、文辞鄙恶者、误引事者(十事误用三以上)、虽成文而理识乖缪者、杂犯不考式者,凡此五事,亦更不考诗赋。①

归纳上述规定,省试试论的主要标准为:(一) 试论题材(即命题范围)包括九经、诸子、史;(二) 试论篇幅限五百字以上,少五十字即不合格;(三) 试论首先要识题(即命题含义和出处),不识题则不合格;(四) 试论要求观点正确、文辞优美,理识乖谬、文辞鄙恶者则不合格;(五) 试论要求引事准确,引事错误三成以上则不合格。这些应是宋代贡举试论的基本标准。苏轼嘉祐二年参加省试的论文《刑赏忠厚之至论》得到欧阳修的大力赏识,可作为试论的范文:

> 尧、舜、禹、汤、文、武、成、康之际,何其爱民之深,忧民之切,而待天下以君子长者之道也。有一善,从而赏之,又从而咏歌嗟叹之,所以乐其始而勉其终。有一不善,从而罚之,又从而哀矜惩创之,所以弃其旧而开其新。故其吁俞之声,欢休惨戚,见于虞、夏、商、周之书。成、康既没,穆王立,而周道始衰。然犹命其臣吕侯,而告之以祥刑。其言忧而不伤,威而不怒,慈爱而能断,恻然有哀怜无辜之心,故孔子犹取焉。
>
> 《传》曰:"赏疑从与,所以广恩也。罚疑从去,所以慎刑也。"当尧之时,皋陶为士,将杀人,皋陶曰"杀之三",尧曰"宥之三",故天下畏皋陶执法之坚,而乐尧用刑之宽。四岳曰"鲧可用",尧曰"不可,鲧方命圮族",既而曰"试之"。何尧之不听皋陶之杀人,而从四岳之用鲧也?然则圣人之意,盖亦可见矣。
>
> 《书》曰:"罪疑惟轻,功疑惟重,与其杀不辜,宁失不经。"呜呼,尽之矣。可以赏,可以无赏,赏之过乎仁。可以罚,可以无罚,罚之过乎义。过乎仁,不失为君子;过乎义,则流而入于忍人。故仁可过也,义不可过也。古者赏不以爵禄,刑不以刀锯。赏以爵禄,是赏之道,行于爵禄之所加,而不行于爵禄之所不加也。刑之以刀锯,是刑之

---

① 《宋会要辑稿·选举》三之二七。

威,施于刀锯之所及,而不施于刀锯之所不及也。先王知天下之善不胜赏,而爵禄不足以劝也,知天下之恶不胜刑,而刀锯不足以裁也,是故疑则举而归之于仁,以君子长者之道待天下,使天下相率而归于君子长者之道,故曰忠厚之至也。

《诗》曰:"君子如祉,乱庶遄已。君子如怒,乱庶遄沮。"夫君子之已乱,岂有异术哉?时其喜怒,而无失乎仁而已矣。《春秋》之义,立法贵严,而责人贵宽。因其褒贬之义以制赏罚,亦忠厚之至也。①

制举试论的体制与贡举略同,只是命题范围更明确为九经、十七史、七书、《国语》《荀子》《扬子》《管子》《文中子》;正文之外,群经兼取注疏;六题之中,三经,三史,三正文,三笺注,各按规定比例。如嘉祐六年阁试论题(苏轼、苏辙文集中均有此六论):

一曰《王者不治夷狄》,出《春秋》隐公二年《公羊传》何休注;二曰《刘恺丁鸿孰贤》,出《后汉书》卷六七《丁鸿传》及卷六九《刘恺传》;三曰《礼义信足以成德》,出《论语·子路篇·樊迟学稼章》包咸注;四曰《形势不如德》,出《史记》卷六五《吴起传赞》;五曰《礼以养人为本》,出《汉书》卷二二《礼乐志》;六曰《既醉备五福》,出《毛诗·大雅生民》之什"既醉章"郑玄笺。②

此外,命题又有明数、暗数之分,直接引用成句或稍加变换为明数,颠倒句读、窜伏首尾而命题者为暗数。③ 制举试论的难度显然增加了,故马端临称"制科所难者六论"④。

虽然北宋试论的体制渐趋规范,但尚未形成"定格"。苏轼的《刑赏忠厚之至论》仍是"自出机杼,未尝屑屑于头项、心腹、腰尾之式"⑤。当然,这与苏轼追求"行云流水"的散文创作主张也有关系。而苏门弟子秦

---

① 苏轼《省试刑赏忠厚之至论》,《苏轼文集》卷二,第33—34页。
② 聂崇岐《宋代制举考略》,《宋史丛考》,第180—181页。
③ 参见上书,第181页。
④ 《文献通考》卷三三《选举考六》,第979页。
⑤ 《四库全书总目》卷一八七《论学绳尺》提要,第1702页。

观所作,便十分注重议论文结构的法度。秦观曾应制举,其进卷中策、论分别为三十和二十首。南宋汪应辰有云:

> 居仁吕公云,秦少游应制科,问东坡文字科纽,坡云:"但如公《上吕申公书》足矣。"故少游五十篇只用一格,前辈如黄鲁直、陈无己皆极口称道之。后来读书,初不知其为奇也。吕丈所取者,盖以文章之工,固不待言;而尤可为后人模楷者,盖篇篇皆有首尾,无一字乱说,如人相见,接引应对茶汤之类,自有次序,不可或先或后也。①

则秦观在论文写作上追求的接引应对、首尾次序之类"格式",与黄庭坚、陈师道在诗歌创作上讲求的"法度"是相通的,因而受到"江西诗派"代表人物吕本中的称道。这也标志着宋代试论从苏轼的纵横捭阖开始向追求"定格"演变。

随着试论在科举考试中的大量使用,南宋人对"论"的体制程式日益讲究。《四库全书总目》称:"南渡以后,讲求渐密,程式渐严。试官执定格以待人,人亦循其定格以求合。于是'双关''三扇'之说兴,而场屋之作遂别有轨度,虽有纵横奇伟之才,亦不得而越。"②南宋魏天应所编《论学绳尺》就是一部研讨"论"体"定格"的选本。全书实有五十七格,选载论体范文一百五十余篇,皆由林子长对论题出处、论文结构、语词典故等详加注释。可知当时对试论的分析研究达到了何等精细的地步。书前有《论诀》一卷,载录多种宋人研讨"论"体的言论和著作,如《论家指要》《论评》及多家《论行文法》等,是对"定格"的理论阐述。这是传统"论"体文为适应考试需要进行变革,并进一步程式化后的产物。以下录《论学绳尺》首篇王冑《汤武仁义礼乐如何论》(立说贯题格)以示例:

> 论曰:为治之道,至圣人而极。夫世之人主,亦固有以道为治者,而力行不息,道久化成之功,或有亏焉,则又安能底乎极致之地哉?惟夫圣人之心,与天同运。仁义之治,本之以躬行,持之以悠久,及其

---

① 《文献通考》卷二三七《经籍考六十四》引玉山汪氏(即汪应辰)语,第6450页。
② 《四库全书总目》卷一八七《论学绳尺》提要,第1702页。

成也,功用之盛,弥满充足于天地间,使一世民物,安行乎仁义之中,而与圣人相忘于道化之内。故极顺所积,而礼生焉;极和所格,而乐成焉。呜呼! 此先王之泽所以至于千万世而不泯者,其诸汤武之仁义礼乐乎! 彼贾生在汉,乃欲以是而望孝文焉,君子固知不能以易其未遑之念也。汤武仁义礼乐如何? 请终言之:

夫礼云而不以玉帛,乐云而不以钟鼓,此孔子之言也;礼所以节文乎仁义,乐所以乐乎仁义,此孟子之言也。由夫子之论礼乐,而质之孟子之论仁义,则知圣君之所谓仁义礼乐者矣。盖为治之道,端本于仁义而成就于礼乐,初不可以差殊观也。移民移粟可以言仁也,而人皆小其仁;不鼓不禽可以言义也,而人皆卑其义。何者? 行于此而彼则逆,用于暂而久则乖。发之于事业而有戾于至顺,推之于民物而有咈于至和,此姑息之仁、矫激之义,又何望其跻一世于礼乐哉? 是故必日新其德,而后礼乐可以兴;必夙夜其勤,而后礼乐可以兴;必渐摩涵养之有素,而后礼乐可以兴。否则,礼乐不兴,而仁义亦几乎息矣。

汤武之治,非徒曰克宽克仁也,非徒曰谆信明义也,又非徒曰仁义之师拯民涂炭也。誓师之辞,下车之访,一念所积,夫岂以天下为利哉? 二君之心,盖大乎天地不足为容,皦乎日月不足为明,巍乎泰华不足为高,浑乎江河不足为流转。知之者天也,同之者道也,化之者人也,渐而泽之,天下后世也,不以仁义礼乐归之汤武,而将孰归哉?

汤武之置天下也,亦曰因人心固有之仁而示之以仁,因人心固有之义而示之以义。即仁义以节天下,而使之各得其顺,则礼之所由兴;即仁义以和天下,而使之各得其乐,则乐之所由成。礼乐云者,固非外仁义而求其所谓制作之具也。由今观之,兆民之彰信,万邦之表正,极而至于后昆之垂裕,无非汤之仁义,则亦无非汤之礼乐,而殷辂之乘、《大濩》之奏不与焉;天下之昭明,后人之启佑,极而至于世积之忠厚,无非武之仁义,则亦无非武之礼乐,而周冕之服、《大武》之作不与焉。汤武之道化见于仁义,而仁义之妙用著于礼乐,使天下之民皆尊其尊,皆亲其亲,而辞逊于天高地下之中,则人纪之修焕然有伦,彝伦之叙截然不紊,非所谓无体之礼耶?使天下之物同声相应,同气相求,而舞蹈于虫鸣鱻跃之地,则德泽之洽充然大顺,颂声之作流于无穷,非所谓无声之乐耶?是二圣人者,果何修而得此于天下哉?汲汲之诚,有加无已,故其治之极致,有不可得而形容者矣。世之人主,求于旦暮之功,索诸形器之末,又乌睹乎汤武之所谓仁义礼乐乎?

　　汉至孝文,休养生息亦六七十载矣。以宽厚之资而介念于化民之道,其躬行也,其为准也。仁义之道,视古庶几焉,至于礼乐之事,则谦逊未遑。吁!礼乐岂仁义外物哉?帝特未有志汤武之仁义也,果有志于汤武之仁义,则不待制礼,而礼之实已著,不待作乐,而乐之实已形。贾谊之言,盖非徒以汉望帝,而必以商与周望帝也。虽然,不特谊之言也,王通氏论七制之统天下,盖有取于汉之仁义,然终之以礼乐,则犹为帝憾焉,盖惜其已仿佛于仁义之万一,而未能极其道之成。三代而上,礼乐达乎天下;三代而下,礼乐徒为虚文:此汤武之志所以不复见于汉也。君子观贾谊、王通之言仁义,则知文帝之所以得为文帝;观贾谊、王通之言礼乐,则知文帝之所以止为文帝。谨论。

本篇论题出于《汉书·贾谊传》,文前总批云:"立说有本祖,行文有法度,明白而通畅,纯熟而圆转,真可为后学作文之法。"[①]

## 有关试论的研究

　　由于宋代科举几乎"每试必有一论",试论的写作成为宋代士子谋取功名的基本功,这就促使对于试论的研究普遍展开并不断深入,主要体现在相关选本和论著的大量涌现两方面上。

---

① 《论学绳尺》卷一,文渊阁《四库全书》本。

## (一) 选本

选本是为学习、模仿提供的范本,它的产生也是所有考试文体发展过程中必然出现的现象。宋代论体选本留存下来的数量不多,主要有两种:

1.《十先生奥论》四十卷,有《四库全书》本。

此本"不著编辑者名氏。亦无刊书年月。验其版式,乃南宋建阳麻沙坊本也"①。全书前集十五卷(其中一至七卷为后人抄补),后集十五卷,续集十五卷(其中一至五卷阙),选编宋人陈傅良、叶适、杨万里、吕祖谦、胡寅、方恬、戴溪、郑湜、朱熹、张栻、杨时等十余人的论体文约二百首,题材有经论(五经论、圣贤论)、史论(历代论、大臣论、考古论)、时政论、杂论等。这些论文虽不是科举试场的产物,但"议论往往可观,词采亦一一足取"②,因而被作为学作试论的范本。

2.《论学绳尺》十卷,魏天应编,林子长注,有《四库全书》本。

此书编注者皆闽人,"是编辑当时场屋应试之论","当日省试中选之文,多见于此","可以考一朝之制度"。全书分为十卷,甲集十二首,乙集至癸集均十六首,每两首立为一格,共七十八格(其中二十一格重复,实为五十七格)。如"立说贯题格""贯二为一格""推原本文格""立说尊题格""指切要字格"等,不少名称大同小异,多有牵强附会之嫌。论题多出自《论语》《孟子》《史记》、两《汉书》《唐书》、《荀子》《扬子》《文中子》及唐文等,每题下加注标明论题出处、点明立说要点、辑录考官或名家批语,并以夹注注释词语典故、评点文章结构,在尾评进行两文比较。此书是试论的典范,与考试的关系更为直接,除选文外又详加评注,提示格式,故云"绳尺",含标准、规范之义。而将对试论写作的探讨称为"论学",也足见试论在当时的地位。当时此类选本数量颇多,"故有专辑一编以备揣摩之具者",此本仅是"偶传者也"。③

上述两种选本之外,有书目著录而今已不传的选本尚有:

---

① 《四库全书总目》卷一八七《十先生奥论》提要,第1704页。
② 同上。
③ 参见《四库全书总目》卷一八七《论学绳尺》提要,第1702页。

《指南论》十六卷。又本前后二集,四十六卷。《直斋书录解题》卷一五总集类著录。陈振孙注:"淳熙以前时文。"①题为"指南"(同时又有《指南赋笺》《指南赋经》),当是试论的范本。

杨上行《宋贤良分门论》六十二卷。《宋史·艺文志》著录。估计当为宋代制科试论的分类选本。

林概《史论》二十卷。《宋史·艺文志》著录。

王谏《唐史名贤论断》二十卷。《宋史·艺文志》著录。估计为以唐史为题材的史论集。

此外,如同准备试策而编有"策括",试论也有类似之编。《文献通考·选举考六》引巽岩李氏《制科题目编序》称:"古之所谓贤良方正者,能直言极谏而已;今则惟博习强记也……乘此暇日,取五十余家之文书,掇其可以发论者,各数十百题,具如别录。间亦颠倒句读,窜伏首尾,乃类世之覆物谜言。"②此类"论括"乃纯为应对考试而编,搞猜题押题,企图走捷径,连编者也甚为看轻,足见试论发展中的弊病。

(二) 论著

研讨试论的论著,今可见到的,主要集中于《论学绳尺》卷首的《论诀》一卷,其中包括五部分内容:

《诸先辈论行文法》:摘录吕祖谦、戴溪、陈亮、林执善、吴琮、冯椅、危稹、吴镒八人有关试论行文的论述。

《止斋陈傅良云》(节要语)节录陈氏关于试论认题、立意、造语、破题、原题、讲题、使证、结尾的论述。

《福唐李先生〈论家指要〉》:包括论主意、论间架、论家务持体、论题目有病处、论用字法、论制度题、论人物题、全篇总论八节。

《欧阳起鸣〈论评〉》:分论头、论项、论心、论腹、论腰、论尾六节。

《林图南论行文法》:提出扬文、抑文、急文、缓文、死文、生文、报施文、折腰体、蜂腰体、掉头体、单头体、双关体、三扇体、征雁不成行体、鹤膝

---

① 《直斋书录解题》,第458页。
② 《文献通考》卷三三,第978—979页。

体等名目,并分别举论文实例加以说明。

上述论著内容广泛,涉及试论写作的各个方面,重点则在归纳总结试论体制结构上的特点,赋予其特定的名称,力图确定其"定体""定格",从而使试论的写作程式化,更便于模仿学习。

从上述的选本和论著来看,宋人对试论的研究已达到十分精细的程度,并创造出一套独立的评论话语系统。学界历来对省试诗、律赋的研究较为重视,对试论则少人涉猎,其实试论对后世的影响深远,值得引起充分的重视。

## 试论与试策、试经义

宋代科举文体演变的总趋势是"变声律为议论"。议论之体,在宋代科举中有三类:试论、试策和试经义,以下就试论与试策、试经义的关系分别作辨析。

(一) 试论与试策

试策是始于汉代的传统考试文体,唐代科举中试策仍占有重要地位。① 宋代试论崛起,但试策在科举考试中并未削弱,从而形成"策论"并称的局面。宋代文献中"策论"并提的现象比比皆是,北宋前期曾发生过策论与诗赋在科举中孰先孰后、孰重孰轻的争论,结果是策论占据上风。元祐时期和宋室南渡后,进士科分为诗赋和经义两科取士,考试各有专攻,但策论是共同必考科目。终宋一朝,考试文体变化频繁,而策、论二体始终占据考试中两场的位置,实在是宋代科举中最重要的文体。

试论和试策虽然地位相当,但相异之处仍十分明显,主要有两方面:

一是题材之别。虽然策问的范围可广泛涉及经、史、子等各方面②,但习惯上仍多以时政为中心,故又称"时务策"。这在唐代试策中即是如此。《文苑英华》收对策文二十六卷,其类目有宁邦、经国、任官、政化、刑

---

① 参见陈飞《唐代试策考述》,中华书局2002年版。
② 如宋真宗曾提出,"策问宜用经义,参之时务",见《续资治通鉴长编》卷六五。

法、平农商、帛货、边塞、求贤、长才、帝王、将相、茂才等二十余项,绝大部分均为时务。北宋古文家曾巩的文集中有《本朝政要策》一组五十篇,是准备试策所用的分类材料汇编,其题材则全为政事。可见试策的重点确在"大明治道"①。试论的题材原来也颇为广泛,但从来都不涉及时务;经义兴起之后,其命题更多地在史书、子书中寻取,从而使论、策二者有了相对明确的范围。故苏轼有云:"试之论以观其所以是非于古之人,试之策以观其所以措置于今之世。"②

二是体制之别。试策是针对策问的问题逐一作答,故称"对策",御试策还必须逐段引述策问原文,然后对答。因而试策基本上是一种问答体,应试者一般难以也无须展开全面的阐述。况且策问的篇幅一般较长,一道策问中往往包括数道乃至十数道小题,这就使应试者无法围绕一个论点集中论述。试策的体制总体上表现出多中心、段落式、结构松散的特点。试论则要求根据命题围绕一个中心展开深入阐发,所谓"弥纶群言,而研精一理"③,而且在篇幅上有一定限制,这就使应试者必须殚精竭虑,在说理方法和文章的体式、技巧上下功夫,并逐步追求程式化和"定体"。况且省试试论从来只试一首,而试策则三、五道不等,可见试策主要是考核识见、能力,强调直言极谏;试论则主要考核学问、思理,看重才识文采。

(二) 试论与试经义

科举试经义是在试帖经和墨义的基础上发展起来的。由于帖经(经文字句填空)和墨义(经文内容简答)主要考核记诵能力,早在唐代即不被看重,至北宋仁宗时终被废弃。熙宁变法中,王安石大力主张兴学、立师、授经,欲以倡导经学(实质是其"新学")统一思想,"化民成俗"④;在科举形式上,以经义全面取代诗赋,"变声律为议论",掀起了宋代科举中的一次大变革。经义以阐述经文字句的义理为考核目标,要求应试者专攻一经或数经,准确领会经典内涵,并融会贯通,表述成文。由于它在内

---

① 《文心雕龙·议对》,《文心雕龙注》,第440页。
② 苏轼《谢梅龙图书》,《苏轼文集》卷四九,第1424页。
③ 《文心雕龙·论说》,《文心雕龙注》,第327页。
④ 《宋史》卷一五五《选举一》,第3616页。

容上符合统治阶级以儒家思想为治本的要求,在考核形式上明显优于帖经和墨义,因而受到统治集团的欢迎。即使到南宋"新学"衰落之后,经义作为科举文体仍沿用不绝,并与诗赋并列为二科。宋代科举所试经义文传世的不多见,吕祖谦《宋文鉴》经义类存文两篇,即张庭坚(字才叔,元祐进士)所撰《惟几惟康其弼直》和《自靖人自献于先王》,均以《尚书》命题。又刘安节(字元承,元符进士)《刘左史集》共载经义文十七篇,其中题出《周礼》的十一篇,《论语》的三篇,《孟子》的两篇,《中庸》的一篇,《四库全书总目》称其文"明白条畅,盖当时太学之程式"①。以下录《达则兼善天下》一文为例:

> 君子之学,未尝不以天下为心,以天下为心,则天下亦犹我也,岂独私善其身而不与天下同之哉？穷而在下,则道固不可行也,善己而已矣;达而在上,则道可以有行也,岂得不推所以善己者善天下乎？孟子曰:"达则兼善天下。"此之谓也。
> 
> 呜呼！君子之所以待天下者,可谓仁矣。人之所以亲且爱者,莫若吾之身。古之人亲爱其身,兢慎恐惧,不敢以不善加焉,以谓天下之所以与我者,莫不有仁、义、礼、智、信五者之善也。君子以仁善其身,非仁不居;以义善其身,非义不由;以礼善其身,非礼勿动;以智为身之烛,以信为身之符。父子则有亲,君臣则有义,夫妇则有别,长幼则有序,朋友则有信。吾之所亲爱其身而善之,其自厚如此。
> 
> 至于达而治天下,岂他求哉？亦以尽吾所以善乎己者善之而已。推吾仁以善之,使天下莫不仁也;推吾义以善之,使天下莫不义也;推吾礼以善之,使天下莫不有礼也;推吾智以善之,使天下莫不有智也;推吾信以善之,使天下莫不有信也。以至君君臣臣,父父子子,夫夫妇妇,长幼之序,朋友之信,凡吾昔之所以善其身者,今则无一不与之同。天下之不善也,吾亦若不善其身之为忧;天下之皆善也,吾亦若善其身之为乐。天下之与吾身,以分观之则不同,而君子之所以兼善

---

① 《四库全书总目》卷一五五《刘左史集》提要,第1341页。

之者,未尝有异。然则君子之用心,岂不亦仁且厚乎?

伊尹处畎亩之中,汤三聘之而不就,既而幡然改曰:与我处畎亩之中,自乐以尧舜之道,吾岂若使是君为尧舜之君哉?吾岂若使是民为尧舜之民哉?伊尹之心,方其聘而未就也,若将终身,至于幡然而改,则自任以天下之重而不辞,非其始怯而终勇也,穷达之分不得不然尔!若夫穷则独善其身,达则兼善天下,可以独而不独,君子以为犯分;可以兼而不兼,君子以为苟禄。犯分不义,苟禄不仁,二者君子所不为也。①

试论和试经义同以议论为体,又长期并存于科举文体,其区别主要在以下三方面:

一是题材之别。经义考核经文大义的阐释,全部取材于经书。熙宁时"罢诗赋、帖经、墨义,士各占治《易》《诗》《书》《周礼》《礼记》一经,兼《论语》《孟子》"②,应试者试本经、兼经各一场。后来又将《诗》《周礼》《礼记》《左氏春秋》列为大经,《书》《易》《公羊》《穀梁》《仪礼》列为中经,经义科考生或习两大经,或习一大经一中经,此外均加试《论语》义和《孟子》义。③ 因而经义的考核范围不出五经、四书。试论的题材则广泛得多,经义兴起后,试论的命题更多地取材于史书和子书。以《论学绳尺》所收一百五十六篇范文为例,从《史记》《汉书》《后汉书》《唐书》等史书中命题的占二分之一,从《荀子》《扬子》《文中子》等子书和《论语》《孟子》等经书中命题的各占四分之一。两相比较,试论更多地考核应试者学问的博洽和识见的独到。

二是体制之别。宋代试论的体制日趋严整,追求"定格",对试论体制的研究也日渐精密,这都已见上述。试经义的情况则有所不同。北宋前期科举中已见经书大义的试项,熙宁时,两场试"大义凡十道","试义

---

① 刘安节《刘左史集》卷三,文渊阁《四库全书》本。
② 《宋史》卷一五五《选举一》,第3618页。
③ 参见上书,第3620—3621页。

者须通经、有文采乃为中格,不但如明经墨义粗解章句而已"①。可知此时所试经义是在墨义的基础上提高一步,要求贯通义理,讲求文采,但尚不见体制、篇幅上的要求,两场试十道的数量约与试策相当。上引北宋末《达则兼善天下》一文是当时"太学之程式",一般应试文恐难达到此水准。南宋后经义科一场试五道,要求当也相差不多。南宋研讨经义作法的著述不见著录,元人倪士毅《作义要诀》一卷是今可见到的最早的此类论著。该书自序提及至宋季经义"其篇甚长,有定格律",如破题、接题、小讲、原题、大讲、原经、结尾等名目,"篇篇按此次序";并称时有弘斋曹公著有《宋季书义说》,该书也大都摘录曹氏之说。② 可见至宋末经义也已形成"定格",而比较《作义要诀》和《论诀》二书所论,两者的"定格"如出一辙。《论诀》辑者魏天应曾受业于谢枋得,所辑论述的作者大多为南宋中期人,而《作义要诀》著者倪士毅为元代人,所引弘斋曹泾为咸淳四年(1268)进士,卒于元代。结合二书形成的先后时间和背景,经义体制的程式化当是受到试论体制的直接影响。

　　三是语言之别。试论在语体上一向被视为古文,随着试论结构的程式化,有的作者在文中杂用排偶句式,但总体上未改变古文的基本特征。经义最初也以古文行文,但在发展过程中较多地导入偶句,这在前引经义范文中明显可见。清人钱大昕分析其原因称:"宋熙宁中以经义取士,虽变五七言之体,而士大夫习于排偶,文气虽疏畅,其两两相对犹如故也。"③这种趋势发展到宋季,"其文多拘于捉对,大抵冗长繁复可厌"④,同时,试论用语也向"捉对"发展(如前引王胄之论),这种语言体式的排偶化,正是后来八股文的重要特征之一。

　　宋代科举中试论的普遍推行,使这一新兴的考试文体经历了由开始兴起到发展成熟,再到日益程式化并逐步形成定格的过程。"论"的勃

---

① 《宋史》卷一五五《选举一》,第3618页。
② 倪士毅《作义要诀自序》,《作义要诀》卷首,文渊阁《四库全书》本。
③ 钱大昕《十驾斋养新录》卷一〇,陈文和主编《嘉定钱大昕全集》(增订本)第七册,凤凰出版社2016年版,第291页。
④ 倪士毅《作义要诀自序》,《作义要诀》卷首,文渊阁《四库全书》本。

兴、"策"的沿用与"经义"的继起,在宋代科举考试中渐成鼎足之势,从根本上改变了唐代科举考试以诗赋为主的格局,实现了"变声律为议论"的目标。这一变革顺应了封建统治集团通过科举选拔治国人才的需求,体现了科举考试的进一步成熟。同时,这一变革也推进了宋代士大夫崇尚议论的一代士风的形成,展示出宋代文学乃至宋文化的鲜明特色。

宋代科举中试论的形式对其后的科举文体产生了深远的影响。经义体制的逐渐成熟承袭了论体的发展,这从《作义要诀》和《论诀》的对照中看得很清楚,"义诀"与"论诀"可谓一脉相承。关于明清八股文的渊源,一般都将其上溯到宋代的经义,这从题材内容和语言体式方面着眼固然不错,但在结构体制上,北宋时就已成熟定型的试论,恐怕是八股文更早的源头。故四库馆臣评《论学绳尺·论诀》:"其破题、接题、小讲、大讲、入题、原题诸式,实后来八比之滥觞,亦足以见制举之文源流所自出焉。"[①]这一论题值得进一步深入探究。可以说,宋代试论和经义一起,奠定了八股体制的基础。而策、论、经义三足并立为主的宋代科举形式,将考核议论能力提升为选拔人才最重要的内容,这在历史悠久的中国考试史上,无疑也是意义重大而深刻的一场变革。

*《宋文论稿》(上海财经大学出版社2003年版)*

---

① 《四库全书总目》卷一八七《论学绳尺》提要,第1702页。

# 《文心雕龙》文体论体系及其影响

在《文心雕龙》的文学理论体系中，文体论占有举足轻重的地位：它以全书五分之二的篇幅，成为《文心雕龙》整个理论体系的支柱之一；它对各体文学的深入探讨，奠定了创作论、批评论等的基础；它自身相对独立的体系，在全书中最为完备、严整，并对后代文体论产生了深远的影响。

一

中国古代对文学体裁的研究，缘起于两汉，魏晋时期得到充分发展并初步成熟，至齐梁更成为高潮。刘勰在《文心雕龙》中全面继承了前代文体论尤其是挚虞《文章流别论》的研究成果，并作出了许多新的开拓。《文心雕龙》大大扩展了文体论的范围，全书论及的文体，立专篇按一定程式进行全面阐述的有三十余种，作为上述文体的细类或附类在专篇中附带论及的有四十余种，专门附于《书记》《杂文》两篇之后略作说明或仅列其目的也有四十余种，总计达一百二十种，当时流行的文体，几乎网罗无遗。《文心雕龙》形成了一套较为完备的研究方法，它以归类研究求文体之同，以比较研究辨文体之异，以沿革研究察文体之变，初步构成了研讨文体的方法论基础。更重要的是，《文心雕龙》确立了文体论的完整体系，它揭举"原始以表末，释名以章义，选文以定篇，敷理以举统"[1]四项，作为"论文叙笔"、综述文体的"纲领"，从而奠定了古代文体论的基石。

初创阶段的文体论，研究角度往往比较单一，如蔡邕《独断》论述章

---

[1] 《文心雕龙·序志》，《文心雕龙注》，第727页。

表奏议,主要从体制规格着眼;曹丕《典论·论文》论及四科,仅仅揭示其风格特征。随着文体论的发展,其内容逐渐丰富,并形成一些特定的角度。以晋代傅玄《连珠序》为例:"所谓连珠者,兴于汉章帝之世。班固、贾逵、傅毅三子受诏作之,而蔡邕、张华之徒又广焉。其文体,辞丽而言约,不指说事情,必假喻以达其旨,而贤者微悟,合于古诗劝兴之义。欲使历历如贯珠,易睹而可悦,故谓之连珠也。班固喻美辞壮,文章弘丽,最得其体。蔡邕似论,言质而辞碎,然其旨笃矣。贾逵儒而不艳,傅毅文而不典。"①这段序文从四个方面对连珠这一文体进行了全面探讨:首溯其源流,次明其特征,再释其命名,末评论作家,科条分明,言简意赅。《文章流别论》也是从源流、体制、作家作品等角度,或全面或重点地对文体展开研究。刘勰显然受到过这些前代文体论的启发,但是,他没有简单因袭,而是在总结前人成就的基础上,融会贯通,推而广之,并进一步条理化、程式化,构筑起一个宏大而完备的理论体系。这个体系的基本思路是:循名责实,溯源述流,由面及点,由实及虚(理),并依此形成四根支柱。

一曰"释名以章义",意即诠释文体之名,显示所以命名之义。如:"诗者,持也,持人情性。"②"赋者,铺也,铺采摛文,体物写志也。"③"释名"实际上是对文体之名进行文字训释,而"章义"则是根据上述训释对文体的本质特征进行概括,从而显示该体命名的意义所在。"释名"部分,刘勰采用的是古代训诂中的声训(或称音训)之法,即取声音相同或相近的字训释字义。汉儒释经多用此法,东汉末更有刘熙的声训专著《释名》问世。《文心雕龙》沿用此名,明示其法之渊源。至于刘勰所用的声训,多有所本,如训诗为持,本之《诗纬含神雾》;训赋为铺,本之郑玄注《周礼》;而训盟为明、训诔为累等,则直接本之于《释名》:可见其取材甚广。"章义"部分是刘勰依据声训成说而进行的发挥,体现了他对文体本质特征的理解和概括。其中多有发前人所未发的精辟见解,如说赋;当然

---

① 傅玄《连珠序》,《全晋文》卷四六,《全上古三代秦汉三国六朝文》,第1724页。
② 《文心雕龙·明诗》,《文心雕龙注》,第65页。
③ 《文心雕龙·诠赋》,《文心雕龙注》,第134页。

也有不尽恰当的,如说诗。总之,"释名以章义"的实质是刘勰选取声训之说,借以发挥其对文体本质的认识,从而达到为文体"正名"的目的。由于声训方法本身易造成对字义穿凿附会的训释,所以《文心雕龙》中的释名也往往有牵强之处,今人多据此责难刘勰,其实一则声训的局限并非刘勰之过,二则刘勰的目的在于"章义","释名"仅是手段而已,他选择的声训义项多是为其"章义"服务的。因此,如果我们着眼于根本所在,"释名以章义"还是《文心雕龙》文体论体系中不容忽视的一项,其中不少精到的见解,仍是值得充分重视的。

二是"原始以表末",意即推原文体的渊源缘起,表述文体的流变发展。如《诠赋》自"昔邵公称公卿献诗"至"命赋之厥初也"为"原始"部分:指出"赋也者,受命于诗人,拓宇于楚辞",此为明其渊源;继而指出"荀况《礼》、《智》,宋玉《风》、《钓》","斯盖别诗之原始,命赋之厥初也",此为述其缘起。"表末"部分,则历述赋体"兴楚而盛汉"的发展过程以及由"京殿苑猎、述行序志"的"鸿裁"到"草区禽族、庶品杂类"的"小制"的流变情况。① 可见,"原始以表末"的实质,在于从史的角度探索文体的发展过程,从而达到对文体的全面把握。刘勰曾在《序志》中批评当时的文论著述"并未能振叶以寻根,观澜而索源,不述先哲之诰,无益后生之虑"②。这种"原始要终"的思想贯彻于文体论中,即是将各体文章的源头都上溯到"先哲之诰"亦即儒家经典中去。《宗经》中已有文源五经的总体论述,文体论诸篇的"原始"部分则是作进一步的具体阐发。当然,刘勰在强调"寻根""索源"的同时,也不忘"振叶""观澜","表末"就是在"原始"基础上对文体流变发展的深入考察。可以这样认为,"原始"部分的作用在于和全书论文的主导思想保持一致,"表末"部分则是核心所在,充分展示了刘勰史家的卓越见识,因此,它的实际地位显得更为重要。"原始"和"表末"的结合,即完成了对文体产生发展全过程的系统考察。虽然对源流的探讨在早期文体论中就已发端,但即使到《文章流别论》

---

① 参见《文心雕龙·诠赋》,《文心雕龙注》,第134—135页。
② 《文心雕龙·序志》,《文心雕龙注》,第726页。

中,也还只是寥寥数言,语焉不详,只是到了《文心雕龙》之中,这种自觉的史的意识才彻底贯彻于文体研究中,并成为其不可或缺的一部分。今人多将"原始以表末"作为分体文学史来看待,其根本原因也在于此。

三曰"选文以定篇",意即评选该体的代表作品,确定该体的典范篇章。如《论说》:"详观兰石之《才性》,仲宣之《去伐》,叔夜之《辨声》,太初之《本玄》,辅嗣之两例,平叔之二论,并师心独见,锋颖精密,盖论之英也。至如李康《运命》,同《论衡》而过之……曹植《辨道》,体同书抄,言不持正,论如其已。"①这里选出汉魏两晋十五家的论体文代表作进行了简洁而又精要的评述,有肯定也有批评,并推出《才性论》等作为范文。可见"选文以定篇"就是在广泛选评文体代表作的基础上,树立起该体文章的若干典型,从而示人以学习仿效的范本。一种文体成熟的标志,就是在大量创作的基础上形成了一批能充分体现该体特征的典范之作,而这些典范之作要靠独具慧眼的文评家从大量作品中筛选出来并给予定评。《文心雕龙》"选文以定篇"所做的正是这样的工作,它较之分体编选的文集更能突出文体的示范作用。在不少篇章中,"选文以定篇"往往和"原始以表末"放在一起叙述,这是因为阐述文体的渊源流变必然要联系具体作品,而选择某文体的代表作也必然要顾及该文体形成发展的全过程,二者合起来叙述,不但避免了重复,而且可以相得益彰。

四曰"敷理以举统",意即敷陈写作的原理,标举文体的体统。如《论说》:"原夫论之为体,所以辨正然否,穷于有数,追于无形,迹坚求通,钩深取极,乃百虑之筌蹄,万事之权衡也。故其义贵圆通,辞忌枝碎,必使心与理合,弥缝莫见其隙;辞共心密,敌人不知所乘,斯其要也。是以论如析薪,贵能破理。斤利者,越理而横断;辞辨者,反义而取通;览文虽巧,而检迹知妄。唯君子能通天下之志,安可以曲论哉!"②这一节从论体文"辨正然否"的根本特征出发,总结出"心与理合""辞共心密""义贵圆通,辞忌枝碎"的写作要领,并以"析薪"为喻,强调写作论文"贵能破理"的关键所

---

① 《文心雕龙·论说》,《文心雕龙注》,第327—328页。
② 同上书,第328页。

在。可见"敷理以举统"就是在写作原理的阐发中揭举出该体的纲要,从而示人以写作的规范。这个纲要,文体论诸篇分别称之为"大要""枢要""纲领之要""大体""大略"等,它具体包括内容、结构、风格、修辞等方面的规格要求,这也就是该文体的体制规格,或称"体统"。① 由于《文心雕龙》全书的宗旨是指导写作,因此,文体论的重要目的就是揭示各体文章的写作规范,这样,"敷理以举统"就成为文体论的归宿和核心,刘勰精心结撰的各体文章的纲要体统,也就成为《文心雕龙》中最为精粹的部分之一。

总之,刘勰用"原始以表末""释名以章义""选文以定篇""敷理以举统"四根支柱,构筑起一个完整的文体研究体系,分别从命名立意、渊源流变、典型范本、创作纲要诸方面对文体展开全面深入的研讨。这个体系体现了名实相副、源流贯通、点面结合、纵横交错并最终一统于理的特色,既严密周详,又重点突出。如果说,体大虑周、析理明晰是《文心雕龙》理论体系的一个基本特征,那么,这一特征在文体论这个子系统中表现得尤为鲜明。这一宏大体系的建立,也标志着古代文体论的空前成熟。

## 二

《文心雕龙》之后,自唐宋迄于清末的文论中,文体论仍然是一个重要的组成部分,并继续产生了一批专门著述。这些著述虽然各有特色,但一个共同的特征是几乎都受到《文心雕龙》文体论体系的影响。唐宋以后的文体论著述,在体制上主要可分为三类:一类是继承挚虞《文章流别论》的传统集成的文章总集的附论,一类是仿效《文心雕龙》归类设篇格局撰成的文体专论,一类则是另立格局、自成体系的文体论专著。以下分别择其代表作进行考察。

(一) 总集附论类

自萧统《文选》之后,分体编排的文章总集代有编纂,层出不穷,其中

---

① 参见王运熙《〈文心雕龙·总术〉试解》,《文心雕龙探索》(增补本),上海古籍出版社2005年版,第142—151页。

不少都继承《文章流别集》附论的体例,对每类文体附以论说,著名的如明代吴讷的《文章辨体》、徐师曾的《文体明辨》和清末吴曾祺的《涵芬楼文钞》等。其附论吴讷称"序题",吴曾祺则特撰为《文体刍言》,虽名称不一,附论的性质则相同。这类附论及时总结了唐宋以后产生的新文体,因而所论文体数量扩大,如《文体明辨》论及一百六十余体,《文体刍言》更达二百十三体之多;它们对文体的条分缕析更为细致,对部分文体源流体制的论述也更为详尽。然而,从总体看,这些附论的阐述格局仍是沿袭《文心雕龙》文体论的体系,而且由于受到附论体制的局限,大都不能展开。如《文体明辨》论"原":"按字书云:'原者,本也。谓推论其本原也。'自唐韩愈作'五原',而后人因之,虽非古体,然其溯原于本始,致用于当今,则诚有不可少者。至其曲折抑扬,亦与论说相为表里,无甚异也。其题或曰原某,或曰某原,亦无他义。"①这里略包括了释名、章义、原始、敷理等内容,不出《文心雕龙》体系,且颇为简略。其他也都类此。至于在阐述中征引《文心雕龙》观点甚至沿用刘勰成说的,也时时可见,如《文章辨体》论"檄":"至战国张仪为檄告楚相,其名始著。刘勰云:'凡檄之大体……不可以义隐。'"②可见其论几乎全本于《文心雕龙》。③ 至如《文体刍言》则更在"例言"中指明《文心雕龙》"源流既晰,津逮亦多,兹特仿其大意,不厌求详,作《文体刍言》十三篇"④,其承传关系更是一目了然。其他如明代陈懋仁《文章缘起注》《续文章缘起》,清代方熊《文章缘起补注》等注释类著述以及某些综合性诗文评著述中的文体论部分,大体也是这种情况。

(二) 文体专论类

此类著述在形式上直接仿效《文心雕龙》,用专篇论文对文体展开较

---

① 徐师曾《文体明辨序说》,《历代文话》第二册,第 2103 页。
② 吴讷《文章辨体序说》,《历代文话》第二册,第 1620—1621 页。
③ 在论述文体时直接或间接征引《文心雕龙》的材料,《增订文心雕龙校注》(刘勰著,黄叔琳注,李详补注,杨明照校注拾遗,中华书局 1999 年版)附录采撷、因习、引证三部分中搜罗颇富,可参考。
④ 吴曾祺《文体刍言》,《涵芬楼古今文钞》卷首,宣统二年(1910)刊本。

深入的探讨,可以孙梅的《四六丛话》和林纾的《春觉斋论文·流别论》为代表。孙氏《四六丛话》依骚、赋、制、敕、诏、册等十八类,分别辑录前人对该类骈体作品的评论,每类前孙梅各撰"叙"一篇,这十八篇叙即为十八篇文体专论。以"序"体为例,该体《文心雕龙》未立专篇,孙氏之作可视为补阙。叙文先述序体始于《易》之《文言》《序卦》,目的在于"序作者之意";次则详述序体流别,有经书之序、史书之序、自序,又有文集之序、宴集之序、赠别之序,每类各举代表作进行评说;再则从序体和论体的比较中说明序文在体制上的特点。全篇行文格局,与《文心雕龙》诸篇极为相似,其他各篇叙也都如此。诚如孙氏在全书凡例中所说,《文心雕龙》"辨体正名,条分缕析",又自称分类立目,"皆《雕龙》例也"。林纾为桐城派后裔,其《春觉斋论文》专论古文,全书《述旨》称《文心雕龙》为"最古论文之要言"。其《流别论》则秉承《文心雕龙》和姚鼐《古文辞类纂序目》分十五节,分论骚、赋、颂赞、铭箴等各类文体,每节亦即一篇文体专论。它们大多首列刘勰之论,然后加以辨析、引申和发挥,全书受《文心雕龙》体例的影响更为直接和明显。可见,此类文体专论,更可视作《文心雕龙》文体论的嫡传。

(三) 独立专著类

《文心雕龙》以后,能别出机杼、自成体系的文体论著可谓绝无仅有,直至清末,才有《文章释》的问世。王兆芳《文章释》(再版时改题《文体通释》)成书于光绪二十七年(1901),其主导思想认为"文学之事,通经学道",故文章应包括"讲学之篇"和"词章之篇",并从总体上将文章分为修学、措事二科。据此,全书以修学之文章、措事之文章为纲,前者包括源出经学、源出史学、源出诸子之学、源出杂学的文章四十八体,后者包括源出君上之事、源出臣下之事、源出通君上臣下之事的文章九十四体,总计一百四十二体。每一体之解释均依三项进行:"先释名义,必宗本字本义,其取引申义者,必使与本义相顾,明立体之元意也;终释源流,源取信于可考,流略举以见例,明观体之来路也;中释体之所主,契名义,符源流,明布体之要法也。"①如论"释"体："释者,解也,解释文字也。主于因文解义,正名事物。源出《尔雅》之篇称'释某',流有汉刘熙《释名》,唐陆德明《经典释文》,及宋王应麟《通鉴地理通释》。"②《文章释》在古代文体论著中是唯一可与《文心雕龙》相并提的自成体系、论述严密的一部专著,俞樾在序中赞其"甚精审","叹其用力之勤,与其考古之详而且当也"③。全书以源流为纲,可谓自成一格,但其三项论述体例则明显袭取《文心雕龙》体系,而且因受体制局限,论述难以展开,因此其总体成就,仍难及《文心雕龙》。略晚于《文章释》的又有姚华《论文后编》,也以源流为立论之纲,主张文章诸体,悉出《诗》《书》:有韵之文,皆统于《诗》;无韵之文,析为传记、书牍、论著三科,皆统于《书》。姚氏之论,仍是《文心雕龙》"文源五经"的翻版,虽然全书征引颇富,但论述杂乱无体例,更难与《文心雕龙》比肩。由此二例来看,著者虽力图自创体系,但最终难脱窠臼。

上述三种形式不同的文体论著述,有的直接或间接地征引《文心雕龙》文体论的成说,有的部分或整体地沿袭《文心雕龙》文体论的体系,这些都说明,刘勰创立的《文心雕龙》文体论体系对后世产生了广泛而深远的影响。有些文体论著如桐城派的《古文辞类纂序目》等由于骈、散的门户之见而讳言《文心雕龙》,但他们对文体的研究并没有多少新的内容,因此,到了他们的末裔如林纾之辈,就干脆将刘勰和姚鼐相提并论而且本之于《文心雕龙》和《古文辞类纂》来综论文体流别了,这是颇能发人深思的。

在早期的古代文论中,文体论作为其中的一部分并没有特殊的地位。由于《文心雕龙》文体论体系的空前成熟和完备,其后的文体论走上了相对独立的发展道路,并沿袭《文心雕龙》而形成一个自我封闭的体系。这个体系既继承了《文心雕龙》的突出成就,也延续了它的一些缺点。如对儒家经典的过分推崇,使它将一切文体的源头都上溯到五经,从而背离了

---

① 王兆芳《文章释》,《历代文话》第七册,第6320—6321页。
② 同上书,第6259页。
③ 同上书,第6254页。

一部分文体缘起的实际;又如主要着眼于对文体的个别考察,使它没有也不能对古代文体的产生、发展和演化的规律进行整体研究,从而使整个文体论愈益趋于条分缕析、支离破碎。《文心雕龙》之后的文体论体系再也没有重要的突破。这既是刘勰的骄傲,也是他的悲哀。

由于古代文体论相对独立的地位、自我封闭的体系以及日趋烦琐的缺点,使它在古代文论的研究中一直处于冷落的境地。这种状况的连带效应,使《文心雕龙》文体论的研究,也较少有人问津。其实,在《文心雕龙》的文学理论体系中,文体论是取得突出成就的一部分,值得进行深入探讨;刘勰阐明的"论文叙笔"的"纲领",应当在《文心雕龙》以至整个古代文论研究中给予充分的重视。

*《文心雕龙研究》1995 年第 1 辑*

# 《文章缘起》考辨

《文章缘起》是古代文论中的一部文体论专著,专门探讨各类文体的起始之作。书前有作者自序云:

> 六经素有歌、诗、诔、箴、铭之类:《尚书》帝庸作歌,《毛诗》三百篇,《左传》叔向贻子产书,鲁哀公孔子诔,孔悝《鼎铭》,虞人箴。此等自秦汉以来,圣君贤士沿著为文章名之始。故因暇录之,凡八十四题,聊以新好事者之目云尔。

序文将多种文体的源头追溯到六经,并说明全书依据这种寻根究底的方法载录了八十四种文体的起始之作。下举数例:

> 赋　楚大夫宋玉所作。
> 五言诗　汉骑都尉李陵《与苏武诗》。
> 诫　后汉杜笃作《女诫》。
> 告　魏阮瑀为文帝作《舒告》。
> 碣　晋潘尼作《潘黄门碣》。①

《文章缘起》全书篇幅不大,内容也只是如上例的列举说明,但它产生的时代较早,又是古代第一部文体论专著,因而对后代的影响颇大,不但流传不绝,而且还有续作、注释和补注问世,关于它的作者、产生时代、流传情况也众说纷纭,难有定论。本文拟通过考辨《文章缘起》的流传过

---

① 任昉《文章缘起》,文渊阁《四库全书》本。

程，以期大体理清这部文体论著的发展脉络。

今本《文章缘起》的作者，多题为梁任昉撰。考最早著录任昉有文体论著的是《隋书·经籍志》（下简称《隋志》），它在集部总集类下著录：

《文章始》一卷，姚察撰。梁有《文章始》一卷，任昉撰……亡。①

这说明：（一）编撰《隋志》时，实存姚察撰《文章始》一卷。（二）阮孝绪《七录》中曾著录任昉撰《文章始》一卷，但到编《隋志》时已亡佚不见。（《隋志》注文标为"梁有"的书目，均据《七录》著录）由此可知，任昉在梁代撰有《文章始》一卷当是无疑的。

任昉是齐梁间著名文人。他自幼聪敏，十六岁被举为兖州秀才第一。宋末奉朝请，拜太常博士。齐时被王俭引为主簿，深得赏识。后又被召为竟陵王萧子良记室参军，列名著名的"竟陵八友"，并与萧衍关系密切。齐末，为萧衍主文翰，萧衍称帝，所有禅让文告均出于任昉手笔。入梁，先后任黄门郎、吏部郎，出为义兴太守、新安太守，为官清廉，赈济灾民，颇有政绩，卒于新安任上。任昉雅好交结，乐于奖掖士友，很受后进尊敬。他又兼掌秘书监，管理国家图书，曾校定秘阁四部书目。任昉与沈约、王僧孺并称当时三大藏书家，家中聚书万卷，且多善本。他著有文集三十三卷和其他著作多种，为文长于无韵之笔，与齐梁文坛领袖沈约合称"沈诗任笔"，被誉为"文章之冠冕、述作之楷模"②。因此，这样一位文坛巨擘、著名学者，撰有探讨文体缘起的专著，是完全顺理成章的。任昉之后，历陈、隋、唐初的姚察亦撰有《文章始》一卷，恐只是模拟的续作，此书到《唐志》（指《旧唐书·经籍志》《新唐书·艺文志》）中题作《续文章始》，体现了后人的评价，再后则不见流传。这说明，任昉《文章始》的首创之功，非姚察所能及。

任昉卒于梁天监七年（508），而阮孝绪编撰《七录》始于523年（见《七录序》），并于去世的536年前才完成，可见任昉的《文章始》在当时已

---

① 《隋书》卷三五《经籍志四》，第1082页。
② 萧纲《与湘东王书》，《梁书》卷四九《庾肩吾传》，中华书局1973年版，第691页。

颇有影响,并被及时地著录于这部南朝最完备的图书目录之中。但百余年后,至唐初魏徵编《隋志》(前身称《五代史志》,完成于656年)时,任昉《文章始》已亡佚不见,直至数十年后,才又重见著录。考《旧唐书·经籍志》子部杂家类著录有任昉《文章始》一卷,张绩补。《旧唐书》虽撰成于后晋,但其《经籍志》则全据开元时毋煚所撰《古今书录》为蓝本,"录开元盛时四部诸书,以表艺文之盛"①。因此,成书于开元九年的《古今书录》又重新出现了题为张绩所补的任昉《文章始》一书。对于《文章始》的亡而复出,可作这样的推测:它问世百余年后,传本已不多见,或已有缺佚,故《隋志》编撰时未见其书而称其"亡";此后有张绩者将所见缺佚本补全,重新流播于世,从而为《古今书录》所著录。张绩当为唐初人,具体身份不详,《新唐书·宰相世系表》中载有一位曾任曲江令的张绩②,不知是否即补《文章始》者。

开元以后直至北宋末近四百年间,任昉《文章始》的流传一直未见著录。《新唐书·艺文志》对开元盛时著述,全照《旧唐书》著录,并不能说明开元以后的实际情况。成书于984年的类书《太平御览》,引书达一千六百多种,也未见引用此书。稍后(1041年)修成的《崇文总目》中,也不见《文章始》的著录。直至北宋末年王得臣所撰笔记《麈史》(为作者晚年所作)中,才又出现有关此书的记载,其"论文"节中有云:

> 梁任昉集秦汉以来文章名之始,目曰《文章缘起》,自诗、赋、《离骚》至于艺,约八十五题,可谓博矣。既载相如《喻蜀》,不录扬雄《剧秦》,录《解嘲》而不收韩非《说难》,取刘向《列女传》而遗陈寿《三国志》评……

> 任昉以三言诗起晋夏侯湛,唐刘存以为始于"鹭于飞,醉言归"。任以颂起汉之王褒,刘以始于周公《时迈》。任以檄起汉陈琳檄曹操,刘以始于张仪檄楚。任以碑起于汉惠帝作《四皓碑》,刘以《管

---

① 《旧唐书》卷四六《经籍志上》,第1963页。
② 《新唐书》卷七二下《宰相世系表二下》,第2682页。

子》谓无怀氏封太山刻石纪功为碑。任以铭起于始皇登会稽山，刘以蔡邕《铭论》"黄帝有金几之铭"其始也。若此者尚十余条，或讨其事名之因，或具成篇而论，虽有不同，然不害其多闻之益。①

这两段记载中，首先值得注意的是首次出现了《文章缘起》的书名，并称任昉所作，而未提及张绩补撰之事。其次，文中所述《文章缘起》内容与今通行之本略同：始于诗、赋，终于约的顺序同；所引喻难、解嘲、传赞、三言诗、颂、檄、碑、铭八种文体的内容全同；唯"八十五题"的总数较今本多出一题，即"约"上之"艺"一体。从上可知，题为任昉所撰的《文章缘起》一书，至迟在北宋末年已经名世。

稍后，南宋著名文人、"三洪"之一的洪适在任新安（宋时属徽州）太守②时为《文章缘起》撰有题跋一则，云：

> 右《文章缘起》一卷，梁新安太守乐安任公书也。按《隋·经籍志》，公《文章始》一卷，有录无书。郡之为郡且千岁，守将不知几人，独公至今有名字。并城四十里，曰村曰溪，皆以任著，旁有僧坊，亦借公为重。则遗爱在人，盖与古循吏比。后公六百年而某为州，尝欲会粹遗文，刻识木石，以慰邦人无穷之思，而不可得。三馆有集六卷，悉见萧氏、欧阳氏类书中，疑后人掇拾传著，于传无益，独是书仅存，可藏弄。世所传墓志，皆东汉人大隶，此云始于晋日，盖丘中之刻，当其时未露见也。③

这则题跋肯定《文章缘起》为任昉之书，称赞任为循吏，慨叹其"遗爱在人"。对于任昉遗著，题跋认为文集乃掇拾而成，肯定了"独是书仅存，可藏弄"的重要意义。或许由于洪适在南宋文坛的重大影响，《文章缘起》为任昉所作遂成为定论。其后陈骙的《中兴馆阁书目》（成于1178年）、尤袤的《遂初堂书目》、陈振孙的《直斋书录解题》等公私书目，都著录有

---

① 王德臣《麈史》，文渊阁《四库全书》本。
② 据《宋史》本传，洪适任新安太守，在其父洪皓卒并为之服阕后，约于1159年。
③ 洪适《盘洲文集》卷六三，文渊阁《四库全书》本。

任昉《文章缘起》一卷。再后的《文献通考·经籍考》和《宋史·艺文志》也均依此著录。又南宋后期文人吴子良(生卒年不详,宝庆二年[1226]登进士第)所著《荆溪林下偶谈》卷二中,有"文章缘起"一条,称"梁任昉有《文章缘起》一卷,著秦汉以来文章名目之始"云云。可见题为任昉所撰的《文章缘起》一书在南宋后期已流传颇广。

明、清两代,《文章缘起》注、续纷起,板刻不绝,广为流播。明代陈懋仁广搜历代文体论著,为《文章缘起》作注,继而又仿其体例,撰成《续文章缘起》,续收任著未及的诗文体裁六十五题。清代方熊在陈注基础上又为之补注。明、清刊刻的丛书收入《文章缘起》(或并附陈注、方补)的有《夷门广牍》《砚北偶钞》《学海类编》《艺圃蒐奇》《心斋十种》《诗触》《邵武徐氏丛书》《文学津梁》《四库全书》等十余种。四库馆臣则对《文章缘起》的流传进行了考辨,其略曰:

> 考《隋书·经籍志》载任昉《文章始》一卷,称有录无书,是其书在隋已亡。《唐书·艺文志》载任昉《文章始》一卷,注曰张绩补。绩不知何许人,然在唐已补其亡,则唐无是书可知矣……今检其所列,引据颇疏。如以表与让表分为二类,骚与反骚别立两体;"挽歌"云起缪袭,不知《薤露》之在前;《玉篇》云起《凡将》,不知《苍颉》之更古;崔骃《达旨》,即扬雄《解嘲》之类,而别立"旨"之一名;崔瑗《草书势》,乃论草书之笔势,而强标"势"之一目:皆不足据为典要。至于谢恩曰"章",《文心雕龙》载有明释,乃直以"谢恩"两字为文章之名,尤属未协,疑为依托。并书末洪适一跋,亦疑从《盘洲集》中抄入……(下引《麈史》文——引者按)所说一一与此本合,知北宋已有此本。其殆张绩所补,后人误以为昉本书欤?①

提要论证任昉原书唐时已亡,而今本北宋尚存,但引据颇疏(举七例),结论是"殆张绩所补"。这样的考论较之宋人自然更为翔实,但在《文章缘起》流传的一些关键之处,仍语焉不详,如:北宋所出今本《文章缘起》,是

---

① 《四库全书总目》卷一九五《文章缘起》提要,第1780页。

否即是《唐志》著录的张绩补撰本？唐张绩补《文章始》，是补其亡佚还是补其缺佚？今本《文章缘起》与任昉所著《文章始》是否还有关系？由于《四库提要》的权威性，当代各种文学史或批评史著作，在论及《文章缘起》时大多引用并赞同其说，未再详考，有的学者并进而确认："今本《文章缘起》粗疏简陋，牵强附会，甚至有常识性错误，不像出自任昉那样一位大学者的手笔，而可能是唐代三家村学究的托名伪作。"①

笔者认为，这样的结论似可商榷，而对于上述《文章缘起》流传过程中的几个关键问题，更应详加考辨。

首先，王得臣《麈史》中所述《文章缘起》是否即是开元时著录的张绩所补《文章始》？这一问题四库馆臣并未提出疑义，但仍需加以论证。任昉撰《文章始》，《隋志》《唐志》均明文著录，完全"托名伪作"，可能性不大，也似无此必要，书名由《文章始》变为《文章缘起》，但未改变其基本含义。按"缘起"为佛家语，佛教谓世间一切事物皆待缘而起，敦煌变文有《丑女缘起》《目连缘起》等，将其用作书名。《文章始》原指"文章名之始"，改称《文章缘起》可视为同义，且显得更为雅致，更符合汉语好用四字结构的习惯。前引《文章缘起》自序，清人严可均校辑《全梁文》、姚振宗《隋书经籍志考证》均以为任昉所作，其中"八十四题"之数，与王得臣所见亦基本相合（相差一题，恐是传写之误）。又王得臣写作《麈史》态度严肃，自称"出夫实录"，四库馆臣也称其"于当时制度及考究古迹，特为精核"②，据此，他所见《文章缘起》一定有其来历，不会将赝品随意定为原作。因而，根据现有材料和旁证，有理由认为，北宋所出《文章缘起》即为开元时著录的张绩所补的任昉《文章始》。③

其次，唐初张绩所补《文章始》的性质也应细加辨析。四库馆臣之

---

① 谭家健《试论任昉》，《文学评论丛刊》第十六辑古典文学专号，中国社会科学出版社1982年版。
② 《四库全书总目》卷一二〇《麈史》提要，第1036页。
③ 当然，王得臣未述及张绩补撰问题，不知何故。他所见的也可能是任昉原本，但这种可能性更小。又从开元至北宋末四百年间，此书的踪迹仍应发掘新的材料加以佐证，而在《文章始》改题《文章缘起》的过程中，唐宋人对原书内容作某些补佚修正，也不是没有可能。

意,谓任著已"唐无是书",张绩为"补其亡",即张绩仅沿用任著之名而别撰一书。但这样似不应称"补",所谓补,仍当是拾遗补阙之意,即任著部分缺佚,张绩予以补全。因此,《唐志》著录的"张绩补",理解为"补其缺"较之"补其亡"更为妥当。当然,张绩补撰部分占多大比例,其中的具体情况恐已难考实,但以"任昉撰,张绩补"的著录形式来看,笔者认为,经张绩所补的《文章始》应仍保存了任昉原作的大部分。换句话说,任昉的《文章始》原作还是大部分保存在今本《文章缘起》之中。对此,我们还可以今本《文章缘起》的内容作进一步考察。

《文章缘起》在文体论上的价值,一是文源六经观点的阐述,二是文体类别的区分,三是各体原始之作的确定,我们可以将产生于齐梁时期的《文心雕龙》《文选》等与之进行对照比较。

"文源六经"的观点,是六朝文论家的普遍认识。《文章流别论》中已明确将多种文体的源头上溯到六经,《文心雕龙·宗经》更作了全面的阐发:"论说辞序,则《易》统其首;诏策章奏,则《书》发其源;赋颂歌赞,则《诗》立其本;铭诔箴祝,则《礼》总其端;纪传铭檄,则《春秋》为根。"①而稍后的《颜氏家训·文章》中也有文章"原出五经"的论断。《文章缘起》自序中所谓"六经素有歌、诗、诔、箴、铭之类",与这些著述的观点是完全一致的,这是它们产生于同一时代的重要标志。有的学者根据任昉自序中所举经典例证在正文中一个也没有,证明《文章缘起》内容前后自相矛盾,因而断定其不足为信。② 其实,这恐怕是一个误解。《文章缘起》探访的文体起始之作,指的是独立成篇的文章,因此,一种文体虽源出经典,但它仍有最早创作的独立篇章。如《尚书》中有帝庸作歌,而作为单篇的"歌"体是由荆轲的《易水歌》为开端的;《左传》中鲁哀公曾为孔子作诔,而作为独立诔文的起始之作则是汉武帝的《公孙弘诔》;等等。这两者并不矛盾。对于这类起始之作,任著认为都产生于"秦汉以来",因而就造

---

① 《文心雕龙·宗经》,《文心雕龙注》,第22页。
② 参见谭家健《试论任昉》,《文学评论丛刊》第十六辑古典文学专号。

成了如《直斋书录解题》所说的"但取秦、汉以来,不及六经"①的情况。明乎此,自序和正文不相一致的问题就不会引起误解了。

　　对于文体分类,《文章缘起》共列为八十四题,而《文选》选文,分为三十八体;《文心雕龙》论及的文体,总数达一百三十种左右。对照查核,《文章缘起》列举的八十四题中,只有十几种未为《文选》和《文心雕龙》涉及,而且这十几种多是较次要的文体或某些文体的细类,如谒文、悲文、祈文、告文、哀颂、让表、劝进等。可见,在文体分类上,《文章缘起》的认识和齐梁论著也是基本一致的,它们同样注意到了当时流行的六七十种文体。当然,有些名称是否看作一种文体确可商榷,如四库馆臣指出的"旨""势"之类,确有附会之嫌,但当时文体分类有趋于烦琐细密的倾向(包括《文心雕龙》),因此,在"表"外另立"让表",在"章"外别标"谢恩"之类,似也无可厚非,更不可据此类"引据颇疏"而否定其真实性。

　　至于各种文体原始之作的确立,则是一个较为复杂的问题,见仁见智,难有定论。前引《麈史》曾举唐代刘存的《事始》与《文章缘起》对照,一一列举了两书对三言诗、颂、檄、碑、铭几种文体起始之作的不同看法,并指出:"或讨其事名之因,或具成篇而论,虽有不同,然不害其多闻之益。"这是通达的意见。对于文体的起始之作,观察的角度不同,结果就不一定相同。《文章缘起》所列八十四题的原始之作,均为秦汉以后独立的单篇文章,这是著者自成一家的看法,因而有些意见与他书相左,是很自然的。至于书中少数明显的疏误,似也不足为怪,因为毋庸讳言,《文章缘起》毕竟不是《文心雕龙》那样结构严密的论著,自序所谓"因暇录之","聊以新好事者之目"的自述,指明了它是平时摘录积累而成,未必条条经过详细考证,因而它即使出于任昉这样的学者之手,也可能有疏误之处,况且在流传中又经过张绩甚至他人的补充。根据书中的一些疏误,就全盘否定它出于任昉之手,同样缺少根据。

　　综上所述,从今本《文章缘起》的内容分析,它产生于齐梁时代是合乎情理的。本文的结论是:今本《文章缘起》中的大部分仍是任昉《文章

---

①　《直斋书录解题》卷二二,第641页。

始》的原本,我们仍可将它作为产生于齐梁时代的一部文论著作来研究。

　　对文章体裁的分类研讨,是文学走向独立发展的一个重要标志。在汉代,它仅限于个别文体,到六朝就出现了一批综论各体的论著。曹丕的《典论·论文》首肇其端,挚虞的《文章流别论》和李充的《翰林论》都将它与分体选文相结合,刘勰的《文心雕龙》更是用全书五分之二强的篇幅详论各体文章,并确立了"原始以表末,释名以章义,选文以定篇,敷理以举统"的周密的文体论体系。任昉的《文章始》之作,顺应了六朝时期深入研讨文体的潮流,专门探讨各体文章的起始之作,成为古代第一部文体论专著。尽管它的理论价值难与《文心雕龙》《诗品》等文论巨著相比,而且即使在文体论中,它也只涉及"原始寻根"一个方面,但是,这部著作涉及的文体面颇广,也有鲜明的特色和独到的见解,对后世又产生过深远的影响,因此,它仍是一部重要的古代文体论著,古代文论史应该给予它恰当的评价和地位。

《古籍整理研究学刊》1996 年第 6 期

# 单体总集编纂的文体学意义

## ——以唐宋元时期为例

历代总集编纂和文体学的关系,近年来受到文体学研究者越来越多的关注。① 这是因为二者的根本宗旨,都是为了指导各体文章的写作,因而从一开始就具有一种内在的联系。《隋书·经籍志》首次在四部分类中确立了集部,并作了别集、总集的区分,其论总集缘起及作用称:"总集者,以建安之后,辞赋转繁,众家之集,日以滋广,晋代挚虞,苦览者之劳倦,于是采摘孔翠,芟剪繁芜,自诗赋下,各为条贯,合而编之,谓为《流别》。是后文集总钞,作者继轨,属辞之士,以为覃奥,而取则焉。"②《四库全书总目》总集类序则进一步归纳了总集的两大功能:"文籍日兴,散无统纪,于是总集作焉。一则网罗放佚,使零章残什,并有所归;一则删汰繁芜,使莠稗咸除,菁华毕出。是固文章之衡鉴,著作之渊薮矣。"③无论是"网罗放佚",还是"删汰繁芜",都是为了"属辞之士"的"取则",也都具有文体学的意义。

总集是"众家之集"的汇聚,其编纂的核心因素则是文体。依据所收文体类别的不同,总集可区分为多体总集和单体总集两大类,《隋书·经

---

① 如郭英德《中国古代文体学论稿》(北京大学出版社2005年版)、吴承学《明代文章总集与文体学——以〈文章辨体〉等三部总集为中心》(《文学遗产》2008年第6期)和《宋代文章总集的文体学意义》(《中国社会科学》2009年第2期)、任竞泽《宋代文体学研究论稿》(商务印书馆2011年版)等。
② 《隋书》卷三五《经籍志四》,第1089—1090页。
③ 《四库全书总目》卷一八六,第1685页。

籍志》总集类就是按照这一顺序先后排列的。以《文章流别集》和《文选》为代表的多体总集(有的学者称之为《文选》类总集),其文体学意义已得到较多的关注和挖掘,而大量单体总集却尚未引起充分注意。本文试以唐宋元时期为例,对这类单体总集的文体学意义进行梳理和分析,以探索其在古代文体学发展史上的作用和影响。

## 唐宋元单体总集编纂概貌

单体总集编纂缘起甚早,东汉王逸编纂《楚辞》,"集屈原已下,迄于刘向,逸又自为一篇,并叙而注之"①,已肇其始。只是《隋书·经籍志》将《楚辞》类与别集、总集并列,掩盖了其单体总集的性质。以下先对唐前单体总集编纂的情况作一简单回顾。

唐前四部文献的流传情况主要体现在《隋书·经籍志》的著录之中。考《隋书·经籍志》总集类共著录总集一百零七部,加上"梁有"(即梁代阮孝绪《七录》曾著录而编纂《隋书·经籍志》时已亡佚的)的则共计二百四十九部。从《文章流别集》至《文章始》共二十四部,加上"梁有"已亡的则为三十三部,均为多体总集(包括《文心雕龙》《文章始》等文论)。而《赋集》以下直至《法集》二百余部均为单体总集,其汇集的文体依次为赋、封禅、颂、诗、乐府、箴铭、诫训、赞、七、吊文、碑、论、连珠、杂文、诏、表奏、露布、启、书、策、俳谐文等二十余种,其中以赋、诗、乐府、诏、碑、表奏等体数量最多。这些单体总集除了《玉台新咏》等极少数流传下来外,大多散佚不传,难见其实况,但从《隋书·经籍志》的著录看,可注意的有两点:一是单体总集的数量远大于多体总集,可见单体总集的编纂是基础;二是从总集名判断,"网罗放佚"的单体总集多于"删汰繁芜"的,可见其功能尚以汇聚作品为主。此外,其著录编排有序,反映了唐初编修《隋书》时学者对总集体例的观点。

承继六朝总集编纂的传统,唐代的总集编纂继续呈现旺盛的态势,并

---

① 《隋书》卷三五《经籍志四》,第1056页。

有一些新的拓展。《新唐书·艺文志》著录的唐人所编总集约一百种,但实际数量远不止此。卢燕新在吴企明《唐音质疑录》、陈尚君《唐人编选诗歌总集叙录》等研究成果的基础上,进一步详考文献,考定唐人编选的诗总集一百七十四种,文总集五十八种,二者总计二百三十余种,另有待考的约八十种。① 这些唐人编纂的总集中,多体总集仍占少数,主要为《文选》的音、注和拟、续,以及《芳林要览》《丽正文苑》《文馆词林》等新编总集;而单体总集占据了其中的大多数。单体总集中,又以诗总集数量居绝对优势,其余文体仅涉及诏、策、表、奏等公文文体,这与《隋书·经籍志》中著录的六朝单体总集有很大的不同。

由于唐诗创作的高度繁荣,从初唐至晚唐,各类唐诗选编本层出不穷,留存至今的尚有佚名《搜玉小集》、殷璠《河岳英灵集》、芮挺章《国秀集》、元结《箧中集》、高仲武《中兴间气集》、令狐楚《御览诗》、姚合《极玄集》、韦庄《又玄集》、韦縠《才调集》等十余种。② 这些选本多为选编者根据自己的诗歌主张和爱好编成,大多关注诗坛风会和审美趣味,从文体演变角度切入的不多,仅有倪宥的《文章龟鉴》等个别总集着眼于文体。③ 另一类十分繁盛的单体总集为诗人唱和集,仅《新唐书·艺文志》著录的就有《元白继和集》《刘白唱和集》《名公唱和集》等二十种之多,它们多为汇聚作品,而不涉文体辨析。此外通代的诗歌总集如惠净《续古今诗苑英华集》、刘孝孙《古今类聚诗苑》、郭瑜《古今诗类聚》等,数量也不多。

两宋的诗文创作继续繁盛发展,在文人别集数量大增的基础上,宋人总集编纂较之唐代更有许多新的开拓。《宋史·艺文志》著录的宋人所编总集约二百五十种,其中大部分已佚。祝尚书《宋人总集叙录》著录存世的宋代总集八十五种,附录《散佚宋人总集考》又著录一百八十种,二

---

① 参见中国人民大学2009年卢燕新博士学位论文《唐人编选诗文总集研究》,指导教师傅璇琮。
② 中华书局上海编辑所1958年曾将上述九种选本加上《唐写本唐人选唐诗》一种合编为《唐人选唐诗(十种)》出版,傅璇琮1996年出版有《唐人选唐诗新编》,在上述九种基础上增补《翰林学士集》《珠英集》《丹阳集》《玉台后集》四种,共十三种。
③ 《新唐书·艺文志》著录倪宥《文章龟鉴》一卷。郑樵《通志·艺文略》第八注:"唐倪宥集前人律诗。"

者相加之数与《宋史·艺文志》略同。在八十五种存世总集中,多体总集近三十种,单体总集五十余种。单体总集中,诗总集仍占半数以上,另有词总集十一种、古文总集七种,其余涉及的文体有诏令、奏议、碑志、论策、判文、回文、四六等,其文体较之唐代有较大扩展。①

宋代诗总集的编纂有许多新的发展:在唐代诗人唱和集的基础上,发展出流派诗总集,如《九僧诗集》《西昆酬唱集》《江西宗派诗集》《四灵诗》《江湖集》等;编纂出许多专体诗总集,如《万首唐人绝句》《瀛奎律髓》《乐府诗集》等绝句、律诗、乐府诗总集,《昆山杂咏》《京口诗集》等地域诗总集,《增广圣宋高僧诗选》《洞霄诗集》等僧道诗总集,以及题画诗集(《声画集》)、动植物诗集(《重广草木鱼虫杂咏诗集》)、诗集附诗话(《诗林广记》)等等。这些总集兼及诗体和题材,门类繁多,富于开创性。宋代词体创作呈现一代之盛,《草堂诗余》《乐府雅词》《阳春白雪》《花庵词选》《绝妙好词》等词总集的编纂层出不穷,更出现了《百家词》《典雅词》等大型词集丛刊。单体文总集中,除了传统的诏令、奏议集外,值得注意的有三类:一是一系列题为"古文"的总集的产生,如《古文关键》《崇古文诀》《古文集成》等,标志着"古文"作为一类文体已被文坛接受;二是四六文总集如《三家四六》《四家四六》等不断汇聚,反映了四六与古文逐渐分疆的现实;三是科举文体总集的大量刊印,如《论学绳尺》《十先生奥论》《擢犀策》《擢象策》《指南赋经》《指南论》《宏词总类》等,说明文章总集的应用性越来越受到社会的重视。宋代单体总集编纂的不断拓展,体现出个别文体研究的不断深入。

元代承袭两宋,总集编纂又有新发展。明修《元史》未立《艺文志》,清人钱大昕撰《元史艺文志》,补录元代文献,兼及辽、金之作。其集部总集类共著录八十余种,而骚赋、制诰、科举、文史、评注、词曲均另外立类,其中亦有大量实为总集者,如《古赋辨体》《论范》《策学统宗》《朝野新声太平乐府》《花草类编》等。故元代虽立国时间较短,但总集数量依然可观。

---

① 参见祝尚书《宋人总集叙录》,中华书局2004年版。

元人总集之中，除了元好问《中州集》、苏天爵《国朝文类》、郝经《原古录》等多体总集之外，单体总集仍占多数。除了大量的地域集、流派集和唱和集，值得注意的是较多的唐代诗集，如《唐诗鼓吹》《唐诗选》《唐音》等，尤其是《唐宋近体诗选》《三体唐诗》《唐律体格》等，明显着眼于诗体，说明辨体乃为元代的潮流，而《古赋辨体》更成为赋体辨析的力作。此外《论范》《策学统宗》《事文类聚翰墨大全》《万宝书山》等科举类、应用类单体总集也值得关注。

从以上概述可以看出，唐、宋、元三代单体总集编纂的发展趋势有二：从"网罗放佚"、汇聚作品，逐步向细分类别、鉴体辨体发展；从"删汰繁芜"、提供赏鉴，逐步向探讨规律、适于应用发展。这两方面的趋势，都指向"属辞之士""取则"的需求，至于其在文体学发展史上的意义，还需要作进一步具体、深入的探析。如果说，多体总集尤其是《文选》类总集的编纂，体现了编者对各种文体类别、性质及相互关系等的全面探索，那么，单体总集的编纂更多地表现出编者对个别文体的细类、特点乃至具体作法的深入探究。对全部文体的宏观把握固然是文体学不可或缺的内容，但对个别文体的深入观察同样是文体学的重要组成部分。单体总集编纂的文体学意义主要体现在以下几方面。

## 单体总集编纂促进了文体研究的细化深入

单体总集选录作品的体制，可以细分为系人（作者）、系时（时代）、分类（题材）、分体（体裁）等多种形式。如《唐人选唐诗》中的总集，大都以诗人为纲，每人选录若干首诗作；《古赋辨体》则按照赋体发展历程，将其划分为几个阶段分别选录代表作品；《瀛奎律髓》将唐宋律诗依不同题材分为四十九类，每类下选录若干作品；《松陵集》将诗歌区分为若干细类，再分别选录诗作：这些均是不同体制的单体总集之例。从文体学的角度着眼，这些单体总集对文体研究的深入主要有四个方面：

首先，细化文体分类。以诗体分类为例，自六朝后期"新体诗"逐渐形成,到初唐时期近体诗的成熟,诗歌体类渐趋完备。但是,诗歌体类的确立和定名,则要到中晚唐时期。唐人选编的唐诗集通常以人系诗,并不分类或分体。专门研究唐代诗集的万曼先生在《唐集叙录》中说:"大抵唐人诗集率不分类,也不分体。宋人编定唐集,喜欢分类,等于明人刊行唐集,喜欢分体一样,都不是唐人文集的原来面目。"①韩愈长庆四年(824)冬去世后,其门人李汉编定韩集,作《昌黎先生集序》,称:"遂收拾遗文,无所失坠。得赋四、古诗二百一十、联句十一、律诗一百六十、杂著六十五、书启序九十六、哀词祭文三十九、碑志七十六、笔砚《鳄鱼文》三、表状五十二,总七百,并目录合为四十一卷,目为《昌黎先生集》、传于代。"②李群玉大中八年(854)上呈《进诗表》称:"谨捧所业歌行、古体、今体七言、今体五言四通等合三百首,谨诣光顺门,昧死上进。"③这是唐代别集中较早区分诗歌体类的例子。可以说,李汉、李群玉已将诗坛上早已认同的诗体分类贯彻到了别集的编纂中。而稍后编成于晚唐咸通年间的单体总集《松陵集》则将这一诗体分类进一步固定下来。《松陵集》是晚唐诗人皮日休咸通十年(869)前后任苏州刺史从事时与陆龟蒙的唱和诗集,"凡一年,为往体各九十三首,今体各一百九十三首,杂体各三十八首,联句问答十有八篇在其外,合之凡六百五十八首"④。极为可贵的是,皮氏在《松陵集序》中对春秋以降诗体的沿革作了详细回顾:"春秋之后,颂声亡寝,降及汉氏,诗道若作……盖古诗率以四言为本,而汉氏方以五言、七言为之也……逮及吾唐,开元之世易其体为律焉,始切于俪偶,拘于声势……由汉及唐,诗之道尽矣。"⑤《松陵集》的编排是卷一至卷四为"往体诗"(即古体诗),卷五为今体五言诗,卷六至卷八为今体七言诗,卷九为今体五七言诗,卷十为杂体诗,这样的编排顺序体现了诗体的发展历程,也成为后来诗集分体的一般规则。皮氏在卷十"杂体诗"前撰有《杂体诗

---

① 万曼《唐集叙录》之《韦苏州集》叙录,中华书局1980年版,第87页。
② 韩愈撰,马其昶校注《韩昌黎文集校注》卷首,第2页。
③ 《全唐文》卷七九三,第8317页。
④ 皮日休、陆龟蒙《松陵集》卷首,文渊阁《四库全书》本。
⑤ 同上。

序》一篇,更对各类杂体诗的缘起和发展作了全面考察,文中提及的杂体诗有联句、离合、反覆、回文、叠韵、双声、短韵、强韵、四声诗、三字离合、全篇双声叠韵、县名、药名、建除、六甲十二属、卦名、百姓、鸟名、龟兆、藁砧、五杂组、两头纤纤等二十余种,并称:"繇古至律,繇律至杂,诗尽乎此也。"①这两篇诗体学的重要文献,体现了皮日休对诗体分类的自觉探索,并带有总结性,为区分到唐代已成熟定型的诗歌体类奠定了基础,在文体学上值得充分重视。单体总集编纂对文体分类细化的作用在这里体现得十分典型。又如宋末元初的方回所编《瀛奎律髓》是一部专选唐宋律诗的总集。它沿袭《文选》在诗赋各体下再按题材分类的传统,将唐宋律诗依题材(少量依作法)分为登览、朝省、怀古、风土、升平、宦情、风怀、宴集、老寿、春日、夏日、秋日、冬日、晨朝、暮夜、节序、晴雨、茶、酒、梅花、雪、月、闲适、送别、拗字、变体、着题、陵庙、旅况、边塞、宫闱、忠愤、山岩、川泉、庭宇、论诗、技艺、远外、消遣、兄弟、子息、寄赠、迁谪、疾病、感旧、侠少、释梵、仙逸、伤悼共四十九类,每类前冠以小序评述,其类目较之《文选》大大细化,更有助于分类揣摩作品。至于《文章正宗》将"明义理、切世用为主"的文章,以"其体本乎古,其指近乎经"的原则区分为辞命、议论、叙事、诗赋四类,②更是一反传统的功能分类法,而主要着眼于文章的表现手法,更是古代文体分类史上的一大创新,对后世产生了深远影响。

其次,梳理文体发展。每种文体都有萌芽、生长、定型、发展的历程,对成熟文体发展过程的梳理,是文体研究深入的重要内容之一,《文心雕龙》文体论"原始以表末"一项讨论的就是这一过程。用文集选录作品可以使这样的梳理更为直观,能更好地指导写作。但是,别集和多体总集都不适合承担这一任务,只有单体总集最适合进行梳理文体发展过程的工作。前述《松陵集》就是将诗体沿革的探讨和作品的编选结合在一起。更为典型的例子则是元代祝尧所编纂的《古赋辨体》。祝氏述其编纂宗旨是"因时代之高下而论其述作之不同,因体制之沿革而要其指归之当

---

① 《松陵集》卷一〇,文渊阁《四库全书》本。
② 参见真德秀《文章正宗纲目》,《文章正宗》,文渊阁《四库全书》本。

一",从而达到"由今之体以复古之体"的目的。全书以《诗》为赋体源头,强调"诗人之赋"的特征是"吟咏性情";《诗》以下,赋体的发展历经楚辞体、两汉体、三国六朝体、唐体、宋体几个阶段,其中"骚人之赋"尚能"发乎情""形于辞""合于理",其后的"词人之赋"则愈趋追逐辞与理,完全丢弃了诗人之义;失之情而尚辞不尚意的演变为俳体赋,失之辞而尚理不尚辞的演变为文体(即散体)赋,而俳体中又衍生出律体赋,"俳者律之根,律者俳之蔓"。祝氏大力倡导"祖骚而宗汉"的古体赋,强调"欲求赋体于古者必先求之于情,则不刊之言自然于胸中流出,辞不求工而自工,又何假于俳;无邪之思自然于笔下发之,理不求当而自当,又何假于文"。①全书以情、辞、理串起赋体的演变线索,并以之为标准,将赋体体式区分为古赋、俳赋、律赋、文赋诸类,并对各阶段体现体式变迁的代表作进行评点,体现了编纂者鲜明的宗旨。《古赋辨体》通过梳理文体沿革,总结其演变规律,通过作品编选,达到辨析文体的目的,四库馆臣评价其"采摭颇为赅备""于正变源流,亦言之最确"②,从而成为赋体研究的经典性著作,也为用编纂总集深入研讨文体的形式树立了典范,对后代文体学产生了重要影响。

再次,探索文体作法。研讨文体的根本目的是指导文章写作,单体总集能在选录某种文体范文的基础上,深入探索这种文体的作法,从而起到多体总集难以起到的作用。这方面的典型例子是宋代魏天应编、林子长注的《论学绳尺》。宋代科举考试文体中,试论所占的比重越来越大,甚至还延伸到部分铨选考试,"当时每试必有一论,较诸他文应用之处为多"③。因此,《十先生奥论》《指南论》《宋贤良分门论》等试论选本层出不穷,而《论学绳尺》则在编选试论范文时,从写作角度区分为七十八格,如"立说贯题格""贯二为一格""推原本文格"等,并通过题注、夹注、尾评等形式加以详尽的评说,用以指导模仿写作,所谓"专辑一编以备揣摩之

---

① 参见《古赋辨体》卷首及各卷小序,文渊阁《四库全书》本。
② 《四库全书总目》卷一八八《古赋辨体》提要,第1708页。
③ 《四库全书总目》卷一八七《论学绳尺》提要,第1702页。

具"①。这种形式的实质,是将传统的"诗格""文格"类著述体式,融于总集编纂中,将研读具体作品和探索文体作法结合在一起,从而将总集指导文章写作的文体学意义发挥到极致;又因为它着眼于单种文体,更能做到集中和深入,避免泛泛而论,因此效果更为明显。类似的例子还有宋代周弼的《三体唐诗》。所谓"三体",指七言绝句、五言律诗和七言律诗。周氏将律诗句法区分为虚、实两种,抒情为虚,写景为实,认为一首诗内须虚实搭配。据此,他将七绝和五律各分为七格,七律分为六格,分格系诗,汇成一部诗选。这种分体、分格选诗的意图,也是深入探究诗歌作法,用以指导写作。四库馆臣认为,其所列诸格虽"不足尽诗之变,而其时诗家授受,有此规程,存之亦足备一说"②。

最后,集成成熟文体。古代文体的演进发展,呈现出十分复杂的情形。有的文体形成后就一直"热门",创作不断,历久不衰,如古体诗、近体诗、词以及社会生活中常用的一些实用文体,但有些成熟文体则因为环境变迁、本身局限等各种原因,在经历了创作高潮期后就逐步走向衰歇。而这类文体的集成总结工作,往往由单体总集来承担。宋代郭茂倩的《乐府诗集》即是一个典型的例子。乐府诗由于与音乐和乐府机构的特殊关系,在古代诗歌中成为一种相对独立的体类,《文心雕龙》有《乐府》篇对此进行了专题论述。但其后南北朝乐府和唐代新乐府又有新的发展,只是自晚唐词体成熟后,乐府诗的创作渐趋式微,后人偶有仿作,已难成气候。《乐府诗集》对历代乐府诗创作进行了全面梳理,并按照其音乐特性分为郊庙歌辞、燕射歌辞、鼓吹曲辞、横吹曲辞、相和歌辞、清商曲辞、舞曲歌辞、琴曲歌辞、杂曲歌辞、近代曲辞、杂歌谣辞、新乐府辞十二类,分题集成其作品,并用小序和题解的形式探讨其源流演变,评论其代表作品,使之成为一部集大成的乐府诗总集。《四库全书总目》称:"是集总括历代乐府,上起陶唐,下迄五代……其解题征引浩博,援据精审,宋以来考乐府

---

① 《四库全书总目》卷一八七《论学绳尺》提要,第1702页。
② 《四库全书总目》卷一八七《三体唐诗》提要,第1702页。

者无能出其范围……诚乐府中第一善本。"①此外如宋代桑世昌编《回文类聚》,汇聚历代回文作品,并在序文中考述其源流、体制,也是回文这一特色文体的集成之作。

## 单体总集编纂开拓了文体研究的创新体式

古代文体学源远流长,唐前文体论著的体式主要有以下几类:一是经史注疏、论文著述中的片言只语,这是文体论的早期形态;二是诗文、著述序等专文,如傅玄《七谟序》和《连珠序》、萧统《文选序》等;三是总集编纂附专论,如《文章流别集》及《文章流别论》、《翰林集》及《翰林论》等(根据《隋书·经籍志》的著录,总集与专论应是分别单行的);四是文体学专著,如蔡邕《独断》、任昉《文章始》、刘勰《文心雕龙》等,其中《文心雕龙》尤为体大思精的集大成著作。唐宋元三代,随着文体学的繁荣,文体论著的体式也有新的拓展,如诗词文话以及诗格、赋格等,但开拓创新最为明显的则体现在各类总集的编纂中。

由于多体总集多承袭《文选》传统,面广体多,往往只是分体系文,排比作品,其文体学价值主要集中在文体分类领域;而单体总集则体类单一,便于细化深入,因而其体式的变化层出不穷,其价值也向文体学的多个领域拓展。单体总集开拓的文体研究新体式有下述几种:

一、首冠总论。在总集卷首冠以总论,对该类文体的渊源流变、代表作品、写作要领等进行论述,起到提纲挈领的作用,可以更好地引导读者结合选录的作品,反复咀嚼揣摩,把握规律。这一总论可以由编者自撰,也可辑录前贤的相关论述而成。编者自撰总论的如《古文关键》卷首有吕祖谦撰《看古文要法》一篇,分为"总论看文字法""论作文法""论文字病"三部分,对如何阅读所选各家文章的原则和要点,以及应领会的具体作文手法、文字病犯作了要言不烦的提示。又如前引《文章正宗》卷首亦有编者真德秀自撰《文章正宗纲目》一篇,揭橥出全书"所辑以明义理、切

---

① 《四库全书总目》卷一八七《乐府诗集》提要,第1696页。

世用为主,其体本乎古,其指近乎经"的选文主旨,并分别对辞命、议论、叙事、诗赋四大类文体进行了总括性的概述。《论学绳尺》卷首的总论《论诀》一卷,则属于辑录型,它包括《诸先辈论行文法》(辑录吕祖谦、戴溪、陈亮等八人相关论述)以及《止斋陈傅良云》《福堂李先生〈论家指要〉》《欧阳起鸣〈论评〉》《林图南论行文法》五部分共计十二人对于试论结构体制方面的论述,核心是确立试论的"定体""定格"作为写作的绳尺,从而为以下的数十格范文起到纲举目张的作用。

二、分列序题。序为小序,题为题解,分别列于总集各类(卷)、各组(题)作品之前,对该类、该组作品的流变、特征等进行概括,更具体地指导阅读,可以看作是总论以下的分论。总集的这种体式在唐代尚不多见,宋代开始较多出现。如谢枋得《文章轨范》七卷,各卷前均有简要小序,提示本卷选文的特色和需要关注之点。郭茂倩《乐府诗集》于十二类乐府诗之前,各撰小序详述其源流沿革,又在不少乐府诗题之前,再用题解考述诗题的来龙去脉及代表作品。方回的《瀛奎律髓》则针对四十九类律诗题材,各撰成小序发掘其内涵,画龙点睛,要言不烦。最为典型的则是祝尧的《古赋辨体》,该书"假文以辨体",并将小序和解题同选文结合起来,以"辨体"为核心,小序着重梳理各类赋体的沿革流变和相互关系,解题则紧密结合作品展开细致的辨析,两者相互补充,相互印证,共同构成一个体系严整、富于深度的辨体批评体系。《古赋辨体》一书对明代以后总集的辨体批评产生了深刻的影响。分列序题的体式,其实是承袭了《文章流别集》和《文章流别论》的传统,并在此基础上将选文和附论合为一体,依体立论,就文辨体,从而成为文体学著述的重要体式。①

三、添加批点。批注评点是在作品篇首或篇末针对全篇的批评文字,以及篇中针对段落、文句、字词的注释、点评文字。这类体式始于吕祖谦编《古文关键》,《直斋书录解题》云:"吕祖谦所取韩、柳、欧、苏、曾诸家

---

① 参见吴承学《论"序题"——对中国古代一种文体批评形式的定名与考察》,《文艺理论研究》2012年第6期。

文标抹注释,以教初学。"①此后问世的《崇古文诀》《文章正宗》《文章轨范》等古文选本,大多承袭这一体式,普遍添加批注标抹。这种体式进而在其他诗文选本及小说、戏曲文本中使用,成为富有鲜明特色的文学批评形式。② 这些批点往往关注作文技法,亦有部分着眼于文体,如《古文关键》评韩愈《谏臣论》为"意胜反题格","是箴规攻击体,是反题难文字之祖",评柳宗元《捕蛇者说》为"感慨讥讽体";③《崇古文诀》评刘歆《让太常博士书》"辨难攻击之体峻洁有力",评王禹偁《待漏院记》"句句见待漏意,是时五代习气未除,未免稍俳,然词严气正,可以想见其人,亦自得体","似箴体"。④ 这类批点或揭示体性,或辨析语体,或比较体裁,广泛涉及文体研究诸领域,较之总论、序题,是更为具体、细致的文体辨析和批评。

以上几类文体研究的创新体式,其共同特点是密切结合作品文本研讨文体,无论是总论、序题还是批点,都是将总集所选文章,从文体学的角度展开研究,从而促使文体研究走向具体化、精细化,避免泛泛而谈。宋代以降,总集的编纂形式大为丰富,创新鲜明,其文体学价值得到了深入一层的开掘。

## 单体总集编纂标志着新兴体类的确立认同

文体的发展历程,一般都经历了萌芽初创、成长成熟、定型确立等阶段,然后进入创作繁盛期,产生一批代表作品。单体总集的编纂,或网罗放佚,汇聚作品,或删汰繁芜,选留精品,往往成为新兴文体确立并取得文坛最终认同的重要标志。唐前大多数成熟文体,都在《隋书·经籍志》中有多种单体总集的著录,即是一个明证。唐宋时期词体和古文总集的兴起,也典型地体现了这一文坛的规律。

---

① 《直斋书录解题》卷一五,第451页。
② 参见吴承学《现存评点第一书——论〈古文关键〉的编选、评点及其影响》,《文学遗产》2003年第4期。
③ 吕祖谦编《古文关键》卷上,文渊阁《四库全书》本。
④ 楼昉编《崇古文诀》卷七、卷一六,文渊阁《四库全书》本。

成熟于晚唐的词体,其最早的集结形式,不是别集,而是总集。吴熊和《唐宋词通论》说:"唐宋词籍中,以总集问世最早,总数不下数十种。重要的总集,为词开宗传派,影响甚巨。《花间集》宋时被视为'近世倚声填词之祖'。它与《草堂诗余》在明时同是学词的入门之书。即使是名家词,亦往往因载入总集而流传更广。中小词家则更依赖总集而其名其词得以传世。总集的这种作用,不是一般别集所能替代的。"①可以说,词体的确立和被认同,是以最早的一批词体总集如《云谣集》《花间集》《尊前集》《金奁集》的问世为标志的,这批总集都是作为唱本出现的,其性质都是当时的歌曲集,编纂目的在于满足应歌的需要,因为词体本就是适应配合燕乐演唱的需求而逐步形成的。其后,才有词别集乃至词集丛刊的大量涌现,而南宋时期《复雅歌词》《乐府雅词》《阳春白雪》《绝妙好词》等大批词总集的编纂,"大多则专尚文藻,目的在于尊体与传人传词"②。

　　作为文章体类概念的"古文",其确立和被文坛认同,也是同一大批明确题为"古文"的文章总集的诞生紧密联系在一起的。③ 吴承学曾在《宋代文章总集的文体学意义》一文第二节"从总集看宋人的古文观念"中对宋代"古文"的内涵作了精彩的阐述④,见解独到,极具启迪性。笔者拟从"古文"作为文类的角度再作申发。

　　唐代韩愈在复兴儒学的旗帜下开始文体革新,创造了"古文"这一新的文章体类,并在骈文主导的文坛上争得了一席之地。但作为新体类的"古文"还缺少明确的界定,因而韩门弟子或尚理,或尚奇,偏离了正确的轨道,终使古文创作衰落下去。北宋欧阳修再倡古文,他较好地处理了文

---

① 吴熊和《唐宋词通论》,浙江古籍出版社1985年版,第328页。
② 同上。
③ 宋代文坛逐步形成了古文、四六、时文三大文类,并分别编有多种对应的总集,宋文文体学也相应地分为三类展开,故本文将它们均作为宋文特殊层次的体类看待,对应总集也归入"单体总集"概念范畴。
④ 吴承学提出"宋人古文选本的'古文'一词,不过是古雅文章之含义而已,在文体上没有太明确的限定与排它性,它差不多可以包含多数的文体",认为古文选本并不强烈地排斥骈体文,其中唐宋文的分量明显重于秦汉文,又开始从子、史两部选录文章,扩展经典,"古文"与当时科举考试所用的"时文"关系相当密切。《中国社会科学》2009年第2期。

与道的关系、散体与骈体的关系,摒弃艰涩险怪的倾向,倡导平易流畅的风格,并身体力行,奖拔后进,与他们一起用创作实绩探索"古文"的体类规范。但由于北宋党争尤其是后期"元祐党禁"的压制,以欧、苏为代表的宋代古文虽然已占据了主导地位,但尚未取得社会的权威认同。古文主要是与骈体相对立的语体概念,其作为新兴体类的外延和内涵仍未确立。

从南宋乾道、淳熙年间至宋末元初,题名为"古文"(或题"文章")的一批总集相继问世,今可确考的约有八种(略按时间顺序排列):吕祖谦《古文关键》二卷、楼昉《崇古文诀》三十五卷、真德秀《文章正宗》二十卷《续集》二十卷、汤汉《妙绝古今》四卷、《敷斋古文标准》、王霆震《古文集成前集》七十八卷、谢枋得《文章轨范》七卷、黄坚《古文真宝》二十卷。①这些选本对古文的理解并不完全相同,其选文标准的演变反映了人们对"古文"这一体类概念认识的不断深化。

第一部题为"古文"的总集是吕祖谦所编的《古文关键》。吕氏为主编《皇朝文鉴》(即《宋文鉴》)的文章大家,他为初学者选录了唐代韩愈、柳宗元和宋代欧阳修、苏轼、苏洵、苏辙、曾巩、张耒共八家以议论类为主的文章六十余篇,并首创评点标注②,题为《古文关键》,体现了他对"古文"范围、性质、特点的认识。随后其弟子楼昉所编的《崇古文诀》选文达二百余篇,时间前溯到先秦、两汉和六朝,但仍以唐、宋大家为主,文体包含少量辞赋和骈体,类别除议论文外拓展到记叙文、抒情文,显示其"古文"观念有了大大的拓展。其后,真德秀的《文章正宗》首次将经、史典籍(如《左传》《穀梁传》《公羊传》《国语》《战国策》《史记》《汉书》《后汉书》)中的部分段落辑出成文,作为文章的源头经典,且数量大大超过唐代(其不选宋文),另外又选入不少古体诗赋。汤汉的《妙绝古今》则将选

---

① 以上八种古文总集大多著录于《四库全书总目》,惟《敷斋古文标准》已佚,王霆震《古文集成前集》选录其批点的古文约二十篇,敷斋名字待考;又黄坚《古文真宝》国内少见,但流传至日本、韩国,影响极大,有熊礼汇点校《详说古文真宝大全》(湖南人民出版社2007年版)。

② 参见吴承学《现存评点第一书——论〈古文关键〉的编选、评点及其影响》,《文学遗产》2003年第4期。

文进一步扩展到《孙子》《列子》《庄子》等子书的节录篇章。其他古文总集的选文标准多在这些基础上有所增损。

总括起来看,宋代多种"古文"总集体现的"古文"体类概念虽各有特点,但其外延和内涵大体包括:以时间论,古文主要包括先秦两汉和唐宋时期的文章,魏晋六朝仅有极少数篇章入选;以作品论,古文主要以汉、唐及北宋的作家作品为主,上溯先秦经、史、子典籍中部分节录成文的篇章,下及部分南宋作家作品,而尤以"唐宋八大家"的作品为典范,韩、柳、欧、苏四家所占比重最重;以语体论,古文主要以单句散行的散体行文,但不排斥文中穿插俪语偶句,个别通篇骈体的篇章甚至部分古体诗歌,也可包含在古文之中;以体裁论,古文包括了流行的大部分文体,与四六类和时文类文体也有部分交错(如表、启、策、论等);以内容论,古文以阐明儒道为主要思想倾向,但也不绝对排斥掺杂佛、道思想的篇章;以表现手法论,古文广泛使用议论手法,但叙事、抒情也多有发展,并常有多种手法的融合;以总体风格论,古文以"雅正"风格为主导,也包容多种风格的存在,但排斥浅俗、柔靡、雕琢的倾向。

由于古代文论向来缺乏对概念的明晰界定,宋代"古文"概念经历了由语体向文类的发展过程,由上述古文总集逐步发展和确立起来的"古文"体类渐渐为文坛所认同,并继续于元、明、清三代沿用不绝。元代吴福孙《古文韵选》,明代归有光《文章指南》,清代蔡世远《古文雅正》、徐乾学等奉敕编《古文渊鉴》、方苞《古文约选》、姚鼐《古文辞类纂》、吴楚材《古文观止》等一大批古文总集涌现出来,虽然各家选文仍有差异,但依据的共同标准则不出宋代古文总集所涵盖的古文概念。从这个意义上说,"古文"体类的确立,确是宋代古文总集编纂者共同努力的结果,并深深影响到元、明、清三代文章体类的发展和文体学的进程。

从上述三方面看,单体总集编纂在唐、宋、元三代的文体学发展史上,具有不容忽视的作用。《文心雕龙》之后,古代文体学再也没有出现过如此体系严整、论述精详的专著,加以骈体文学在文坛上的主导地位逐步被取代,唐、宋、元三代文体学发展中,文集编纂成为举足轻重的形式之一。

其中的单体总集数量众多、体式纷繁,紧密结合作品的选录,多方面细化文体研究,多层次创新研究体式,并促进了新兴体类的确立,成为新的时代条件下文体学深入发展的重要标志,并对明清两代的文体学起着重要的示范作用。本文只是对这一领域的初步梳理和探索,更为深入细致的研究有待于进一步的开掘。

《中山大学学报》2013 年第 5 期

# 宋代文体类聚及相应文体学的兴起

中国古代的文体分类,最初主要是根据其不同功用区分的一些"元文体",如诗、赋、诏、册、制、诰、书、记、序、论等。"元文体"随着自身的发展规律不断演进,人们又往往根据对它们的不同需求进行细分,如将诗根据句式分为四言诗、五言诗、七言诗、杂言诗,将赋根据体制分为骚赋、大赋、小赋等。与此同时,人们根据文体研讨和写作指导的需要,又从不同的角度对"元文体"进行类聚,乃至重新命名,从而引起了一些新文类的产生,如六朝时依据是否用韵将文体区分为文、笔两大类,唐代依据是否符合格律将诗歌区分为古体诗、近体诗两大类等。于是,文体的这些"元文体"名、细分名、类聚名等杂糅在一起,共同组成了古代文体的大家庭。古代文体学研究,从某种意义上说,就是要厘清这些不同层次的文体在文坛上争奇斗艳的繁复局面,并努力探索它们的发展规律。

从一个时代的文体发展着眼,某些文体类聚对把握整个文坛的风会起着特殊的作用,值得文体学研究学者们注意。本文拟探讨宋代古文、四六、时文三大文类的形成和相互关系以及相应的类聚文体学的兴起,从一个侧面说明宋代文体和文体学发展的脉络。

## 宋前文体类聚的历史考察

两汉以降,古代文学逐步摆脱了与经、史、子著述混同不分的局面,开始取得独立的地位。各体文章的大量涌现,各种文集的大批编纂,促进了文体类聚的发达。魏晋六朝时期,形成了古代文体研讨的高潮,《文心雕龙》成为六朝文体学的集大成之作。《文心雕龙》的文体类聚,以"元文体"单独或两两组合为基础立篇,如《明诗》《铨赋》《颂赞》《铭箴》等;其中又有细类的区分,如"诗"体中又分为四言正体、五言流调、三六杂言、离合、回文、联句(见《明诗》),"书记"下又列举谱、籍、簿、录、方、术、占、式、律、令、法、制、符、契、券、疏、关、刺、解、牒、状、列、辞、谚共二十四品(见《书记》);全书文体论依据"有韵为文,无韵为笔"的原则,将全部文体区分为文、笔两大类,展开"论文叙笔",则又反映了六朝文坛对于文体类聚的共识。文类——元文体——文体细类,在《文心雕龙》的文类区分中形成了三个典型的层级。

在文、笔之分以外,六朝文坛还逐步形成了另一种文体类聚,即古体、今体之分。偶对骈句在先秦文学中就已普遍存在,但尚属无意识的自然形成,且不占主导地位。东汉以降,文尚骈俪,经魏晋六朝,先后发展了丽辞、藻饰、使事、声律等因素,形成一种特殊的体式"今文",或称"今体",而视先秦前汉不用骈俪雕饰、自然成文的体式为"古文"。萧纲《与湘东王书》谓:"若以今文为是,则古文为非;若昔贤可称,则今体宜弃。"[1]《周书·柳虬传》称:"时人论文体者,有古今之异。"[2]可知至六朝后期,今体和古体两大基于语言体式的文体类聚已经确立,且今体占据了文坛的主导地位。

由于诗在韵文中的重要地位,六朝时期在"文笔"并称的同时还有"诗笔"并称,如钟嵘《诗品》载世人评价沈约、任昉的创作专长为"沈诗任笔"。唐代随着诗歌创作的更趋繁荣,文坛上诗、笔之分逐步代替了文、笔之分,而从中唐至北宋,由于韩愈古文的影响日增,无韵之作不再称为"笔"而称为"文"了,因而诗、文之分又逐步代替了诗、笔之分。[3] 这与诗、赋被列入唐代科举考试文体,诗格、赋格类著述大量产生,研讨诗赋创作的诗学、赋学均独立成学有直接关系,而诗、赋以外的韵文体裁也逐步被

---

[1] 《梁书》卷四九《庾肩吾传》,第690—691页。
[2] 《周书》卷三八《柳虬传》,中华书局1971年版,第681页。
[3] 参见王运熙、杨明《魏晋南北朝文学批评史》第二章第一节"文笔说",上海古籍出版社1989年版,第203—206页。

归入"文"类了。

唐代文体类聚除了文笔之分逐步向诗笔之分、诗文之分演变外,今体、古体之分也进一步发展。唐代讲求声律的"今体诗"成熟定型,形成律体,后人称之为"近体诗",其创作成为诗坛主流;但不受声律束缚、声调古朴自然的"古体诗"(又称古风、古调、格诗等)也受到部分诗人的青睐,与"今体诗"分庭抗礼。赋体也由六朝的骈赋进一步律化,发展为律赋,并被选为科举文体,风行一时,但模仿汉魏古体的赋作也并未消失。

在散文领域,唐代承袭六朝余绪,讲求对偶、声律的"今体文"继续主导文坛,虽有尊经复古的呼声及零星的创作尝试,但并无明确的"古文"文类概念。韩愈在复兴儒道的旗帜下,大力倡导古文,要求效法先秦前汉时期散行单句、朴素自然的散体之文,并身体力行,努力创作,从理论和实践两方面使古文正式登上了文坛。从文类的角度着眼,韩愈的古文理论和实践有几个特点:一是宣示"愈之为古文,岂独取其句读不类于今者邪?思古人而不得见,学古道则欲兼通其辞,通其辞者,本志乎古道者也"①,并明确提出"修其辞以明其道,我将以明道"②的主张。二是呼吁"惟陈言之务去"③,反对今文的陈词滥调,主张语言的创新,推崇奇崛的风格。三是在文体的使用上,既注意拓展序、记、碑、传等传统文体,又大力开发辨、解、说、释、原、读等适于古文的新文体。韩愈的古文,在今文统治的中唐文坛,是一种文体革新,是一种创新尝试,在当时并不为文坛普遍接受和欢迎。由于柳宗元等同道的呼应鼓吹,古文一时造成了相当的声势,但韩门弟子有的重道,有的尚奇,未能准确把握韩愈古文的精髓,尤其是皇甫湜、樊宗师等矜奇尚怪,古文走入晦涩一途,声势很快衰落下去。晚唐仍是今文的天下,并产生出李商隐这样的今体文大家。李商隐早年"以古文出诸公间",后入幕府,"始通今体",④他在大量的表、启等今体文的写作

---

① 韩愈《题欧阳生哀辞后》,《韩昌黎文集校注》卷五,第304—305页。
② 韩愈《争臣论》,《韩昌黎文集校注》卷二,第113页。
③ 韩愈《答李翊书》,《韩昌黎文集校注》卷三,第170页。
④ 李商隐《樊南甲集序》,刘学锴、余恕诚《李商隐文编年校注》,中华书局2002年版,第1713页。

实践中,将骈偶、藻饰、声律等今体文的特性发挥到极致,成为今体文写作的典范;他还将其文集题为《樊南四六》,强调今体文的句式特征,开创了将今体文称为"四六"的先河。到晚唐五代,古文虽然已在文坛"亮相",但这一文类的概念尚未明晰,也未在文坛取得独立的地位;而今体则仍然占据着文坛,并诞生了四六之名。

综合上述,从魏晋六朝到唐五代,文体类聚主要集中在两方面:一是基于韵、散的文笔之分、诗笔之分到诗文之分,二是基于骈、散的古体、今体之分。两种类聚又相互交错,构成了宋前文体类聚的基本脉络。这一时期是骈体文学形成、发展、成熟乃至占据文坛主导地位的时代,《文心雕龙》的文体学统摄了文坛上的所有文体,集骈文文体学之大成,而唐代古文的兴起,则是传统文体学转型的先兆。

## 宋代文体类聚与三大文类的鼎足

宋前的文体类聚,无论是韵散之分还是骈散之分,大都是以体式作为区分文类的标准,由此形成的不同文类之间的文体区分度也比较高。随着唐代古文的兴起与科举制度的确立,文体类聚的区分标准渐趋多样化,文类格局也因之发生变化。宋代文坛的文体类聚形成了两个基本特点:一方面,韵文文体(诗、词)和散文文体分途发展,诗学、赋学、词学都独立成学,并迅速发展起来,散文(或称文、文章)创作及其研讨明显与韵文区分开来;另一方面,散文领域"古文"和"四六"相互对立,画地分疆,与作为考试文体的"时文"三足鼎立,古文、四六和时文三大文类并存的格局逐步形成。

### 一、宋代三大文类的形成

#### (一) 古文

北宋初年的文坛上,最早倡导古文的是以继承韩愈、柳宗元相标榜的柳开。他旗帜鲜明地提出:"古文者……在于古其理,高其意,随言短长,应变作制,同古人之行事。"①强调古文与儒道的密切关系,但其创作仍是"体近艰涩"②,因此在文坛上影响有限。稍后以杨亿、刘筠等为代表的"西昆派"风靡一时,他们作为台阁重臣,承继李商隐的余绪,尤其在典故、辞藻上下功夫,今体诗文的创作产生了一个高潮。"本朝四六,以刘筠、杨大年为体,必谨四字六字律令,故曰四六。"③与此同时,石介猛烈抨击杨亿等"穷研极态,缀风月,弄花草,淫巧侈丽,浮华纂组"④的柔靡文风,提出"文道合一"的主张。文坛上"古文"和"昆体"俨然形成对垒之势。值得注意的是,此时姚铉"纂唐贤文章之英粹",编成总集《唐文粹》。该书"止以古雅为命,不以雕篆为工,故侈言蔓辞,率皆不取"⑤,成为一部唐代古体诗文的专集。其中专列"古文"一类,收录原、规、书、议、言、语、对、经旨、读、辩、解、说、评等唐代古文家开创的新文体作品近一百九十篇。可见当时文坛对"古文"文体特点的基本认识有三:一是内容以阐扬儒道为原则,二是体制多为短小的议论性文体,三是风格以古雅为规范。

仁宗年间,欧阳修崛起并逐渐领袖文坛,他结合自己的创作经历,对唐宋以来的文体类聚作了全面梳理,奠定了宋代三大文类鼎立的基础。欧阳修早年应试科举,"学为诗赋,以备程试"⑥。进士及第后,他"官于洛阳,而尹师鲁之徒皆在,遂相与作为古文……其后天下学者亦渐趋于古,而韩文遂行于世"⑦。欧阳修倡导古文,始于学韩,但又有自己的特点。他主张"道胜者文不难而自至"⑧,又强调"道"的现实性和实践意义,所谓"其道易知而可法,其言易明而可行"⑨。他既反对"西昆体"骈文浮夸柔靡的文风,也反对"太学体"古文艰涩怪癖的文风,提倡平易通达、流畅自

---

① 柳开《应责》,《河东集》卷一,文渊阁《四库全书》本。
② 《四库全书总目》卷一五二《河东集》提要,第1305页。
③ 邵博《邵氏闻见后录》卷一六,中华书局1983年版,第124页。
④ 石介《怪说中》,《徂徕集》卷五,文渊阁《四库全书》本。
⑤ 姚铉《唐文粹序》,《唐文粹》卷首,《四部丛刊》本。
⑥ 欧阳修《与荆南乐秀才书》,欧阳修著,洪本健校笺《欧阳修诗文集校笺》卷四七,上海古籍出版社2009年版,第1173页。
⑦ 欧阳修《记旧本韩文后》,《欧阳修诗文集校笺》外集卷二三,第1927页。
⑧ 欧阳修《答吴充秀才书》,《欧阳修诗文集校笺》卷四七,第1177页。
⑨ 欧阳修《与张秀才第二书》,《欧阳修诗文集校笺》外集卷一六,第1759页。

然的古文,并在主持科举考试时,大力奖拔古文后进。经过欧阳修及"欧门"弟子的共同努力,平易流畅的宋代新古文遂风行天下。

与唐代古文兴起之初古文并不为文坛普遍接受相比,宋代散行单句、古朴自然的新古文迅速发展成为文坛的主角,使长期盘踞文坛的以讲求偶俪、藻饰、典故、声律为特征的骈体文章退出了主导地位,文坛风会焕然一新。首先是文体的拓展。宋初《唐文粹》曾以原、规、辩、说等短篇议论性文体为古文的典型文体,而稍后的文坛上,策论、奏议、传状、碑志、序记等传统文体,题跋、尺牍、日记、笔记等新兴体裁,无不使用散体行文,古文文类的文体大为拓展。论政言事、说理论道、言志抒怀、寄情遣兴、叙事记人、状景述游,直至伤悼哀祭、立传树碑等等表达需求,使古文的功能得到了充分的开发。其次是文风的变革。由于骈体文学过于追求文章的形式美感,五代宋初文坛上浮夸柔靡的文风盛行,古文的兴起扫荡了衰靡的气象,带来了古朴清新的风气。同时,部分宋初文人片面复古、追求怪癖艰涩的文风也得到了廓清,平易自然、流畅婉转的古文新风成为文坛的主导风格。再次是创作的繁荣。由于古文写作渗透到社会生活的各个领域,宋代古文的创作极为普遍,今存宋文的总量约为唐文的五倍,如考虑到唐文仍以骈体为主,则宋代古文的数量较之唐代更是达到数十倍。从魏晋六朝至隋唐五代统治文坛六七百年的骈体文,终于让位给宋代的新型古文,从而完成了中国文学史上的一次重大转折。

(二) 四六

在四六文领域,欧阳修开始"以文体为四六",苏轼进一步实行"文章变体",创立了不同于唐体的宋四六新体制。陈振孙谓:"本朝杨、刘诸名公犹未变唐体,至欧、苏,始以博学富文,为大篇长句,叙事达意,无艰难牵强之态。"①与此同时,宋代四六毕竟退出了文坛的主导地位,其文体萎缩至诏制、表启等公文及文人交际的较小范围内。诚如洪迈所言:"四六骈俪,于文章家为至浅,然上自朝廷命令、诏册,下而缙绅之间笺书、祝疏,无

---

① 《直斋书录解题》卷一八《浮溪集》解题,第526页。

所不用。"①虽然四六文在这些特定的领域仍发挥着不可替代的功用,并继续向民间应用方面有所拓展,如发展了青词、疏文、上梁文、婚书、致语等宗教、民俗、娱乐之类的文体,但总体而言,宋代四六被限制在部分实用性文体中使用,已失去了在文坛上与古文争胜的能力,在文人心目中的地位也明显下降,洪迈称其"于文章家为至浅"即是证明。

宋代四六文一个值得注意的趋势是日益向专业化发展,这与朝廷词科的开设直接相关。北宋绍圣年间开始设立"宏词"一科,专门拔擢撰写应用文词的人才,以供朝政的需要。后几经更名,统称词科。词科考试规定的文种,由最初的十类调整固定为十二类,即制、诏、露布、箴、记、颂、诰、表、檄、铭、赞、序;所用体式,大部分规定用四六,有的也可用古今体式;每类文体皆有定格,不得违背。词科吸引了大批文人为跻身这一朝廷清要职位而发愤努力,并促使这些应用文体写作的规范化,四六文写作成为专业化极强的一种晋升手段。此外,笺启写作在四六文中也成为专门,宋代笺启应用领域极为广泛,"岁时通候、仕宦迁除、吉凶庆吊,无一事不用启,无一人不用启。其启必以四六,遂于四六之内别有专门"②。南宋李刘为笺启专家,编撰《四六标准》四十卷,细分为七十一类目,共收笺启之作一千零九十六首,"录而存之,见文章之中有此一体为别派,别派之中有此一人为名家,亦足以观风会之升降也"③。

(三)时文

"时文"一词,原指时下流行文体,唐代已有此用法,但尚未特指科举文体。④ 明确用时文特指科举文体,亦始于欧阳修。他称自己少时"随世俗作所谓时文者,皆穿蠹经传,移此俪彼,以为浮薄,惟恐不悦于时人"⑤。又称"是时天下学者杨、刘之作,号为时文,能者取科第,擅名声,以夸荣当

---

① 洪迈《容斋三笔》卷八,《容斋随笔》,第505页。
② 《四库全书总目》卷一六三《四六标准》提要,第1396页。
③ 同上。
④ 如晚唐刘蜕《上礼部裴侍郎书》:"阁下以古道正时文,以平律校郡士,怀才负艺者踊跃至公。"见《全唐文》卷七八九,第8256页。
⑤ 欧阳修《与荆南乐秀才书》,《欧阳修诗文集校笺》卷四七,第1174页。

世"①。宋初沿袭唐制,科举考试仍以今体诗赋为主,欧阳修将"时文"明确为应试之文,反映了当时的普遍看法。而杨、刘的"昆体"也包括今体诗赋,因此其时的"时文"和"四六"是相通的。正是看到了这类时文的弊病,欧阳修在庆历新政时期奏上《论更改贡举事件札子》,并执笔制定《详定贡举条制》,提出先策论、后诗赋的考试顺序,"变声律为议论",先古文后偶俪,从而开启了宋代科举文体改革的大幕。宋代时文的范围,遂在传统的诗、赋之外,又新增了策、论(后又增经义)。这些新增文体,成为用散体行文的新时文,"时文"专指科举文体的用法,也从此固定下来。

时文被特指为科举文体以后,经历了一系列的变化:进士科考试在熙宁变法之前,逐步由重诗、赋转向重策、论,但两者仍然并存;熙宁变法至北宋末,罢诗、赋,而专以经义、策、论试士;南宋进士科分诗赋、经义两类取士,恢复试诗、赋,继续试经义,同时并试策、论。而制科考试所试文体始终为策、论两种。综合来看,科举考试"变声律为议论"的趋势十分明显,传统的诗、赋体时用时停,而新兴的策、论、经义三种时文后来居上,成为宋代选拔人才的主要考核形式。

宋代文人由于入仕的需要,普遍参与到时文写作之中,不少名人更成为时文大家。如三苏父子均擅长驰骋议论,苏轼、苏辙兄弟更同时在贡举、制举中名列前茅,他们参加应试的大量策、论之文,便成为后代举子的时文范本,被反复编印刊刻。"苏文熟,吃羊肉。苏文生,吃菜羹"的民谣,恰是三苏时文在当时崇高地位的形象反映。至南宋时期,以陈傅良、叶适、陈亮为代表的浙东学者在时文写作和教学中影响极大。陈傅良隆兴初讲学永嘉城南学院时,"以科举旧学,人无异词,于是芟除宿说,标发新颖,学者翕然从之"②。他撰《止斋论祖》《永嘉先生八面锋》等著作指导学生,他的时文被称为"永嘉文体"。陈氏弟子叶适也擅长时文写作,所作策论流传至今的尚有百余篇,在当时被誉为"策场标准"。"叶适《进

---

① 欧阳修《记旧本韩文后》,《欧阳修诗文集校笺》外集卷二三,第1927页。
② 《四库全书总目》卷一七四《止斋论祖》提要,第1541页。

卷》、陈傅良《待遇集》,士人传诵其文,每用辄效。"①陈亮与叶适的文章被合刊为《圈点龙川水心二先生文粹》,其中也以科举时文为主。② 可以说,作为一种特殊的文类,时文与宋代绝大多数文人都有着不解之缘。

由上述可见,宋代古文形成了与韩愈古文风格不同的平易流畅的新古文,四六文开始了"以文体为四六"的新变化,时文用于特指科举文体,并由诗、赋扩展到策、论等新文体,这些新变都与作为文坛领袖的欧阳修的创作理论和实践关系密切。以欧阳修为标志,宋代文坛上古文、四六、时文三足鼎立的局面开始形成,并开始了各自相对独立的发展道路。

**二、三大文类的相互关系**

宋代三大文类的形成是基于不同文体区分标准下的文体类聚的结果。从文类的角度看,三大文类相对独立发展,但从文体层面看,各类属文体相互之间又有着复杂的关系。

**(一)古文与四六**

宋初柳开、穆修、石介等古文家对于骈体文采取了绝对的对立态度,所谓"时以偶俪工巧为尚,而我以断散拙鄙为高,自齐梁以来言古文者无不如此"③,但当时文坛上响应者仍是少数。欧阳修汲取了前代古文家的教训,他倡导的新古文,形成了易奇古为平易、融排偶于单行的体式特点,从而为当时的文人学士普遍接受。由于宋代古文走的是平易路线,因而其使用功能不断拓展,在文坛的地位日益提高,所占的份额迅速扩大;又由于在单行中融入骈句,描写、抒情的手法被普遍采用,古文的表现力也得到进一步提高。较之唐代,宋代古文体式显然更为成熟。与此同时,欧阳修"以文体为四六",使其在叙事达意、遣词造句、用典饰藻,乃至整体风格上向散文靠拢,吴子良所谓"四六与古文同一关键"④,表现出宋代四

---

① 《宋史》卷一五六《选举二》,第3635页。
② 参见王水照、熊海英《南宋文学史》第二章第二节"以古文为法的时文写作",人民出版社2009年版,第127—143页。
③ 叶适《习学记言序目》卷四九,第733页。
④ 吴子良《荆溪林下偶谈》卷二,《历代文话》第一册,第554页。

六与六朝和唐代骈文不同的特色。

宋代古文彻底改变了六朝以来骈体独霸文坛的局面,但并未用古文取而代之,而是形成了古文、四六并存互补、渗透融合的新格局:古文的应用范围大为扩展,无论议论、叙事还是描写、抒情,几乎无施不可,成为社会生活中主导性的体式;四六主要起到宣告的功用,上自朝廷的诏诰制词,下至民间的告语说白,都使用骈语俪句,它的应用范围缩小了,成为辅佐体式,但使用的频率和空间却依然可观。二者并存文坛,各自发挥长处,相互补充,但又不可完全替代。

古文和四六在文体领域既相互竞争以固守地盘,又努力拓展以扩充疆域,这种文体的互动促使二者逐步分疆,它们分别占据了一部分相对固定的文体领域,在社会生活中发挥着各自的作用。论辨、奏议、序跋、书牍、碑志、传状、杂记、祭吊等体类,通常使用古文,而诏敕、制诰、章表、判牍、檄文、露布等朝廷典册,以及笺启、致语、青词、斋文、上梁文、祈谢等告语文体,基本使用四六。它们各司其职,一般不相混用,或整或散,共同满足不同的社会需求。

宋代的古文和四六摒弃了对立状态,在体式上并存互补,在体裁上渐趋分疆,最终在相互消长中渐趋平衡。宋代的文章家,绝少纯粹的古文家,也绝少纯粹的四六文家,往往是既能古文,又能四六,两种文类兼擅并举,各尽其用,这逐渐成为宋代文人的基本素养。

### (二) 古文与时文

由于宋代科举"变声律为议论",策、论、经义很快成为宋代时文的主要文体。试策始于西汉,至唐代科举中仍占重要地位,宋代则延续使用。论是传统的议论文体,试论则始于唐代,宋代科举中普遍使用,与试策并称"策论",是始终必用的两种文体。苏轼称"试之论以观其所以是非于古之人,试之策以观其所以措置于今之世"①,大体上概括了二者的不同作用。经义为熙宁变法后新启用的科举文体,以阐述儒家经典文句的义

---

① 苏轼《谢梅龙图书》,《苏轼文集》卷四九,第1424页。

理为指归,局限在经书中出题。策、论和经义都是议论性文体,适于用散体行文,用于科举之后,广大士子为应试而反复揣摩、训练,从而成为宋代新的时文。

时文的崛起与古文的倡导是同步的。苏轼曾言:"昔祖宗之朝,崇尚辞律,则诗赋之士,曲尽其巧。自嘉祐以来,以古文为贵,则策论盛行于世,而诗赋几至于熄。"①古文大家往往是时文名家,古文的作法与时文的作法是相通的,苏轼就曾指导弟子秦观用古文之法写作时文。"居仁吕公云,秦少游应制科,问东坡文字科纽,坡云:'但如公《上吕申公书》足矣。'故少游五十篇只用一格,前辈如黄鲁直、陈无己皆极口称道之。"②南宋时期,更有不少古文家编选古文选本,实际是为了指导时文写作,第一部古文评点本吕祖谦的《古文关键》就是如此。全书选收韩、柳、欧、三苏、曾巩、张耒八家范文六十余篇,有文字评语,有符号标抹,卷首冠以总论。书中对韩、柳、欧、苏等古文大家都有精要的评点,并提示各篇行文脉络、造语用字的特点,确是为指导写作而编。其中所选文章,论体文将近一半,其余为原、说、辨、议以及书、序、传,绝大部分也都是议论文章,这显然适应了科举考试的需要。后人称"东莱吕子《关键》一编,当时多传习之……观其标抹评释,亦偶以是教学者,乃举一反三之意。且后卷论、策为多,又取便于科举"③,点明了作者的编选意图。其后的《崇古文诀》《文章正宗》《文章轨范》等,也都大体如此。宋末刘将孙认为,时文与古文"文字无二法,自韩退之创为古文之名,而后之谈文者,必以经、赋、论、策为时文,碑、铭、叙、题、赞、箴、颂为古文,不知辞达而已,时文之精,即古文之理也"④。可见在宋人观念中,古文和时文之间并没有截然的界限,它们一为明道,一为应试,虽然功用不同,价值有别,但作法并无根本区别,

---

① 苏轼《拟进士对御试策》,《苏轼文集》卷九,第301页。
② 《文献通考》卷二三七《经籍考六十四》引玉山汪氏语,第6450页。
③ 张云章《古文关键序》,清康熙刻本。
④ 刘将孙《题曾同父文后》,《养吾斋集》卷二五,文渊阁《四库全书》本。

从古文中寻找文章技法成为时文写作的必经之路。①

(三) 时文与四六

虽然策、论、经义成为宋代时文的主体,但传统的律诗、律赋仍然时断时续地作为科举文体,仍是宋代时文的一部分。此外,作为特定科目的词科规定的文体大部分要求用四六,它们也可被看作是时文的一部分。因此宋代时文与四六同样保持着多方面的联系。而且由于士人习惯于排偶,行文中常两两相对,这种语言的排偶化趋势在策、论、经义中也有发展。到宋末,经义之文"多拘于捉对,大抵冗长繁复可厌"②,说明时文逐步向四六靠拢。又因为时文是专用于考试的"敲门砖",其优劣全以能否录取为标准,南宋彭龟年说:"夫谓之时文,政以与时高下,初无定制也。前或以为是,后或以为非;今或出于此,后或出于彼,止随一时之去取以为能否。"③为了求得被录取,时文的写作指导大多走向程式化。"南渡以后,讲求渐密,程式渐严,试官执定格以待人,人亦循其定格以求合。"④排偶化和程式化,使以散体行文的宋代新兴时文文体,又走向了与律诗、律赋相同的形式束缚之路,它们成为明清时文——八股文的源头,看来绝非偶然。

从上述古文、四六、时文的相互关系来看,宋代三大文类的基础是由六朝古体、今体发展变化而来的古文和四六,时文作为具有特殊社会功能的文类,兼具古文、四六的特点。古文主要用于明道论政、言志抒情、记人叙事等功能,四六主要用于朝廷宣告、文人交际等实用文体,时文则专用于科举应试。其中古文在文坛地位最高,四六在社会生活中应用广泛,而时文仅被视为入仕的"敲门砖"。三者相对独立,又相互联系,是宋代文坛不可分割的组成部分。文坛的领袖人物往往年轻时醉心时文,入仕后则弃而不为,或专心于古文创作号召文坛,或致力于四六写作服务朝廷,

---

① 参见吴承学《宋代文章总集的文体学意义》第二节"从总集看宋人的古文观念",《中国社会科学》2009年第2期。
② 倪士毅《作义要诀》,《历代文话》第二册,第1498页。
③ 彭龟年《乞寝罢版行时文疏》,《止堂集》卷一,文渊阁《四库全书》本。
④ 《四库全书总目》卷一八七《论学绳尺》提要,第1702页。

晚年则领袖文坛,提携后进,有的则转向学术研究。北宋的欧阳修、苏轼,南宋的周必大、叶适等,其经历大体如此。在其人生历程中,三种文类发挥着不同作用,但其在文坛的地位则主要由其古文成就决定,这也说明了三大文类在宋代文人心中的价值高下。

## 宋代类聚文体学的兴起

宋代古文、四六、时文三大文类的形成,促使与其相对应的分类文体学的兴起。早期文体学的主要形态是针对某一文体的专论,当然也有如蔡邕《独断》那样研究某类文体的专著,但不多见。六朝文体研究达到高潮,产生了综合性的总集和文体学专著,如《文章流别集》和《文心雕龙》。随着文体类聚的发展,六朝后期至唐代开始产生诗学、赋学专著,这一态势进入宋代进一步发展,不但诗学、赋学发展迅速,词学也后来居上,主要的韵文体类都已独立成学(元代又兴起曲学,遂至完备)。宋代三大文类的形成,则推动了古文文体学、四六文体学和时文文体学的分途发展。因此,宋代文体学著述的形态,除了继续研讨某一文体的专论和综论各类文体的总集、专著外,研讨不同文类的分类文章总集和专著占据的比重更大。它们或汇聚、精选、评点作品,或深入探讨文类特点和创作方法,我们可将其称为类聚文体学。与宋前的传统文体学相比,宋代类聚文体学的兴起,开启了面向多元需求类聚文体、指导文类创作实践的新途径,进一步推动了中国传统文体学的转型。

### 一、四六文体学

由于四六在宋代已成为专门性的文类,因而对它的专题研究反而早于古文,尤其是绍圣年间词科的开设,更促进了四六文体学的发展。最早诞生的四六研究专著是成书于宣和四年(1122)王铚的《四六话》,此书"所论多宋人表启之文,大抵举其工巧之联,而气格法律,皆置不道"[①]。

---

[①] 《四库全书简明目录》卷二〇《四六话》提要,第875页。

稍后之绍兴十一年谢伋所撰的《四六谈麈》,论及四六缘起、应用范围和四六弊病等,"多以命意遣词分工拙,视王铚《四六话》所见较深"①。两种四六话各有特色,成为四六文体学的开山之作。其余如宋人笔记中也有不少评论四六的条目,被结集为《容斋四六丛谈》《云庄四六余话》等专辑。南宋时期,大量的四六文总集和相关类书纷纷编刊,成为汇集和研讨四六文的主要形式。四六总集有专收北宋诏令的《宋大诏令集》二百四十卷,主要收各体四六的《五百家播芳大全文粹》一百一十卷,汇集李刘、赵汝谈、王子俊、方大琮、刘克庄等四六名家作品的《三家四六》《四家四六》等。与四六相关的专门性类书有《圣宋名贤四六丛珠》一百卷、《圣宋千家名贤表启翰墨大全》一百四十卷、《翰苑新书》七十卷等,它们都兼具四六总集选本和分类编排资料的类书双重性质,更具实用性和商业性。②

自词科开设后,绍兴年间陆时雍刻有《宏辞总类》四十一卷,后人又续刻《后集》三十五卷、《第三集》十卷、《第四集》九卷,共计九十五卷,收录"起绍圣乙亥,迄嘉定戊辰"③间的词科试卷,由于词科所试多用四六,也可看作是另一种形式的四六总集。宋末更诞生了四六专著《辞学指南》四卷,该书为词科出身的学者王应麟专为应试词科编著,卷一分编题、作文法、语忌、诵书、合诵、编文六题节录前代学者相关论述,卷二至卷四则分论制、诰、诏、表、露布、檄、箴、铭、记、赞、颂、序十二种文体的体制法式,辅以例证,指点作法,既有实用性,又有总结性,是四六文体学的重要著作。

四六文体学的内容包括:其一,创作方法论。主要讨论对偶、用典的原则、手法以及名句警联的赏析。其二,四六体制论。研究各种文体的规定格式、写作要求和语言风格,如强调"王言""贵于典重温雅,深厚恻怛,与寻常四六不同"④,又如要求"表文以简洁精致为先,用事不要深僻,造

---

① 《四库全书总目》卷一九五《四六谈麈》提要,第1786页。
② 参见施懿超《宋四六论稿》下编,上海古籍出版社2005年版。
③ 《文献通考》卷二四九《经籍考七十六》,第6704页。
④ 《鹤林玉露》甲编卷四"词科"条,第59页。

语不可尖新,铺叙不要繁冗"①。其三,四六史论。探讨宋代四六的起源、发展历程以及派系传承,如《扪虱新话》云"以文体为四六,自欧公始",又如杨囷道《云庄四六余话》称:"皇朝四六,荆公谨守法度,东坡雄深浩博,出于准绳之外,由是分为两派。"②其四,四六文病论。反思热衷运用经典成语、刻意追求使用长联等弊病,体现了主张四六创作应遵守法度的趋势。③ 宋代四六文体学的这些内容和体式,为元明清三代的四六文体学的继续发展奠定了基础,直至清代孙梅撰成集大成著作——《四六丛话》。

## 二、古文文体学

相对于日益专门化的四六,古文的情况更为复杂。欧阳修大力倡导古文之后,虽然古文早已成为实际上的文坛主角,但北宋时期使用"古文"一词仍不普遍,古文的概念一直未能明晰。古文究竟是与四六对立的文章体式,还是包蕴更广的文类概念?古文始于唐代韩、柳,还是自古就已存在?古文的内容、风格有无限制?古文的典范作品有无规范?这些有关古文概念的基本问题并未取得一致的认识。

从南宋乾道、淳熙年间至宋末元初,明确题名为"古文"(或题"文章")的一批总集相继问世。④ 总括起来看,宋人所谓"古文"以语体(与四六对举)和风格特征(雅正的古体)为基础,兼容少量骈偶语言因素,符合儒家"明道"的价值观念和复古意识,并将唐宋文集之文扩展到秦汉经、史、子之文,贯通整个文学史,体现了极大的包容性。宋人用这样的"古文"替代长期占据文坛的"今文",将其作为文坛的主流文类,它较之韩愈的"古文"观念有了极大的丰富,是宋人在文体学上的一种创新。当

---

① 王应麟《玉海·辞学指南》卷三,《历代文话》第一册,第971页。
② 杨囷道《云庄四六余话》,《历代文话》第一册,第119页。
③ 参见奚彤云《中国古代骈文批评史稿》中编第二章,华东师范大学出版社2006年版,第70—77页。
④ 参见本书《单体总集编纂的文体学意义》之"单体总集编纂标志着新兴体类的确立认同"。

然宋人对古文的认识并未取得一致,有关"古文"概念的各种阐释和分歧一直延续到清末。

宋代古文文体学更注重探讨古文的作法。如《古文关键》卷首《看古文要法》一篇,分为"总论看文字法""论作文法""论文字病"三部分,着眼于古文体式源流、命意结构、笔法技巧及诸家特点的探讨,点到即止,精准简要。又如《崇古文诀》的评点,亦以"**紬绎古作,抽其关键**"为指归,通过广泛评点范文的立意、结构、体裁、笔法等,"**发挥其蕴奥,而探古人之用心**"。① 时人评:"凡其用意之精深,立言之警拔,皆深索而表章之。盖昔人所以为文之法备矣。"②除了古文总集编纂评点之外,陈骙的《文则》可看作是古文文体学的专著。该书撰成于乾道六年(1170),陈氏自序释命名之义称"古人之文,其则著矣,因号曰《文则》"。全书以六经、诸子文章为范例,总结为文的法则,重点在文章的章法句法、行文规则、修辞技巧以及各类文体及其风格,具体而微,深入细致,初步建立起古代文章学的理论体系。它虽未直接标举"古文",但所论六经、诸子之文,也在后来古文选本的选材范围之内。近年来多有学者将其作为中国文章学成立的重要标志之一。③ 此外,孙奕《履斋示儿编》之《文说》、陈模《怀古录》等专著,以及不少笔记、语录、日记中的论文之语,也都以古文为主要对象,且涉猎广泛,精义迭现,是古文文体学的组成部分。或许因为对古文的认识尚不统一,宋代的古文文体学总体上较为零散,体系性还不强。这种现象到元代才有根本改变,陈绎曾的专著《文章欧冶》(也称《文筌》)中包括"古文谱"七卷,分论养气法、识题法、古文式、古文制、古文体、古文格、古文律,又"古文矜式"一卷,分论培养和入境,它们构成了一个完整的古文文体学体系,视野开阔,框架完整,论述细密,多有创见。另外"古文谱"后又有"四六附说"一卷,分论四六法、四六目、四六体、四六制、四六式、四六格,建构起完整的四六文体学,再加上"诗谱"和"赋谱"(包括"楚赋谱"

---

① 姚珤《〈崇古文诀〉原序》,楼昉《崇古文诀评文》,《历代文话》第一册,第460页。
② 陈振孙《崇古文诀序》,《直斋书录解题》附录,第711页。
③ 参见王水照、慈波《宋代:中国文章学的成立》,《复旦学报》(社会科学版)2009年第2期;祝尚书《论中国文章学正式成立的时限:南宋孝宗朝》,《文学遗产》2012年第1期。

"汉赋谱""唐赋附说"),陈氏总括诗、赋、古文、四六于一体的分类文体学格局可见一斑。

### 三、时文文体学

研讨律诗、律赋一类科举文体的著述唐代就已产生,宋代继续发展,并已成为诗学、赋学的一部分。宋代科举"变声律为议论"之后,围绕策、论、经义的时文文体学很快发展起来,其主要体式是时文总集、选集和时文专论专著,而且多以分体的形式展开,其中尤以论体的研究最为深入。如《宋史·艺文志》总集类著录有《儒林精选时文》十六卷、杨上行《宋贤良分门论》六十二卷。《直斋书录解题》集部著录有《指南论》十六卷、又本前后二集,四十六卷(陈氏按:"淳熙以前时文");又有《擢犀策》一百九十六卷、《擢象策》一百六十八卷(陈氏按:"《擢犀》者,元祐、宣、政以及建、绍初年时文也,《擢象》则绍兴末。大抵科举场屋之文,每降愈下,后生亦不复识前辈之旧作,姑存之以观世变")。① 《四库全书总目》总集类著录有《十先生奥论》四十卷、《论学绳尺》十卷,分别选编名家科举论体文百余篇,后者更以"每两首立为一格,共七十八格,每题先标出处,次举立说大意,而缀以评语,又略以典故分注本文之下"②,成为论体写作的一部范本,并直称为"论学"。此外还有"策学",国家图书馆藏有《精选皇宋策学绳尺》十卷③,可看作《论学绳尺》的姐妹篇,而当时这类选本的数量难以数计,这些只是历经时光淘汰的"偶传者"而已。

除了总集选本,更值得注意的是有关时文的专论,保存至今的主要见之于《论学绳尺》卷首的《论诀》,包括《论先辈行文法》、《止斋陈傅良云》(节要语)、《福唐李先生〈论家指要〉》《欧阳起鸣〈论评〉》《林图南论行文法》五种,广泛涉及试论写作的各个方面,重点是归纳总结试论体制结构的特点,赋予其特定的名称。如陈傅良有所谓认题、立意、造语、破题、原

---

① 《直斋书录解题》卷一五,第458页。
② 《四库全书总目》卷一八七《论学绳尺》提要,第1702页。
③ 祝尚书《宋人总集叙录》卷八著录,第372页。

题、讲题、使证、结尾的一系列论述,林图南则举例列述扬文、抑文、急文、缓文、折腰体、蜂腰体等众多名目,这些研究都力图确定试论的"定格""定体",从而促使写作趋于程式化,以便于模拟学习。从这些专论可见时文文体学已达到了十分精细的程度。这种趋势继续发展到元代,又有倪士毅专论经义写作的《作义要诀》,指出宋末经义"其篇甚长,有定格律",所谓破题、接题、小讲、原题、大讲、原经、结尾等名目,"篇篇按此次序",并称宋人曹泾撰有《义说》,并大量引用其论说。① 则经义的程式化与试论如出一辙。此外,清人钱大昕所撰《元史艺文志》集部科举类还著录有《策学统宗》《答策秘诀》《书义断法》《论范》等二十余种,可见时文文体学的发展在宋末元代有愈演愈烈之势。明清两代的时文则以八股文为主体,汇集、研讨八股文的总集、著述更是层出不穷,清末梁章钜的《制义丛话》则对八股文体学作了全面的总结。

宋代古文、四六、时文鼎足而立局面的形成,为元明清文坛奠定了文类格局。先秦至两汉的文章行文,并无体式规定,基本属自然形态。汉魏六朝至隋唐五代,文章区分古体、今体,而且讲究骈偶声律的今文占据了文坛的绝对优势,古文于中唐开始在文坛发声,但未站稳脚跟。宋代文坛态势逆转,古文大行天下,四六转为专门,时文随着科举的改革影响日增,三者形成鼎立的格局。虽然这一类分并不依照统一的标准,也无绝对的界限,在今天看来缺乏科学性,却反映了当时文坛的实际状况,蕴涵着当时文坛的风会变迁。更重要的是,这种三足鼎立的格局在以后的元、明、清三代并无根本变化,只是某些文类包括的文体有所改变(如明清的时文变为以八股文为主体等),元、明、清三代的散文文体学也继续向着这三大文类深入发展。从这个意义上说,作为文体学研究的一个特殊视角,宋代古文、四六和时文三大文类的各自特点、相互关系、发展历程以及相对应的类聚文体学,还值得进一步展开深入的研讨。

---

① 参见倪士毅《作义要诀》,《历代文话》第二册,第1498页。

# 《文筌》:构建科举背景下的文体学体系

在六朝骈体文学繁盛的背景下,《文心雕龙》构筑起古代文体学的完备体系。唐宋以降,随着科举制度的成熟和相关考试文体的崛起,以及古文逐渐占据文坛的主导地位,唐宋两代文体学形成了新的特色和热点,但并无系统性的文体学论著诞生,《文心雕龙》在这一时期也未受重视。直至元代,在总结唐宋文体学新成果的基础上,陈绎曾尝试构建科举背景下的文体学体系,并形成了文体学专著《文筌》。

## 陈绎曾及其《文筌》

### 一、陈绎曾生平及《文筌》版本流传

陈绎曾的传记,附于《元史·陈旅传》之后:"同时有程文、陈绎曾者,皆名士。"又:"绎曾字伯敷,处州人。为人虽口吃,而精敏异常,诸经注疏,多能成诵。文辞汪洋浩博,其气烨如也。官至国子助教。"[①]所述过于简略。据现代学者研究,陈绎曾字伯敷,原籍为处州龙泉,后侨居吴兴。曾流寓齐鲁一带,故自号汶阳左客。其曾祖陈存,字体仁,称为龙泉公,淳祐七年(1247)进士,官至兵部尚书,出知庆元府兼沿海制置使。宋亡,入元不仕。其父陈康祖,字无逸,曾任郡博士、婺源山长等,颇有诗名。陈绎曾生年不详,曾从父执戴表元受学。经许有壬荐举入仕,荐辞称:"江南陈

---

① 《元史》卷一九〇《陈旅传》附,中华书局1976年版,第4348页。

绎曾,博学能文,怀材抱艺,挺身自拔乎流俗,立志尚友乎古人。"①后任翰林院编修,参与《辽史》编纂,官至国子监助教。卒年在至正十一年(1351)左右,终年约七十岁。②

陈绎曾文章论著较多,钱大昕《元史艺文志》著录有《科举天阶》《文说》《文筌》和《古文矜式》共四种。其中《科举天阶》已佚,其余三种今存。《四库全书总目》诗文评类《文说》提要称:"《吴兴续志》称绎曾尝著《文筌》《谱论》《科举天阶》,使学者知所向方,人争传录。焦竑《经籍志》又载绎曾《古今文矜式》二卷。"可见其著述在当时的影响。四库馆臣还推测《文说》或为《科举天阶》和《古今文矜式》二书之一,"但名目错互,莫能证定"。③

现知《文筌》最早的版本为元代麻沙坊刻本。《四库全书总目》诗文评类存目著录浙江巡抚采进本《文筌》八卷附《诗小谱》二卷,提要称:"此编凡分古文小谱、四六附说、楚赋小谱、汉赋小谱、唐赋附说五类。体例繁碎,大抵妄生分别,强立名目,殊无精理。《诗小谱》二卷,据至顺壬申绎曾自序,称为亡友石桓彦威所撰,因以附后。是此编本与《诗谱》合刻,元时麻沙坊本乃移冠《策学统宗》之首,颇为不伦。今仍析之,各著于录。"④又总集类存目著录浙江巡抚采进本《残本诸儒奥论策学统宗》二十卷,提要称:"是编杂选宋人议论之文,分类编辑,以备程试之用。凡后集八卷、续集七卷、别集五卷,而阙其前集,盖不完之本。原本又以陈绎曾《文筌》、石桓《诗小谱》冠于卷首,而总题曰《新刊诸儒奥论策学统宗》。增入《文筌》《诗谱》,文理冗赘,殆麻沙庸陋书贾所为。今析《文筌》《诗谱》别

---

① 许有壬《荐吴炳陈绎曾》,《至正集》卷七五,文渊阁《四库全书》本。
② 参见慈波《陈绎曾与元代文章学》,《四川大学学报》(哲学社会科学版)2007年第1期;黄丽等《陈绎曾生卒年、籍贯及仕宦考辨》,《社会科学辑刊》2007年第2期。
③ 参见《四库全书总目》卷一九六《文说》提要,第1791页。《古今文矜式》二卷或为《古文矜式》《今文矜式》各一卷。《古文矜式》今已包含在《文章欧冶》之中,则《文说》或即《科举天阶》? 从内容看似有相合之处,可备一说。
④ 《四库全书总目》卷一九七《文筌》提要,第1799页。

入诗文评类,而此书亦复其本名,庶不相淆焉。"①合此二书提要观之,则四库馆臣所得为浙江巡抚采进麻沙坊本《新刊诸儒奥论策学统宗》,因冠于书前的《文筌》《诗谱》与总集体例不合,故将其析为二书分别著录于存目。可惜此二本现都已不见。

2006年,杜泽逊在《文献》刊出《明宁献王朱权刻本〈文章欧冶〉及其他》一文,考证明初刊本《文章欧冶》为朱权所刻。文章披露:"台湾……《善本书志初稿》著录元刻本《新刊增入文筌诸儒奥论策学统宗前集》五卷《后集》三卷。所谓'增入文筌',即增加陈绎曾所撰《文筌》及石桓撰《诗谱》。故该书卷首标题为'新刊诸儒奥论策学统宗增入文筌诗谱'……四库馆臣所谓'元时麻沙坊本乃移冠《策学统宗》之首'者,盖即台湾……图书馆藏本之类。"杜文又节录该书卷首陈绎曾《新刊诸儒奥论统宗文筌序》称:"'余成童剽闻道德之说于长乐敖君善先生,痛悔雕虫之习久矣。乃得《诸儒奥论统宗》观读,议论精当,文章有法,手录以还。比游京师,东平王君继志,讲论之隙,索书童时所闻笔札之靡者。因感其言,悉书童时之要,命曰《文筌》焉。'又云:亡友石桓彦威,尝共为《诗小谱》二卷,因以附于其后云。由陈序可知,《文筌》之作与《策学统宗》紧密相关,最初刻印即冠于《策学统宗》之首。至于单行,当在其后。馆臣认为其初与《诗小谱》合刻单行,后乃为书估取冠《策学统宗》之端,恐非其实。"②但杜文未明言其是否亲见此本,而此本现在是否仍藏于台湾图书馆,亦未可知。因此,《文筌》的元代麻沙原刻本似尚未得到充分利用。

明初有题为《文章欧冶》的刊本问世,今山东省图书馆有藏本。经杜泽逊通过版本比对后考定,此本刊刻者为宁献王朱权③,这一结论已为学界普遍接受。朱权发现了《文筌》这部"奇书"的价值,更名为《文章欧冶》重刻之,并撰序称:"其书有可法者,故取之,乃命寿诸梓以示后学,使知夫

---

① 《四库全书总目》卷一九一《残本诸儒奥论策学统宗》提要,第1738页。此残本已佚。而《四库全书总目》附录阮元《四库未收书提要》卷三著录《策学统宗前编》五卷,恰与残本相合,此五卷本前编今存《宛委别藏》。
② 杜泽逊《明宁献王朱权刻本〈文章欧冶〉及其他》,《文献》2006年第3期。原文标点有误。
③ 同上。

文章体制有如此法度,庶不失其规矩也。更其名曰《文章欧冶》,以奇益奇,不亦奇乎?"①朱权的更名重刊,使《文筌》作为独立著述的性质凸显出来,并为其后的流传奠定了基础。此本《文章欧冶》明清时传入朝鲜、日本。朝鲜有光州刊本,时在嘉靖二十九年(1550),刊行者为全罗道监司南宫淑、大司谏尹春年等,尹氏有少量注释,并撰有序文。日本元禄元年(1688)又有据上述光州刊本的伊藤长胤京都重刊本,伊藤作有《后序》。

清代又有一种题为忠州李士棻采录的《文筌》抄本流传,序文下题"同沤馆丛书之一",首页有"国立暨南大学图书馆珍藏"藏书章。此清抄本今藏于华东师范大学图书馆。李士棻(1821—1885)字重叔,又字芋仙,忠州(今重庆忠县)人。清藏书家、诗人、书法家。道光二十九年(1849)拔贡生,同治初任彭泽知县,后移任江西临川。辞官去职后,流寓上海二十余年,以藏书富而自傲,编有《忠州李氏藏书草目》。此本虽题《文筌》,但目次与《文章欧冶》全同,可知实际是据《文章欧冶》抄录。《四库全书存目丛书》第416册、《续修四库全书》第1713册均据此本影印收录。

由于《文筌》一书流传极少,王水照编纂《历代文话》时收入,即依据通行的和刻本整理,并参校华东师范大学的清抄本,②使之成为现在最便于阅读的通行本,对于深入研讨该书贡献甚巨。当然,如能依据元代麻沙原刻本为底本,校以明初朱权刻本、和刻本和清抄本,则《文筌》的原貌将更为清晰。这里所引仍依《历代文话》本,虽然此本是依朱权的更名重刊本《文章欧冶》而来,但在研讨元代的文体学理论时,仍以陈绎曾所题原名《文筌》称之。

## 二、《文筌》的宗旨和内容

《文筌》卷首有陈绎曾撰于至顺三年(1332)七月的《文筌序》一篇,其文曰:

---

① 朱权《文章欧冶序》,陈绎曾《文章欧冶》,《历代文话》第二册,第1223页。
② 参见《文章欧冶》题解,同上书,第1219—1221页。

> 文者何？理之致精者也。三代以上行于礼乐刑政之中，三代以下明于《诗》、《书》、《易》、《春秋》之策。秦人以刑法为文，靡而上者也。自汉以来，以笔札为文，靡斯下矣。乌乎，经天纬地曰文，笔札其能尽诸？战国以上，笔札所著，虽舆歌巷谣，牛医狗相之书，类非汉魏以来高文大策之所能及，其故可知也：彼精于事理之文，假笔札以著之耳；非若后世置事理于精神之表，而唯求笔札之华者也。
> 　　予成童，翦闻道德之说于长乐敖君善先生，痛悔雕虫之习久矣。比游京师，东平王君继志讲论之隙，索书童时所闻笔札之靡者。以为不直则道不见，直书其靡，使人人之惑于是者，晓然知之，所谓笔札之文不过如此，则靡者不足以玩时愒日，而吾道见矣。因感其言，悉书童习之要，命曰《文筌》焉。
> 　　夫筌所以得鱼器也，鱼得则筌忘矣。文将以见道也，岂其以笔札而害道哉！且余闻之，《诗》者情之实也，《书》者事之实也，《礼》有节文之实，《乐》有音声之实，《春秋》有褒贬，《易》有天人，莫不因其实而著之笔札。所以六经之文不可及者，其实理致精故耳。人之好于文者求之此，则鱼不可胜食，何以筌为？亡友石桓彦威尝共为《诗小谱》二卷，因附其后。①

序文首段提出文是"经天纬地"的"致精"之理，汉代以上都是"精于事理之文，假笔札以著之"，汉魏以下则是"置事理于精神之表，而唯求笔札之华者"。次段从童时习文说起，认为达到"笔札之靡"的写作技巧"不过如此"，人人可"晓然知之"，这些"童习之要"，就是《文筌》所论。末段解释"文筌"之义，发挥《庄子·外物》"筌者所以在鱼，得鱼而忘筌"的典故，强调"文以见道"，作文求道，"则鱼不可胜食，何以筌为？"序文将《文筌》所论，归于人人可晓的"童习之要"，比之为所以得鱼之器，似有自贬自谦之义。其实全文陈义颇高，以复古求道立论，说明要见道、明道，离不开作为工具的"筌"，以"筌"题名，形象地凸显了所论内容的性质，并与"文以见

---

① 陈绎曾《文筌序》，《文章欧冶》，《历代文话》第二册，第1226—1227页。

道"的根本目标联系在一起。元代理学当道,儒者论文,好言理论道,陈氏此序也难脱窠臼,加之论场屋之文的作法,儒者历来视为小道,不宜张扬,故陈氏用"文筌"之喻,来概括一切笔札的写作技法,确实可谓言简意赅,构思精妙,而他对于这"得鱼而忘"的"筌",还是倾注了大量心血,进行了精心构建。

从正面更为明晰地阐述《文筌》主旨的则是明初朱权重刊本前的《文章欧冶序》。序文称:"汶阳陈绎曾演先圣之未发,泄英华之秘藏,撰为是书,名曰《文筌》,可谓奇也。然出乎才学,见乎制作规模,又可谓宏远矣……不知体制,不知用字之法,失于文体,去道远也。孰不知文章制作五十有一,各有体制,起承、铺叙、过结皆有法度,稍失其真,则不为文。其间取舍轻重之法,囊括蕴奥精微之旨,有不可形容而举者。若海天澄彻,万象倒影,仿乎其有形,扩乎其无迹。看周秦汉之文章,则得之矣。有只用一字以明万世之功、一字以正万世之罪者,有下一字不言罪而莫大乎罪、不言功而莫大乎功,有诸中而不形诸外:若此者,皆作文之法,能知此者,可以语以文矣。"①文章称《文筌》为奇书,阐明全书宗旨是论"作文之法",包括体制、文体、用字之法等"不可形容而举者"。文末更强调此书是使后学"知夫文章体制有如此法度,庶不失其规矩",并更名为《文章欧冶》。欧冶子为春秋时著名的铸剑工匠,善于熔铸宝剑,《越绝书·外传记宝剑》载:"欧冶乃因天之精神,悉其伎巧,造为大刑三,小刑二:一曰湛卢,二曰纯钧,三曰胜邪,四曰鱼肠,五曰巨阙。"②则"文章欧冶"之义,当为指明此书为"熔铸文章之技巧"。此外,《文章欧冶》和刻本末伊藤长胤的后序也明确指出:"《文章欧冶》者,作文之规矩准绳也。凡学为文者,不可不本之于六经,而参之于此书。本之于六经者,所以得之于心也;参之于此书者,所以得之于器也。穷经虽精,谭理虽邃,苟不得其法焉,则不足为文。然则欲作文者,舍此书其何以哉?此书简袠虽少,然作文之法悉矣。若吴氏《辨体》、徐氏《明辨》,其论体制虽颇详备,然至于作文之法,

---

① 朱权《文章欧冶序》,《文章欧冶》,《历代文话》第二册,第1222页。
② 《越绝书》卷一一,《四部丛刊》本。

则未若此书之纤悉无遗也。"①将陈氏原序和朱权序、伊藤长胤序结合起来,全书的宗旨则更为醒豁。

《文筌》全书的内容,据四库馆臣所述之元"麻沙坊本"为"凡分古文小谱、四六附说、楚赋小谱、汉赋小谱、唐赋附说五类",后再附《诗小谱》,录入《四库全书》时则从合刻本中析出,著录为《文筌》八卷附《诗小谱》二卷。②而明初朱权重刻本之内容,则为"自'古文谱一'至'古文谱七',次'四六附说'、'楚赋谱'、'汉赋谱'、'唐赋附说'、'古文矜式',次'诗谱'二十则。前后相接,页码连贯,计正文六十二叶"③。两相比照,可见朱权在重刊时对原书作了调整:一是原来各称"小谱"者均去"小"字,径称为"谱";二是增入了原来没有的"古文矜式";三是将诗谱与前诸项连贯,作为《文筌》的组成部分,而非附录。考诸陈氏《文筌》原序,可以推测《诗小谱》二卷"附其后",一则因为其乃与亡友石桓"共为"(可理解为相约分工而为),故特为另列;二则"文筌"之"文"主要指"笔札",泛指文章,诗似有别,但《诗谱》的体例框架与《文筌》相仿,可见在陈氏构想中诗谱本当与《文筌》合为一个整体,"附于后"则表示略有区别。从这样的角度看问题,明初朱权重刊本将诗谱与诸谱连贯,是符合陈氏本意的;将各"小谱"去"小"字,更为正式一些,也是可取的;只是增入"古文矜式",与诸谱并列,显然不符合原书体例,是将一单行著作掺入其中,则明显为败笔。因此,今人探讨《文筌》的文体学体系,应将"古文矜式"一节析出,《文筌》的内容,是由古文谱、四六谱(即四六附说)、赋谱(分楚赋、汉赋、唐赋附说三节)和诗谱四部分组成的论述"作文之法"的一个完整自足的体系。

## 《文筌》文体学体系的特点

《文筌》的文体学体系产生于唐宋文体学的基础之上,而唐宋文体学

---

① 伊藤长胤《文章欧冶后序》,《文章欧冶》,《历代文话》第二册,第1332页。
② 《四库全书总目》卷一九七《文筌》提要,中华书局影印本,第1799页。
③ 杜泽逊《明宁献王朱权刻本〈文章欧冶〉及其他》,《文献》2006年第3期。

最显著的特点即是它的科举背景。随着唐宋科举制度的发展和成熟,对科举考试文体的研讨成为唐宋文体学的重要内容。科举文体学带有鲜明的功利色彩,其共性是实用性、通俗性和简易性,对文体的研讨着重于文体作法,强调规范、法度,追求简明扼要、易学易记,而不注重全方位的学理探究。这些特征是唐宋科举文体论著的普遍现象,也是陈绎曾赖以构建《文筌》文体学体系的基础。具体而言,《文筌》的文体学体系有以下几方面的鲜明特点。

## 一、谱录式、格法型的体式特点

《文筌》全书的体式,综合了谱录式和格法型两类著述的特点。

谱、录均是古代的著述体式。"谱"是记载事物类别或系统的书,"录"为记载言行事物的册籍。《文心雕龙·书记》:"是以总领黎庶,则有谱籍簿录。"又:"谱者,普也。注序世统,事资周普,郑氏谱《诗》,盖取乎此。"又:"录者,领也。古史《世本》,编以简策,领其名数,故曰录也。"① 此类著述,颇为庞杂,历代多有,但目录书中却无其专类。宋代尤袤《遂初堂书目》中始列"谱录类",《四库全书总目》沿用之,在子部中亦设此类目,著录这批杂书。检视其所著录,则大多产生于宋代,如《考古图》《啸堂集古录》《文房四谱》《砚谱》《墨谱》《香谱》《石谱》《茶录》《酒谱》《糖霜谱》《扬州芍药谱》《洛阳牡丹记》《范村梅谱》《百菊集谱》《海棠谱》《橘录》《菌谱》《蟹谱》等数十种,可见宋人撰写谱录蔚然成风。陈绎曾采用谱录式论文体,应当与此种风尚有关。当然,在文学领域,更有标杆意义的应是汉代郑玄所著的《诗谱》。这部《诗经》研究名著或是陈氏以"谱"论文的更直接的范本,其自称所著各谱为"小谱",或正寓不敢与郑玄《诗谱》并称之意。郑氏《诗谱序》明其体例曰:"欲知源流清浊之所处,则循其上下而省之;欲知风化芳臭气泽之所及,则傍行而观之:此《诗》之大纲也。举一纲而万目张,解一卷而众篇明,于力则鲜,于思则寡,其诸君

---

① 《文心雕龙·书记》,《文心雕龙注》,第457—458页。

子亦有乐于是与?"①这或许正是陈氏追求的论文目标。要而言之,谱录式著述的特点,一是注重事物的类别和系统,具总领之作用,二是注重内容的条列和载录,具梳理之作用,从而能达到纲举目张、举一反三之效果。

所谓"格法型"是指唐宋以来盛行的诗格、诗法类著述的体式。这类以研讨诗的法度、规则为主的著述从六朝文学批评术语中提炼出一些概念,另外也可能受到唐代律、令、格、式之类法律文书的启发,逐步形成了一系列表述诗文创作范畴的专门术语,其中用得最多的是"格""法""式""律"等词,并作为著述的题名。这类著述的体式,往往以若干小标题为纲,用一个数词加上一个名词或动词构成的片语作为小标题(如十七势、十四例、五忌之类),以下再依次条列各项,并作简要说明,或引例证。②有些则层次众多,结构颇为复杂。其共同特色一是条分缕析,细致入微,叠床架屋,不厌其详;二是概念迭出,例证繁多,但少有阐述,语焉不详,从而使读者如入迷宫,难得要领。《文筌》着眼于文章写作技巧,欲解众人之惑,采用此种格法型体式,既是顺应潮流,也似有集其大成之意图。

《文筌》全书包括四谱,即古文谱、四六谱、赋谱和诗谱。由于陈氏全书以"复古求道"立论,因而在古今文体中推崇古体,贬抑今体。书中在古文谱后设"四六附说",其论述体例与古文谱全同,因此实际为四六谱,称"附说"仅表示其地位或重要性不应与古文并列,但它仍是古文之外独立的一类文章。同样,在楚赋谱、汉赋谱后设"唐赋附说",只是表示唐赋以律体为主,不应与楚、汉古赋并列,而其实质是唐赋谱。至于楚赋、汉赋、唐赋分设三谱,或是因三时期赋的体制特征鲜明而分述,其总为"赋谱"而与诗谱、古文谱、四六谱并列,则是一目了然的。四谱中以古文、诗二谱内容最详,赋谱次之,四六谱又次之。这固然有文类本身的因素,但四谱似在未经严密规划的情况下先后撰成,因而在内容和体例上存在畸轻畸重的状况。尽管如此,《文筌》所立四谱,囊括了当时文坛正统文体的四大专类,构筑起其文体学体系的第一层次。

---

① 郑玄《诗谱序》,阮元校刻《十三经注疏·毛诗正义》卷首,中华书局2009年版,第557页。
② 参见张伯伟《诗格论》,《全唐五代诗格汇考》卷首,江苏古籍出版社2002年版。

《文筌》文体学体系的第二层次,由"格""法"等一系列概念组成。这些概念中最核心的有"法""体""式""制""格"(以上四谱均设)、"律"(古文、诗二谱设)六项,其他还有"目"(仅四六谱设)及"本""情""景""事""意""病""变""范""要""性""音""调""会"(仅诗谱设)等。各项在四谱中的先后次序,也不尽相同。六项核心概念可以视为其文体学的六项要素,其内涵在四谱中基本相似,有时也有混淆。具体来说,"法"泛指文章作法,"体"指文章体制,"式"指文章体裁,"制"指文章结构,"格"指文章风格,"律"指文章声律。除首项"法"主要涉及文章内容外,其余五项关涉的都是文章的形式,包括体制、体裁、结构、风格和声律。它们共同构成了《文筌》文体学体系的主干。

　　这样,以四大文体类别为经,以六项文体学要素为纬,"四谱"和"六要素"纵横交错,亦即谱录式和格法型相互结合,构筑起《文筌》文体学体系的基本框架。然后由各个交叉点生发开去,密针细线,交织成这一体系的整体网络。尽管这一框架和网络尚不够严密,疏漏抵牾之处亦时有所见,但著者的苦心经营从中可见一斑,其力图构筑体系的意识在全书的体式架构中体现得十分明显。

## 二、梳理作法、揭举规范的内容特点

　　古代文体学发展至六朝已经形成了完备的内容体系,其代表就是《文心雕龙》上篇中的四项纲领:"原始以表末,释名以章义,选文以定篇,敷理以举统。"①它们分别从渊源流变、命名立意、典型范本、创作纲要诸方面对文体展开全面、深入的研讨,并形成了完备自足的体系,对后世影响深远。《文筌》在构建自身体系的时候,并未完全沿袭《文心雕龙》的框架,而是立足文体,另辟蹊径,以文体作法为中心,努力构建新的体系。《文心雕龙》文体学前三项都归结到"敷理以举统",就是在写作原理的阐发中揭举出该体的纲要,从而示人以写作的规范。这个纲要,诸篇分别称之为"大要""枢要""纲领之要""大体""大略"等,它具体包括内容、结

---

① 《文心雕龙·序志》,《文心雕龙注》,第727页。

构、风格、修辞等方面的规格要求,这也就是该文体的体制规格,或称"体统"。① 因此,揭示各体文章的写作规范,实际上是《文心雕龙》文体学的归宿和核心。《文筌》也正是围绕这一核心,尤其是在梳理作法、揭举规范上做文章,从而展开自己的文体学体系。这一体系主要有体式论、结构论、风格论、声律论和文法论五方面。

一是体式论。上述六项核心概念中的"体""式"二项,阐述的内容相近,也很难决然区分,可归为一类,即研讨文章的体制体式,亦即根据不同的功用或表达方式区分的文章体裁及其功能特点。如古文谱"式"项所列三纲十八目,就将古文体裁分为叙事、议论、辞令三大类;叙事分叙事、记事二目,议论分议、论、辨、说、解、传、疏、笺、讲、戒、喻十一目,辞令则分礼辞、使辞、正辞、婉辞、权辞五目。目下说明文字如:"叙事,依事直陈为叙,叙贵条直平易。记事,区分类聚为记,记贵方整洁净。"②又如:"礼辞,尊卑上下礼法之辞,贵高下中节。使辞,使命往来传命致事之辞,贵简要而动中事情。"③均简要说明文体功能及表述规范。又如"四六附说"之"体"项列唐体、宋体二类。唐体举代表作家苏颋、张说、常衮、陆贽、白居易、元稹六家,并说明"唐体四六,不俱粘,段中用对偶,而段尾多以散语衬贴之,犹古意也";宋体举代表作家杨大年、欧阳修、王安石、苏轼、邵泽民、邵公济、汪藻七家,并说明"宋体,拘粘,拘对偶,格律益精,而去古益远矣"。④ 其"式"项则分列诏、诰、表、笺、露布、檄、青词、朱表、致语、上梁文、宝瓶文、启、疏十三体,启又细分为谢启、通启、陈献启、定婚启、聘婚启、贺启、小贺启七种。其说明如:"上梁文　匠人上梁之文,一破题,二颂德,三入事,四陈抛梁,东西南北上下诗各三句。"又:"谢启:一破题,二自叙,三颂德,四述意。"⑤分别对各体的功用、特点和体式进行精要的说明。

二是结构论。六项核心概念中的"制"项,主要研究文体的结构特

---

① 参见王运熙《〈文心雕龙·总述〉试解》,《文心雕龙探索》(增订本),第142—151页。
② 《历代文话》第二册,第1241页。
③ 同上书,第1242页。
④ 同上书,第1269—1270页。
⑤ 同上书,第1272页。

点。这一内容在《文心雕龙》中讨论较少,在《文筌》中则占据较大篇幅。如古文谱"制"项将古文结构分为起、承、铺、叙、过、结六种体段,对每种体段提出规范要求,并用人体作比喻:"起 贵明切,如人之有眉目。""承 贵疏通,如人之有咽喉。""铺 贵详悉,如人之有心胸。""叙 贵转折,如人之有腹脏。""过 贵重实,如人之有腰膂。""结 贵紧快,如人之有手足。"①又表列"制法九十字",细分各种结构行文之法,均作简要说明,如"引,洗为虚词,引入本题""出,说出题外,或生意外""入,直入本题""归,复归题中,或生意中"②等等,并用符号指明其在各种体段、体式中的运用。又如汉赋谱中"汉赋制"将汉赋结构分为起端、铺叙、结尾三部分:起端"是一篇之首",又具体分为问答、颂圣、序事、原本、冒头、破题、设事、抒情诸种起端之法;铺叙"是一篇之实,物理为铺,事情为叙",又分为体物、叙事、引类、议论、用事诸种铺叙之法,每种再作细分,如体物分实体、虚体、象体、比体、量体、连体、影体等;结尾"是一篇之终,收意结辞",分为问答、张大、收敛、会理、叙事、设事、抒情、要终、歌颂诸种结尾之法。③ 每一类目均有简要说明。其对汉赋结构的剖析及结构手法的梳理可谓细致入微。

  三是风格论。六项核心概念中的"格"项,主要研究文章的风格类型特点。如古文谱"格"项分为未入格、正格、病格三部分。所谓"未入格"即指不合文格,下列六种。"正格"部分分为上上、上中至下下九等,每等再分若干种,各用一字概括,再进行说明,总计六十八种,如"玄:精神极至,洞然无迹""圆:辞情理趣,圆美粹然""怪:常理之外""巧:组织小巧""熟:陈辞熟语"等等。"病格"部分条列晦、浮、涩、浅等三十六种,每种亦有简要说明。④ 对风格分类的精细化是其根本特点,正格和病格的对举也颇有开创意义,对风格的分等则体现了著者的风格偏好。又如诗谱之"格"项亦分甲、乙、丙、丁四等,每等再各分五种进行说明,总计二十种,

---

① 《历代文话》第二册,第1243页。
② 同上书,第1244页。"洗",当作"先"。
③ 参见上书,第1281—1286页。
④ 参见上书,第1261—1265页。

如甲等"玄□境极清虚,了无影迹""圆□八面中间,透彻明莹",丁等"奇□惊天动地,迥出常情""丽□文华绮丽,烨然精妙"①,等等。对风格的分等析类,应是受钟嵘《诗品》及唐宋诗格的影响,但如此精细,可称空前绝后。有学者认为陈氏的文章学深受陆九渊心学的影响②,从其风格偏好看,也是颇为切合的。

四是声律论。诗歌讲究声律,因而诗谱中多节论及五音(宫、商、角、徵、羽,对应稳、响、起、喝、细五字)二声(平分上平、下平,仄分上、去、入)、十二律(黄钟、太簇等),并讨论将其应用于古诗和律诗创作中的规则。古文谱的"律"项,分为音声、律调两部分,说明古文吟诵时要区分其声调的高低疾徐,应符合五声十二律的声调规律,这在古文文体学中少见论及。四六和赋两类则不论声律。

五是文法论。③ 四谱论文法角度各有不同。古文谱强调养气法和识题法。养气是作文前的准备,其法分澄神、养气、立本、清识、定志五项;识题是临文时的审题,其法分虚实、抱题、断题三项。各项均有细目。"四六附说"分四六作法为古法和今法。古法"一曰约事,二曰分章,三曰明意,四曰属辞,务欲辞简意明而已";今法"一曰剪裁,二曰融化","以用事亲切为精妙,属对巧的为奇崛"。④ 三赋谱论法探讨抒情、体物与说理之关系,楚赋"以情为本,以理辅之",汉赋"以事物为实,以理辅之",唐赋"以唐为本,以辞附之"。⑤ 诗谱则讨论处理情、景、事、意之方法,"情"分十二感、三体,"景"分十二类、四真、三奇、四玄,"事"分四即事、五故事、六设事,"意"则有十取,分别论述诗歌诸体处理的原则。

除此之外,《文筌》对文体源流、典型范本等问题也都有论及,但都在上述体系中展开。如古文谱对各种文体的"变""原""流"都有梳理,如

---

① 《历代文话》第二册,第1316—1317页。
② 参见慈波《陈绎曾与元代文章学》,《四川大学学报》(哲学社会科学版)2007年第1期。
③ 陈绎曾另有文法论专著《文说》,专门讨论"为文之法",包括养气法、抱题法、明体法、分间法、立意法、用事法、造语法和下字法,更为系统和专一,似在《文筌》的基础上重新整理撰著。参见《历代文话》,第1338—1352页。
④ 《历代文话》,第1266—1267页。
⑤ 同上书,第1273、1280、1287页。

"叙"体之"变","序其始末,以明事物";之"原","小序、大序、《书小序》《易卦后序》《诗大雅》《荀子后序》";之"流","韩"(指韩愈文)。又"录"体之"变","实录总录、附录其事、杂录";之"原","《金縢》《顾命》"(均《尚书》篇名);之"流","《国语》《国策》"。①都用列表的方式点明各体的渊源(原)和流别的代表作家作品(流)。又如诗谱对各体诗歌的典型范本均有梳理和评点,如"古三体"分"三百篇",骚,汉诗,建安诗,《文选》诗,盛唐、中唐诸时段;"律体"分端源、盛唐、中唐三时段;每一时段都有总评,均分列代表诗人,各又有点评。如评唐诗古体:"分三节:盛唐主辞情,中唐主辞意,晚唐主辞律。"评李白:"风度气魄,高出尘表,善播弄造化,与鬼神竞奔,变化极妙,乃诗中之仙、诗家之圣者也。其雄才大略,亘古尊之,无出右者。"评杜甫:"体制格式,自成一家。祖《雅》、《颂》之作,故诗人尚之,以为诗家之贤者也。"评柳宗元:"斟酌陶谢之中,用意极工,造语极深。"评韩愈:"祖《风》、《雅》,宗汉乐府,不入诗境,其实有韵文也。"②三言两语,极为精到,自成一家之说。这说明陈绎曾非无批评眼光,只是《文筌》重点在揭示文法,文评只能点到为止。

以上述体论、结构论、风格论、声律论、文法论构成的文体学体系,明显以文体的作法、规范为核心,目的是指导实际的写作,而并非对文体作全方位的学术探讨。这一体系带有科举时代文体学的鲜明特色,从而表现出与《文心雕龙》文体研究的不同路径。

### 三、条分缕析、要言不烦的表述特点

作为一部完整的文论著述,《文筌》全书的表述形式也具有鲜明的特色。它不取传注体围绕经文、广征博引展开论述的方式,也不取著述体分题设篇、各立中心进行论证的方式,而是采用纲目体加说明的方式,形成条分缕析、要言不烦的表述特点,以达到纲举目张、科条明晰、说明精要、补充达意的效果。

---

① 《历代文话》,第1253页。
② 同上书,第1321—1323页。

《文筌》的表述方式可归纳为以下几项:(一)普立纲目,构成框架。全书以文类四谱和文体学六要素经纬交错,结构起全书的基础纲目框架,已如上述。在需要时则突破框架,增立纲目,如诗谱另立本、病、变、范、要等目,以为补充。(二)多层类分,明其条理。全书在纲目之下,往往再作多层类分。如汉赋谱论汉赋为第一层,"汉赋制"论结构为第二层,"制"下分起端、铺叙、结尾三结构项为第三层,"铺叙"中又分体物、叙事、引类、议论、用事五种铺叙法为第四层,"叙事"中再分正叙、总叙、间叙、引叙、铺叙、略叙、列叙、直叙、婉叙、意叙、平叙十一种叙事法为第五层。如此层层类分,将汉赋的叙事法罗列明晰。而一层之类目,往往不厌其详,如诗谱"格"分为二十项、古文谱"正格"析为六十八项、"制法"更列有九十项等。(三)提炼主词,务求醒豁。多层纲目分类中,均提炼出一主词(今称关键词)置于首位,起提领作用。多用各类术语的固有名词,也有表方法的动词、表风格的形容词等,并常用数词领起的集合词,如诗谱"式"的十八名、二十三题,"制"的三停、十一变、八用等。(四)精撰宾语,数言举要。与主词对应的起说明作用的宾语,往往撰写得十分精要,寥寥数言,甚至仅四字,就揭示了主词的要点。如"楚赋制"之"起端":"原本,推原本始……叙事,宜叙事实。抒情,抒写至情。设事,假设而言。冒头,立说起端。破题,说破本题。"①或述方法,或明要求,言简意赅。而在各谱论"格"项中,更是将多种风格的差别,用一、二字主词及四字、八字宾语体现出来,可谓细致入微。(五)短序小结,精华迭出。在类目加说明之外,《文筌》还用短序和小结的形式,以稍长的篇幅,对某些论题作出阐述或总结,这些文字多为著者心得,往往精义迭现。如"四六附说"论"今法"分剪裁、融化二法,这是宋代四六家经常论及但语焉不详的方法,《文筌》又将剪裁分熟、剪、截三法,将融化分融、化、串三法,并阐释得十分明晰,具有可操作性。(六)表格圈点,辅助表述。《文筌》中还引入史家列表说明和评点家圈点表意的方法,在古文谱中列表加圈点来说明"制法九十字",省略了许多需重复表述之语。为此,朝鲜光州刊本之末

---

① 《历代文话》,第 1274 页。

还附撰一段注文,解释表格的读法。① 上述这些表述手法的综合运用,使全书体现出条分缕析、要言不烦的整体特色,与传统论著的表述方式形成了鲜明对照。

《文筌》表述形式的鲜明特色,与全书体式和内容的特点紧密相关。首先是全书谱录式、格法型的体式决定了它纲目式加说明的表述形式。谱录类著述着眼于统绪的梳理、品种的类分、事物的条列,故普遍使用纲目式展开其内容,注重条理的明晰、分类的精细和载录的简要。而格法类著述则以探讨规则、法度为指归,擅长提炼概念、编造术语、分条列项,点到为止,而不作深入阐述。《文筌》融会了这两类体式的表述特点,以纲目为统领,以说明为补充,企图在一个完备的框架体系中将相关内容面面俱到且科条分明地展示出来。其次是全书梳理作法、揭举规范的内容决定了它不追求学术的严密性,而追求实用的操作性。罗列详尽的作法,总结简明的规范,使文章的写作有迹可循,有法可依,易于上手,合规合范,这是所有科举写作指导的宗旨,也决定了它的表述形式。《文筌》是科举时代的产物,是唐宋时期以科举为核心的文体学的总结。《文筌》的主要目的显然是指导科举时文的写作,因而刻上了科举文体学的深深烙印,其体式、内容和表述方式,体现出高度的一致性。这也是当时文章作法一类著述共同的特征。但全书的宗旨又不限于此,作者力图涵盖当时文坛上的全部文体,探索其写作规律,阐明其写作方法。从这个角度看,它与《作义要诀》《诗法家数》之类纯科考指导用书又不尽相同,著者的意图仍在于阐明一切文章通用之"筌",将时文作法推广到古文、四六、诗赋等所有体类,从而构建起一个科举背景下的文体学体系。

## 《文筌》文体学体系的出新、缺陷和评价

作为科举背景下的文体学体系,《文筌》与八百多年前《文心雕龙》的文体学体系相比,有与时俱进的出新,也有明显不足的缺陷。

---

① 参见《历代文话》,第1244—1252、1330页。

《文筌》文体学体系主要有三方面的出新。

首先,从"论文叙笔"到"四谱为纲"。六朝时期对文体区分的基本认识是"文笔之分",即依据有韵、无韵分为文、笔两大类。因而《文心雕龙》以"论文叙笔"来统领上篇,以下再分类展开对文体的论述。唐宋以来,"文笔之分"变为"诗笔之分",又变为"诗文之分",文体类分的总体格局,随着大量新文体的兴起和部分旧文体的衰亡,处在不断变动之中,至南宋逐步趋于稳定。《文筌》全书立四谱为纲,即以古文、四六、赋、诗四大专类统摄全部文体,说明它们已在文坛上取得了独立且稳固的地位,这一基本的文体类分已成为文坛的共识。至于词曲、小说等通俗文体,还未提升到与正统文体并列的地位,故不入其体系之内;特殊用途的时文实际兼跨这四大专类,但在文坛上也无地位,而时文写作的研究方式实际已经渗透到全书之中。《文筌》确立的文类四分法,及时总结了唐宋文体分类的实际变化,为明清时期的文体分类格局奠定了基础。

其次,从"剖情析采"到"作法规范"。《文心雕龙》下篇"剖情析采"部分,打通文体综论写作方法,从《神思》《体性》到《附会》《总术》,几乎涉及写作的所有环节,但多为理论阐述,较少可操作性。《文筌》立足于写作方法的具体指导,集中于文体的分析、结构的剖析、风格的辨析数项,作细致入微的类分和说明,以期学习者准确把握。即如论较为抽象的"养气",《文心雕龙》强调保持平和虚静的心境,使神清气爽,文思通畅;《文筌》则将养气与考虑文章的情、景、事、意相联系,与贯通天理、物理、事理、神理相联系,与专精、博习、旁通、泛览的后天学习相联系,认为养气之法分为澄神、养气、立本、清识、定志五步,更具实践性。因而,较之《文心雕龙》的全面理论阐述,《文筌》突出作法规范来构建文体学体系的主体,开辟了一条新路径,也体现了其内容方面的出新。

最后,从"体大虑周"到"纲目撮要"。《文心雕龙》体系庞大,思虑周密,结构匀称,论述精详,论著体式几近完美,古代少有能与之比肩者。《文筌》在体式上明显另辟蹊径,它采用了总结唐宋文体学成果的体式,也采用了唐宋时期流行的著述体式——将谱录体和格法型相结合。由于全书的宗旨不在阐述写作理论,而在着重梳理、说明作法规范,因而条列纲目、撮要说明显然是最为适合的形式。《文筌》在体式选择上,既是与时俱进,也是水到渠成,实现了一种著述体式的创新。在此之前,文体论采用最多的是总集附论说体、单篇论文体、笔记体等,独立专著少,自成体系的更是绝无仅有。《文筌》的体式虽然存在颇多缺陷,但它在文体学领域无疑能自成一格。

《文筌》文体学体系存在的明显缺陷,主要体现在两方面。

一是构思不够严整,缺乏理论深度。《文筌》全书以四谱为纲,但著者对全书整体构思不够严谨,各谱似先后独立撰成,故整个体系中各谱的不平衡、概念的不统一、篇幅的不齐整等问题所在多见,整体给人粗糙之感。诗谱更是与亡友"共为",也未经著者整合,在体例上与前三谱相差更大。虽然《文筌序》以复古求道立论,但仅着眼于"笔札"的写作,自视所论仅为得鱼之"筌",是"童时所闻",因而缺少理论上的高屋建瓴之势。更由于全书采用"纲目撮要"的基本体式,对大部分命题、名词都缺乏明确的阐释,甚至对关键性的核心概念也无明确界定,对重要的问题也未作深入的论证,全书像一份表面纵横交错的拼盘,缺少深层的理论贯通。在这一点上,《文筌》与"体大思精"的《文心雕龙》显然不在一个层次;即使与专论诗体的《沧浪诗话》相比,也显得逊色。

二是规范过于烦琐,实际效用有限。作为《文筌》重要出新之处的对文体作法规范的条列说明,其目的是指导初学者对号入座,快速上手,写出合规中矩的文章,但实际效用恐怕十分有限。一方面,作法规范条分缕析过细过密,说明又过于简略,使人无所适从。如"汉赋制"列举"引用古事以证题发意"的"用事"一法,就罗列了正用、历用、列用、衍用、援用、评用、反用、活用、借用、设用、假用、藏用、暗用共十三种,要弄清其区别已十分困难,在写作时具体选用则更难操作。又如古文谱论"格",三类共列举一百一十二格,多用一字二字立目,四字八字说明,在准确辨别的基础上付诸应用几无可能。另一方面,作法规范舍弃了使用作品例证辅助说明的方法,使众多概念缺少形象直观的比照体味,也无法模拟效仿,降低了全书的实用价值。四库馆臣评全书"体例繁碎,大抵妄生分别,强立名目,殊无精理"①,因而仅将其列于诗文评类存目,颇中肯綮。

《文筌》文体学体系的出新和缺陷,都与其产生的科举背景密切相关。《文筌》及时总结了科举文体兴起后文类格局的嬗变,立四谱为纲;它又汲取科举文体学内容和体式上的特色,用于构建新的体系,这些出新之处无疑体现了著者与时俱进的追求。但科举应试的急功近利,科举文体学的实用性、通俗性和简易性,使其体系带上了科举时代的深深烙印,将文体学研究引入了狭窄的境地,导致全书缺陷明显,带有很大的局限性。这些缺陷使《文筌》所构建的文体学体系只能被看作是科举时代重构文体学体系的一次尝试,而难以与《文心雕龙》构建的经典文体学体系相提并论。

当然,在刘勰之后八百余年,陈绎曾试图在科举时代背景下再建新的体系,囊括当时所有文体,这一尝试的勇气是可嘉的,其成果也有较为鲜明的特色,在唐宋元文体学发展中带有某种总结性特征,在文体学发展史上应给予相当的地位。但这一尝试算不得成功,也不够成熟,缺陷颇为明显。正因为如此,《文筌》的初刻本与《策学统宗》合刊,仅被视为普通的举业参考用书,湮没在元代大量的科举格法类图书之中。明初朱权析出、整理和重刊,并流播海外,但《文筌》在明清两代的影响实在有限,《四库全书总目》列《文说》于正编,而将《文筌》归入存目,是有其道理的。《文筌》之后的文体学论著,很少再有采用此种体式的,这也说明此种著述体式很难得到普遍认可。从根本上说,希图用指导科举时文写作的思路和方法来统摄丰富的全部古代文体,并建立起完备的体系,的确很难奏效,也很难达到最终目的。相对于古代文体学的丰富内涵,科举文体学只是特定时段的一部分,难以统领全部文体。然而从古代文体学发展的历史长河着眼,陈绎曾的《文筌》仍然以其独特的体系构建,成为其中不可忽视的一部论著,值得进行进一步的探索。

《中山大学学报》2016 年第 6 期

---

① 《四库全书总目》卷一九七《文筌》提要,第 1799 页。

# 唐宋元文体学的背景、特点和演进线索

中国古代文体学起源奠基于先秦两汉,发展成熟于魏晋六朝,至明清达于高峰,至近代集其大成,而唐宋元时期则处于其中承前启后的重要阶段。本文拟从发展背景、基本特点和演进线索三方面对唐宋元文体学作一综述。

## 唐宋元文体学的发展背景

文体学是对文体及其发展规律的探讨,因而文体的演进状况是文体学发展的基础背景。同时,文体学的发展又受到社会政治、经济、文化等各方面的广泛影响,值得充分关注。以下从文体格局演进和科举制度演变两方面概述唐宋元文体学的发展背景。

### 一、文体格局演进

唐宋元文体的演进主要包括语言体式的演变、诗文体裁的发展和小说戏剧文体的兴起三方面。

#### (一) 语言体式的演变:韵散分途,古今交融

中国文学在汉魏六朝逐渐依据语言体式形成两种文体类分:一是基于韵、散的文笔之分,二是基于骈、散的今体、古体之分。两种类分又相互交错,构成了唐前文体类分的基本脉络。唐宋元时期,两种文体类分继续发展,韵散分途的格局逐渐形成,古今体式此消彼长,各体发展逐步走向稳定、融合。

唐宋时期,文坛上文笔之分逐步演变为诗笔之分,又进而演变为诗文之分。诚如清人冯班所言:"南北朝以有韵为文,无韵为笔。至于唐季,凡文章皆谓文,与诗对言。今人不知古称'笔'语是何物矣。"①晚唐五代,适应歌唱需要、配合燕乐的新的韵文体裁词体应运而生,并在入宋后迅速发展,蔚成大国。金元之际,胡曲番乐与汉族原有的音乐相结合,孕育出新的韵文文体散曲,发展成为有元之一代文学。因此,历唐宋元三代,以诗、赋、词、曲为核心的韵文文体,以言志抒情为主要功能;而以适应社会生活各类需求为宗旨的各体文章,多用散体行文:韵散分途发展的格局逐渐形成。

唐宋文学古今体式的演变,由今体占据主导地位渐变为古体占据主导地位,但两种体式始终并存,在相互消长中由对立趋于融合。在韵文领域,讲求声律、偶对的"今体诗"(后人称为"近体诗")成熟定型,其创作成为诗坛主流;但不受声律束缚、声调古朴自然的"古体诗"仍然与之分庭抗礼。赋体由六朝的骈赋进一步律化,成为律赋,但模仿汉魏古体的赋作也并未消失。新兴的词、曲二体则可视为近体诗的变体。韵文领域古今体式逐步稳定,今体的比重总体上胜于古体。在散文领域,从初唐至北宋,经历了今文主导、古文崛起、古文渐衰、今文重主、古文再倡、今文变体的曲折过程。至南渡以降,古文融合了四六的某些手法,逐渐占据了文坛的主导地位,而四六则占据着多数应用体裁,并努力拓展其阵地。古文和四六既相互竞争以扩展地盘,又逐渐分疆以共求发展,在文坛的势力渐趋平衡。

(二) 诗文体裁的发展:拓展传统,创制新体

古代文学的各种体裁略备于战国,汉、魏开始较快发展,至齐、梁渐趋定型。唐宋元三代的诗文体裁继续发展,表现在对传统体裁的拓展和新兴体裁的创制上。

传统文体的拓展主要表现为体式的完备、功能的开拓和"破体为文"

---

① 冯班《钝吟杂录》卷三《正俗》,何焯评,李鹏点校,中华书局2013年版,第41页。

的运用。初盛唐完成的近体诗的定型,使汉语声律、偶对、藻饰等因素完美地融合在固定的体式中,诗歌古体、近体并驾齐驱的主流格局正式形成。各类杂体诗的试验和探讨蔚然成风,将韵文可能达到的各种形式进行了全面展示。赋体则在前代基础上,又发展出唐代的律赋和宋代的文赋,表现形式达到完备。功能的开拓则更为普遍。如序文类在传统的著述、文集序外,唐代又衍生出宴游序、饯送序(后人称为赠序)等。又如杂记一体,唐代以降开拓出公署厅壁记、楼堂亭阁记、山水宴游记、书画器物记等丰富题材,宋人又大力创作学记,杂记迅速发展成散文的大宗。此外,"以文为诗""以诗为词""以文为赋""以记为论""以赋为记"等等"破体为文"的现象,在唐宋作家笔下屡见不鲜,为文体的演进开辟出一条新路。

社会生活不断变化着的需求,是文体创新的不竭动力。唐宋元作家在新兴体裁的创制上用功甚深。韵文领域的词、曲与音乐有着密切的关系,因应歌的需求而产生。它们萌芽于民间,经过长期酝酿,通过文人的加工而最终定型。这种新的创制方式,在文体发展史上具有独特意义。散文领域新型体裁的创制例证更多。唐代古文家创造了一批适用于散体行文的新体裁,如辩、解、释、说、原等,被统称为杂著或杂文,开创了灵活多变的古文新体制。宋代在创制新文体方面也多有突破,如题跋文、尺牍文勃兴,日记体、笔记体盛行,它们普遍带有小品化的倾向,体现了传统文体的大解放,强化了散文的个性化、抒情性品味。与古文文体发展同时,唐代今体文开始进入俗文学领域,如传奇小说、敦煌变文和俗赋等;宋代庙堂之制进一步向专业化方向发展,同时创造出应用于社会生活各方面的新体裁,如青词、疏文、上梁文、婚书、致语等。

(三) 小说戏剧文体的兴起

中国古代文学一向以诗、文为主流,为正宗。唐宋元时期,在诗、文体裁继续发展的同时,小说、戏剧类叙事文体蓬勃兴起,为古代文学开辟出新的天地。它们主要包括小说类的传奇和话本,戏剧类的南戏和杂剧。

以想象和虚构为主要特征的叙事小说至唐传奇才完全成熟。传奇体小说以华丽的文采和丰富的想象来反映现实,在体制上或为单篇,或为丛集。这类作品带着史传文的痕迹,但叙事类型开始趋于多样,注重场景刻画和人物描写,并常在叙事中插入诗赋韵语,故后人评曰:"文备众体,可以见史才、诗笔、议论。"①白话小说源于说话艺术。"说话"就是讲故事,宋代更成为职业化的专门技艺,以适应市民阶层的娱乐需求。宋代说话的家数(科目)主要有讲史、小说、说经、合生等类,各有不同的分工。说话人的底本通称"话本",它们保留了"说话"的鲜明印记,将叙事艺术提升到了新的高度。

中国戏剧的产生经历了漫长的过程。先秦的歌舞和俳优表演、汉代的"百戏"、唐代的参军戏等,都从不同角度为戏剧的形成准备了条件。至宋杂剧已是具备多种戏剧因素的独立短剧。宋末至元代,先后诞生了南戏和杂剧,标志着中国戏剧的成熟。南戏又称"戏文",起源于永嘉。其体制自由灵活,一本戏可长可短,无严格的宫调要求,也不限通押一韵,音调节奏舒缓婉转,十分动听。杂剧又称"北曲杂剧",吸取诸宫调等讲唱文艺的形式发展而来。它形成于金末元初,元统一后进入繁荣时期。王国维认为,"必合言语、动作、歌唱,以演一故事,而后戏剧之意义始全",中国戏剧"至元杂剧出而体制遂定"。②

唐宋元时期小说、戏剧文体的蓬勃兴起和成熟定型,是中国古代文体发展中的一大转折。在传统的士大夫雅文学之外,文坛涌现出一批源于社会下层的俗文学文体,推动了古代文学的转型,也促使相应的小说、戏剧文体论萌芽。

**二、科举制度演变**

唐宋元三代历时七百余年,这是中国封建社会发展的鼎盛时期。唐代疆域的拓展、国力的强盛,宋代文官政治的成熟、经济的繁荣,都在中国历史所有朝代中居于前列。唐宋两朝的文学,更是达到了传统文学发展

---

① 赵彦卫《云麓漫钞》卷八,第135页。
② 王国维《宋元戏曲史》,第32、127页。

的巅峰。这些都对文体学的发展产生着广泛的影响。而所有社会背景中对文体学发展影响最为直接而重要的因素,当数科举考试制度的演变。

隋唐时期创立的科举制度,开辟了封建王朝选拔官吏的新途径,是封建政治的一种进步,并广泛影响到社会文化的各个方面。所谓科举,指朝廷开设科目、士人自由报考、主要以考试成绩决定取舍的选拔官员的制度。唐朝科举考试的科目分每年定期举行的常科和皇帝下诏临时举行的制科两类。常科的科目有秀才、明经、进士、明法、明书、明算等,其中主要是明经和进士两科,尤以进士科最受重视。考试分为州县主持的"解试"和尚书省主持的"省试"(又称礼部试)两个层次。考试由礼部侍郎主持。每年取士数量受到严格控制,进士科少则几人,多则二三十人,因而进士及第被称作"登龙门"。登第后,还要经吏部铨选考试,合格者才能授予官职。唐代取士,不仅看考试成绩,还要有著名人士的推荐,因而形成了考生纷纷奔走于公卿之门投献代表作的"行卷"风尚。制科为皇帝不定期举行的特科考试,名目多至百余种,要求更严,录取人数也更少。唐代确立的科举的基本制度,到宋代才趋于完备。宋代科举在形式和内容上都作了重要改革:常科的科目大为减少,进士科仍最受重视,其他统称诸科,制科也逐渐合并为贤良方正一科;确立了三年一次的三级考试,在解试、省试的基础上增加了皇帝亲自主持的殿试,及第者都成为天子门生;扩大了录取范围,名额也成倍增加,两宋共取进士两万人以上,殿试中进士者皆即授官,不需要再经吏部选试;考官都为临时委派,并由多人担任,获任后要即刻锁院,考生试卷实行糊名、誊录、多人批阅等制度,防止徇私舞弊。这些改革使宋代科举制度更为成熟,社会影响也更为广泛。元代科举基本沿袭宋代,只设一科,但分成右、左两榜,分别供蒙古人、色目人和汉人、南人应考;中间曾经停办,选拔的人才也没有受到足够的重视。

从文体学的角度着眼,对其影响更为直接的则是科举考试内容和形式的变迁。唐代科举最初只是试对策,后增试帖经和杂文(箴、铭、论、表之类),天宝末年开始,明经科试帖经和墨义,进士科则专试诗、赋,仍并试时务策,成为定制。由此,"诗赋取士"成为唐代科举的主要特征,并延续到五代。宋初进士科仍重诗、赋,后增试论、策,但"以诗赋进退";仁宗时实行改革,由重诗赋转向重论策;熙宁变法中,科举罢诸科,仅存进士科,考试罢诗赋、帖经、墨义,而以经义、论、策取士,实现了"变声律为议论",即由考核讲究声律的诗赋转为考核议论文体。北宋后期,进士科分立诗赋、经义两类,先分别试诗赋、经义,然后再试论策。后又经罢诗赋、专试经义,至南宋初,又恢复诗赋、经义分类考试,而论、策仍为两类必试,并成为定制。宋代的制科历经变迁,至南宋时仅存贤良方正能直言极谏一科,而制科考试的初审、阁试、御试三部分,所试文体皆为论策,且要求极为严格。可见,宋代科举形式最重要的变化是变"诗赋取士"为"策论经义取士",但并未全废诗赋。元代科举考试强调"以经术为先,词章次之"①,考试形式包括经义、古赋诏诰章表(选一)和对策,最大的变化是将唐宋所试律赋改为古赋。

综合唐宋元三朝看,科举所试文体主要为诗(六韵的试帖诗)、赋(唐宋为律赋,元代改古赋)、论、策、经义(三者均为议论文体)几种,这些考试文体的采用、更替及评判标准,引导着唐宋元三代文体学的演变方向,成为其发展的重要背景之一。

## 唐宋元文体学的基本特点

在文体本身演进及相关社会背景的影响下,唐宋元三代的文体学形成了一些前代所不具备的特点,主要表现在以下两方面。

### 一、文体类聚的定型使专类文体学成为主体

中国古代的文体分类,最初主要是根据其不同功用区分的一些"元文体",如诗、赋、诏、册、制、诰、书、记、序、论等。"元文体"随着自身的不断演进,往往根据不同的需求进行细分,如诗根据句式分为四言诗、五言诗、七言诗、杂言诗,赋根据体制分为骚赋、大赋、小赋等。与此同时,文坛上

---

① 《元史》卷八一《选举一》,第 2018 页。

根据文体研讨和写作指导的需要,又从不同的角度对"元文体"进行类聚,乃至重新命名,从而产生了一些新的文类,如六朝时依据是否用韵将文体区分为文、笔两大类,唐代依据是否符合格律将诗歌区分为古体诗、近体诗两大类等。于是,文体的这些"元文体"名、细分名、类聚名等杂糅在一起,共同组成了古代文体的大家庭。古代文体学研究从某种意义上说,就是要厘清这些不同层次的文体在文坛上争奇斗艳的繁复局面,并努力探索它们的发展规律。

如前所述,汉魏六朝文坛上主要形成两种文体类聚:一是基于韵、散的文笔之分,二是基于骈、散的今体、古体之分。两种类分又相互交错,构成了唐前文体类聚的基本脉络。这一时期文体学的基本特点,一是以"元文体"的个别研究为主,如《文章流别论》《翰林论》之类总集和傅玄《七谟序》、左思《三都赋序》之类序文等对多种"元文体"的探讨;二是《文心雕龙》笼罩群言,建立起综合性的文体学体系。不过,《文心雕龙》虽然作了"论文叙笔"的区分,但仍以"元文体"单独或两两组合为基础立篇,以下再作细类的区分,可见仍是以"元文体"为根本。

唐宋元时期,两大文体类聚继续发展,韵散分途的格局逐渐形成,古今体式此消彼长,逐步走向稳定、融合。"文笔之分"发展为"诗笔之分",再进而演变为"诗文之分"。诗、赋类韵文各自独立,并进一步拓展其细类,如近体诗、古体诗、古赋、骈赋、律赋等;相继产生并崛起了新的韵文类别"词"和"曲";无韵之作不再称为"笔"而称为"文",诗、赋以外的韵文也被归入"文"类。这样,历唐宋元三代,韵散分途发展的格局正式形成。以诗、赋、词、曲为核心的韵文文体,以言志抒情为主要功能,成为传统的纯文学文体。在"文"(或称"文章")的领域,韩愈首倡"古文",与讲究骈偶声律的"今文"相对,欧阳修领袖文坛后,再倡"古文",大力开发其功能,拓展其使用领域,并变革文风,使"古文"渐趋主导地位;"今文"则改称"四六",一方面继续占据着诏诰笺启等应用文体,一方面又大力拓展民间应用文体,并日益向专业化发展,成为"词科"考试的主要体式:"古文"和"四六"成为文章之体的基本类聚。由于科举考试的巨大影响,科举文体地位凸显,宋代用"时文"专指此类文体,尤以策、论、经义为核心形成特殊的类聚。"时文"与"古文"和"四六"成鼎立之势。三者相对独立,又相互联系,不可截然分割。因此,经过唐宋元三代文体类聚的变迁,文笔区分、今古对立的格局演变为韵散分途、多类并列的局面,文体类聚逐步定型。具体而言,韵文领域的诗、赋、词、曲和文章领域的古文、四六、时文,成为文坛的基本文体类聚,它们各自包含许多细类,走着相对独立的发展道路。

文体类聚的这种演变,使文体学的格局也发生了明显变化。唐宋元文体学较少对"元文体"展开全面探讨,《文心雕龙》式的综合性文体学论著不再出现,密切结合新的文体类聚的专类文体学成为主体,有的专类还形成细分一级的专类。诗体学中,近体诗、古体诗的分野得以确立,近体诗作法的精细化探索成为重心,乐府诗、杂体诗的研究都有总结性成果,《沧浪诗话》以"辨体"为中心的体系标志着诗体学的成熟。赋体学中,唐宋律赋研究迅速崛起,形成专著,宋代楚辞研究兴盛,元代古赋研究重兴,《古赋辨体》成为赋体学成熟的标志。词体学围绕词体特性、词调创制展开探索,《词源》等专著体现词体学开始形成。曲体学则尚处于酝酿之中。古文概念不断演进,古文选本大量编纂,古文话种类多样,古文文体学自具特色,《文筌》"古文谱"标志古文文体学体系成型。四六总集、类书大量编纂,四六话、词科专书先后诞生,四六文体学内涵丰富,十分发达,《文筌》"四六附说"初成体系。时文总集、类编大量编刊,时文探讨程式化趋势明显,并形成策学、论学等专门之学,产生了相关专著。元代陈绎曾的《文筌》试图构建新的文体学体系,以诗、赋、古文、四六四大文类作为其体系的支柱,说明这一专类文体学格局已经得到确认,词体学和时文文体学只是因为其文类地位较低而未予列入。

## 二、科举文体的崛起使相关文体学成为主角

唐宋元科举制度以文章取士,文章成为进入仕途的"敲门砖",考试文体成为广大考试执行者(考官)、指导者(各级导师)、应试者(考生)共

同关注的目标,考试文章作法及其效果成为整个文坛聚焦的热点。科举文体的崛起使相关文体学迅猛发展,科举文体一举成为唐宋元文体学的主角,占据着核心地位。

由于某些文体入选为考试文体,获得了作为"敲门砖"的资格,围绕这些文体的研讨很快成为文体学中的"显学"。唐代"诗赋取士"的确立,就使诗学、赋学立即繁盛起来并走向成熟;宋代"变声律为议论",策、论、经义都在时文研究中成为新秀,并独立成为"策学""论学""义学";元代废律赋改试古赋,古赋之学在短时期内就成为研讨的热门。可以说,科举文体的确立和更替,牵动着从朝廷到民间的神经,朝官们争论文体选择的优劣得失,各种官学、私学根据考试的指挥棒调整指导的内容和形式,书商则抓住商机,在第一时间编刊出相关文体的选本、程文和写作指南,推向市场以牟利,而广大士子更是根据这些文体的要求进行反复研究和操练。"文体"从来没有在社会生活中获得这样"崇高"的地位。

由于考官要将试卷分出高下优劣,因而对考试文体的评判有相应的程式和标准。这使得人们对考试文体的研讨往往不注重其发展沿革、创作原理等的深入发掘,而是聚焦于文体作法的分析和程式标准的探究,因而使相关的科举文体学日益趋向精细化、程式化:诗格、赋格、文格类著述层出不穷;对诗法、文法的剖析不厌其详;认题、立意、破题、原题、讲题、结题等一整套文章写作术语大行其道。所有这些,都是为了让科举文体的写作易上手,能合规,巧出奇,吸引考官的眼球,以求最好的评判。从这个意义上讲,唐宋元文体学的视野相比于唐前文体学反而有所收缩,以"格""法""诀""范"命名的著作比比皆是,陈绎曾《文筌》构建的文体学体系也是用法、体、制、式、格、律六项作为框架。总之,带着鲜明的功利色彩,具有实用性、通俗性和简易性,成为科举文体学的共同特点。

由于科举文体的"众目睽睽",对科举文体的研讨很快成为上述专类文体学的主角。如在诗体学中,最发达的无疑是对律诗作法的研讨。因为科举考试采用试帖诗(五言六韵的律诗),因此所有的诗格类著述都围绕着律诗的作法展开,其分类之密、格法之细、例证之详,到了无以复加之地步,当然,庞杂、琐碎的缺点也是普遍存在的。相对而言,古体诗在唐宋时期受到关注极少,元代开始稍受重视,至明代才大受观照。赋体学同样如此,唐宋两代被集中探究的就是律赋,产生了《赋谱》《声律关键》等专著,对律赋写作的规范化、程式化的探讨详赡烦琐,亦达极致。元代废律复古,赋体学立即转向古赋研究,鲜明地体现出科举的指挥棒作用。至于古文文体学和四六文体学,也都将科举文体的研讨作为核心,从而与时文文体学相融合。策、论、经义等时文,本以古文行文,但由于重义理而轻文章,并日趋骈俪化,偏离了古文的传统。苏门弟子重视时文作法的探究,提出"以古文为法"来纠正科场文章的弊病。吕祖谦《古文关键》卷首所附的《看古文要法》,更是具体阐释了时文"以古文为法"的内涵和方法,将时文与古文打通,用研究时文的程式套路研究古文,探索古文文法,再用以指导时文的写作。各种古文评点本都是实践这一思路的具体范本,古文文体学也由此深深带上了时文研究的烙印。《文筌》"古文谱"则将古文文体学完全纳入格法型著述的框架之中,用探讨时文的体系研究古文的作法。至于四六文体学,与科举文体亦密切相关,词科考试的十二种文体中,除少数用古文外,以制、表为代表的四六文所占比重最大,也最为重要。词科考试指导《辞学指南》以四六体制和作法为中心,《文筌》"四六附说"也以格法框架构筑起四六文体学的体系,四六文体学同样落入时文研讨的窠臼。至于时文文体学,本身就以科场为对象,策、论、经义之学建立的程式化体系愈加严密,为明代时文八股文的形成铺平了路径。唐宋元文体学与科举的这种特殊关系,使其呈现出与汉魏六朝文体学完全不同的特色和面貌。

## 唐宋元文体学的演进线索

唐宋元三代的文体学发展呈现出不平衡的态势,大体是唐代文体学以诗体学为中心,其余则稍为消歇;宋代文体学全面繁荣,观念更新,著述丰繁,体式创新;元代文体学承续宋代,精品迭出,带有总结性。以下分述唐宋元三代文体学的演进线索。

## 一、以诗体学为中心的唐代

　　魏晋六朝时期出现了古代文体研讨的第一个高潮,《文心雕龙》构建起完备的文体学体系,其研讨对象涵盖了当时流行的所有文体,集魏晋六朝文体学之大成,对后代影响深远。接续其后的唐代,一方面受制于六朝传统的强大影响力,一方面囿于新兴文体尚未成熟,因而对文体的关注和研究较少。唐代文体学整体上承袭多而创新少,体现出明显的过渡期特点。

　　由于唐代诗歌迅猛发展,创作的兴旺促进了理论研讨的繁荣,诗体学自然成为唐代文体学的中心。首先,诗体的分类辨析得到较大的发展。由齐梁"永明体"发展而来的近体诗,经初唐沈、宋而成熟定型,至盛唐杜甫而臻于完美。而中唐诸名家通过大量的分类实践,进一步厘清了古体诗和近体诗这两大分野,至晚唐皮日休编排《松陵集》,分作品为往体(即古体)、今体、杂体三大类,遂将这一分类体系固定下来。与此同时,六朝杂体诗创作首次在初唐类书《艺文类聚》中得到梳理,皮日休同时撰有《杂体诗序》,对这类诗体的沿革作了探讨,并确立了其类名。唐代乐府诗创作十分繁荣,吴兢《乐府古题要解》对古题乐府的源流、本事作了全面梳理,元、白的新乐府理论则对新题乐府的宗旨和特点作了充分阐发。这些分类辨析,为宋代古典诗歌完整体系的确立奠定了基础。其次,诗格类著述崛起诗坛。伴随着唐代科举"诗赋取士"制度的确立和发展,对律诗创作的研讨贯穿整个唐代,其主要载体就是大量的诗格著述。保存在《文镜秘府论》中的初盛唐诗格,如元兢《诗髓脑》、崔融《唐朝新定诗格》、王昌龄《诗格》、上官仪《笔札华梁》等,多以论声律、对偶为核心,亦有专论病犯的。皎然《诗式》承前启后,是一部较为系统的诗格专著。晚唐五代诗格如王叡《炙毂子诗格》、郑谷《国风正诀》、僧齐己《风骚旨格》等,多分门论诗,关注诗势和篇体结构,别具特色。诗格的产生本于不断完善汉语格律诗的诗体规范,以丰富其表现功能,其大批涌现体现了人们对诗律精细化探究的需要,是唐代诗人长期创作经验的总结。再次,唐诗选本引领对诗歌风格的评析和倡导。唐人往往选取相同或相似类型的诗人作品集为一帙,以标举某种风格类型。如殷璠《河岳英灵集》大力倡导"既闲新声,复晓古体,文质半取,风骚两挟"①,即声律和风骨兼备的盛唐诗风;而高仲武《中兴间气集》则推崇"体状风雅,理致清新"的大历诗风②。它们"立意造论,各该一端"③,聚焦于不同的风格类型,旨在凝聚、张扬自己的诗歌主张,在唐代的风格理论中占有重要地位。

除了诗体学之外,唐代文体学中值得注意的专题还有:一、类书对文体学资料的整理。唐代四大类书《北堂书钞》《艺文类聚》《初学记》和《白氏六帖》,运用不同的体式对前代的文体学资料进行了汇聚梳理,为唐代文体学发展准备了大量文献资料。二、唐代史家的文体学理论。唐代史学发达,唐初史臣在史书的序、论中,对各时代文学体貌和时代风格作了准确描述,并进一步拓展到南北地域文风的区分,对后代颇有影响。刘知幾的《史通》贯通文史,详论史体,兼论文体,并注意辨析史体、文体的异同,也是唐代文体学的组成部分。三、古文家的古文理论。唐代古文运动的先驱者对六朝柔靡文风进行了猛烈抨击。韩愈大力倡导古文,不但身体力行,努力创作,而且提出了一系列理论,主张文以明道,又声称好其文辞,提倡含英咀华、闳中肆外,要求文从字顺、务去陈言,注重文体的开拓创新和语言的锤炼。这些理论树立起新文体的标杆,开启了古文文体学的先河。

## 二、全面繁荣发展的宋代

经过唐代的过渡期,古代文体学在宋代学术文化全面繁盛的背景下也迎来了繁荣发展。文体学观念得到了新的开拓,文体分类辨析继续深化,文体作法研究日趋细化,文体研究的体式不断创新,各专类文体学全

---

① 傅璇琮编撰《唐人选唐诗新编》,陕西人民教育出版社1996年版,第108页。
② 同上书,第456页。
③ 高棅《唐诗品汇总叙》,高棅编选《唐诗品汇》,上海古籍出版社1988年版,第10页。

面推进。宋人对文体的关注大为提升,研究大为深入,且多有创新和亮点,古代文体学发展进入了又一个高潮阶段。

宋代文体学出现了一系列新的概念。"论诗文当以文体为先,警策为后"①,"文章以体制为先,精工次之"②,"尊体"的概念被宋人奉为评论诗文的首要标准。对"尊体"的推崇促进了"辨体"的流行,辨体制,辨类别,辨风格,辨作法,辨家数,辨流派,围绕文体的一切元素都在辨析之列,而且越辨越细,越辨越精。宋人"尊体"的同时又关注"破体",主张"破体","以文为诗""以诗为词""以古入律"等等,不一而足。"尊体"不但尊正体,也尊变体,宋人努力探索"变体"的规律,逐步形成通达的文体正变观。

文体分类辨析在宋代进一步深入。《皇朝文鉴》确立了以体式为标准的诗歌分类体系,包括四古、五古、七古、五律、七律、五绝、七绝诸体,加上乐府歌行、杂体和骚(体),奠定了古典诗体的完整体系。唐代形成的一批古文新文体在《唐文粹》等总集中得到了认定,而题跋、上梁文、致语之类北宋新兴文体,在南宋总集中已占有一席之地。真德秀《文章正宗》独辟蹊径,首创以辞命、议论、叙事、诗歌类分文体,对后世影响深远。文体类聚至宋代形成韵散分途、多类并列的局面,诗、词、赋、古文、四六、时文的类聚格局逐步定型。

文体作法研究在宋代进一步细化。宋代诗格类著述沿袭唐代,继续对律诗进行精细化探索,北宋《诗苑类格》分诗体多达近百门,宋末《三体唐诗》将七绝、七律、五律三体又细分为二十格,《诗人玉屑》更是汇聚了大量宋代的此类资料,庞杂细致,从"玉屑"的命名亦可见一斑。宋代赋格的总结性著作《声律关键》,论"五诀""八韵",详论每韵的作用和写法,面面俱到,辨析入微。文章作法研究引入了诗赋格法的研究手段,从认题立意、谋篇布局、造语下字、用事引证等一系列环节入手,探索其文法,自成一套体系,从时文到古文,莫不如此。《论学绳尺》分论体为七十八格,

---

① 张戒《岁寒堂诗话》卷上,《历代诗话续编》,中华书局1983年版,第459页。
② 王应麟《玉海·辞学指南》卷二引倪思语,《历代文话》,第946页。

每格结合范文进行评点分析,可谓这种文法研究的典型。

宋代文体研究的体式在传统的基础上多有开新,大大丰富了这一领域的研究方式。总集的编纂颇多出新,单体总集(如《九僧诗集》《四灵诗》等流派诗总集,《万首唐人绝句》《乐府诗集》等专体诗总集)和专类总集(如大量的古文、四六文和科举时文总集)各有新意;总集前附总论,辑录相关名家论述,总述所录文体的源流、特点、作法等,提纲挈领,如《古文关键》卷首《看古文要法》、《论学绳尺》卷首《论诀》等都是如此;从《古文关键》开始又创设标抹批点之法,其后的古文选本《迂斋古文标注》《文章轨范》等多沿用之,用符号或简短评点揭示文章要点及结构关键之处,深入细致。宋代类书编纂出现专门化倾向,关涉文体的如《圣宋名贤四六丛珠》《圣宋千家名贤表启翰墨大全》等,都兼具四六总集和类书双重性质,实用性更为突出。宋代笔记体著述极其兴旺,包括大量的诗话、词话、文话,为研讨文体开辟了一条方便随意而又生动活泼的新途径,其中多有如《容斋随笔》《碧鸡漫志》《白石道人诗说》等名著。文体专著的体式也趋于多样化,始于唐而盛于宋的大量的诗格、赋格等格法型著述成为文体作法研究的重要体式。

宋代以文体类聚为依托的专类文体学全面繁荣。诗体学承继唐代又有发展,《皇朝文鉴》的分类确立了古典诗体的完整体系,《乐府诗集》总结历代乐府诗论,成为集成某种成熟文体的典范;诗格类著述在宋初和宋末形成两个高潮,并产生了《诗苑类格》《吟窗杂录》《诗人玉屑》等集成性的著作;《沧浪诗话》更是以"辨体"为中心,从理论和实践两方面,建立起一个完整的诗体学体系,标志着古代诗体学的成熟。赋体学方面,律赋的研究仍是重点,北宋秦观对律赋写作有全面论述,南宋郑起潜更撰成了指导律赋写作的集大成专著《声律关键》;宋代的楚辞研究也形成了高潮,晁补之、黄伯思、洪兴祖、朱熹等名家辈出,并多有专著传世,为楚辞体学奠定了基础。随着词体创作的普及,围绕词体特性的争论持续展开,对词调创制的探索也不断进行,《碧鸡漫志》《乐府指迷》《词源》三部论词专著的诞生,标志着宋代词体学的形成。欧阳修倡导的新古文逐步主导文坛,但对古文的研讨尚未全面展开;以南宋《古文关键》为代表的大批古文选本问世,使人们对"古文"概念的认识不断深化;种类繁多的古文文话也同时诞生,对古文的研讨不断深入;文道关系论、古文演进论、古文风格论等全面展开,依托评点手法的古文作法论,成为古文文体学的中心。宋代四六文实现"变体",疆域缩小,成为文坛上有特殊分工的专门文体;随着词科的设立,四六进入了科举序列,四六文体学便应运而生;四六总集、类书大量编刊,四六话、词科专书先后登场,论体制、论作法(以用典、对偶为重点)、论演进、论文病,成为四六文体学的主要内容。宋代科举"变声律为议论",以策、论、经义为代表的时文成为文坛的新宠;时文类总集、类编大批编刊面世,对时文程式及审题、立意、行文等方法的研讨成为时文文体学的核心,《论诀》搜辑的时文专论说明时文文体学已达到了十分精细的程度。

总之,宋代文体学推崇"尊体",风行"辨体",以科举文体的研讨为核心,呈现出全方位繁荣发展的态势。

### 三、精品著述迭出的元代

元代文体学承宋代余绪,仍呈现繁荣景象,亮点频现,著述迭出,多有精品,承上启下,为明代文体学的全面兴起做好了铺垫。

方回的《瀛奎律髓》是唐宋五七言律诗的大型选本,依题材分为四十九类,选诗多有精当评语,在诗歌分类、评点上颇有影响。郝经《原古录》为以经统文的总集,以四部即《易》部(义理之文)、《书》部(辞命之文)、《诗》部(篇什之文)、《春秋》部(纪事之文)统领七十二种文体,虽书佚序存,但参考其《续后汉书·文章总叙》,独特的文体分类体系仍十分明晰。祝尧的《古赋辨体》在赋体复古的背景下,通过对时代之体(楚辞体、两汉体、三国六朝体、唐体、宋体)和体制之体(楚辞体、问答体、俳体、律体、文体)的综合辨析,以期达到由今之体以复古之体的目标,全书集赋选、赋评、赋论于一体,构筑起一个完整的体系,是赋体学成熟的标志。潘昂霄的《金石例》本着文章以体制为先的宗旨,专论碑碣铭志类文体的起源、功能，详细辨析其制度，并以韩愈碑志文为实例，归纳义例，总结作法，标为程式，以为准的，成为第一部碑志文体的研究专著，具有开创性。陈绎曾的《文筌》以阐明作文之法为宗旨，以四大文体类别为经，以六项文体学要素为纬，试图构建新的文体学体系。全书总结唐宋文体学的经验，以谱录式、格法型的体式，梳理文章作法、揭举文体规范，条分缕析、要言不烦，具有鲜明的特色。这一体系多有出新之处，也存在明显的缺陷，总体上仍不成熟，但在唐宋元文体学中带有某种总结性。

在古代文体学发展的历史长河中，唐宋元时期处于承前启后的过渡阶段。这一时段虽然没有产生体系完备、理论精深的文体学巨著，但在文体学发展史上仍有不少亮点留存，值得珍视。如果说，六朝文体学成熟的背景是骈体文学的全面繁盛，那么，唐宋元文体学则在科举文体崛起、骈散交融、雅俗并兴的背景下，实现了古代文体学的创新转型，并为全面繁荣和集大成的明、清及近代文体学的发展开辟了道路。

**2016 年"第五届中国文体学国际学术研讨会"论文**

# 后 记

收录在这里的十七篇文章,是笔者近三十年来研讨古代文体和文体学方面的一点成果。导论《中国古代文体论论略》对古代文体论的演进阶段、丰富内容和总体特点作了初步梳理。前半部分着眼于文体演进,对唐宋时期的古文、传体文、题跋文、科举文、传奇文以及骈散消长现象,分别作了一些探索,提出了自己的看法。后半部分则关注文体学个案,包括《文心雕龙》《文章缘起》《文筌》等名著,单体总集、文体类聚等现象,希图挖掘其中的文体学理论及其意义。收入本集的文章大致保持写作或发表时的原貌,未作大量修改,唯重新核校了引文,统一了行文体例,有的用后出的著述版本作了校正,特此说明。

我在复旦大学求学期间,对古代文学尤感兴趣。在研读《文心雕龙》之时,深感古代文体的丰富多彩,对文体论诸篇颇下功夫,并分类摘录了其中的相关资料,后来经王运熙先生介绍,送上海古籍出版社,改编成《文心雕龙索引》出版。我在《文学遗产》发表的第一篇短文《〈灵怪集〉不是六朝志怪》,也是从志怪和传奇两种不同文体的辨析着眼的。随后,我继续关注文体和文体学相关文献,陆续写了一些相关论文。进入新世纪,我的研究方向主要为宋代散文,兼及唐代,散文文体探索尤为重点。2012年起,我有幸参与了吴承学教授主持的"中国古代文体学发展史"课题的研究,承担了唐宋元部分的写作,对这一时段的文体学现象和代表性论著作了一些发掘。

我虽然涉猎文体和文体学研究较早,但缺乏系统性,涉及面也十分有限,所论琐碎肤浅,无甚精义。感谢吴承学教授、彭玉平教授两位主编的美意,鼓励我将其搜辑成集,列入"中国古代文体学研究丛书"。进入新世纪以来,文体学研究呈现出日新月异、欣欣向荣之势,论域不断拓展,研究逐渐深入,方法多有创新,新人茁壮成长,已然成为古代文学研究新的学术生长点。在这样的背景下,重读自己的这些旧文,更感汗颜。它们视野不广,陈义不高,多已不值一读。本当加倍奋发,力求精进,但人生苦短,倏忽已届古稀之年,常感力不从心。如今只能将这几篇小文,留存一点自己跋涉的足迹,并作为一朵浪花,汇入于文体学研究的学术大潮之中,为弘扬中华灿烂的古代文明,贡献一份绵薄之力。

再次对吴承学、彭玉平两位教授表示衷心的谢忱,对中山大学"中国文体学研究中心"举办的学术活动及取得的学术成就表示诚挚的敬意。

朱迎平
2017年9月
于桐乡合悦江南